正清客
正清客一般扮演三十岁以上的小生角色

帮草
帮草是一般扮演次要丑角的角色

宁波市甬剧研究传习中心 出品

陈也喆 著

戏中有戏

甬剧艺人逸事

宁波出版社
NINGBO PUBLISHING HOUSE

作·者·简·介

陈也喆,浙江余姚人,戏剧戏曲学硕士。中国戏剧家协会会员,浙江省戏剧家协会理事,宁波市戏剧家协会秘书长。现为宁波市甬剧研究传习中心研究人员,作为负责人主持多项省级科研课题,数十篇学术论文发表于《中国戏剧》杂志等核心期刊、国家级刊物。曾任《东南商报》《宁波晚报》文化专栏记者。宁波市甬剧艺术博物馆、周信芳戏剧艺术馆展陈文学撰稿人。

序

走进深深的弄堂

今年,我从艺四十三年了。回望来时路,心头涌动的是感恩与感动。

我是"文革"以后宁波招收的第一批甬剧学员之一,甬剧老艺人们对我们特别关注,全身心地投入教学中。他们最大的快乐,就是倾其所有地传授技艺。在生活上,他们无微不至地照顾着我们,像待自己的孩子一样。老艺人的艺德,他们对甬剧的热爱与责任感,也深深地影响了我日后的艺术观。这些年来,我的心里,始终装着他们。

2016年,宁波市政府成立第一家甬剧科研机构——宁波市甬剧研究传习中心,我也从舞台表演转岗至艺术传承。我感谢上级领导的信任,也深知自己使命重大,需要重新对甬剧进行深入和系统的思考。

如何留住甬剧老底子,使之在万花筒般的舞台艺术世界里,不至于迷失自我?传承不是一句空话,它需要我们挖掘传统。除了复原改编老戏,我将目光投向抢救甬剧老艺人的珍贵记忆。

甬剧老艺人人走艺绝,抢救迫在眉睫。因此,我召集单位的研究人员,对现有老艺人进行抢救性采访,共拍摄了4000多分钟的视频,记录老艺人们当年学艺演出的情况,更真实地呈现甬剧当年的艺术面貌。这些都是记录甬剧发展历史的第一手资料。

而这本书，是在此过程中沙砾凝结蜕变的珍珠。也喆以学术研究的严谨态度，记者的敏锐多思，用戏剧文学化的笔触，散文诗般的语言娓娓道来，编织出一幅色彩斑斓的甬剧历史画卷。

这不是一部史书，没有读史的沉重感，但分明可以从中窥见历史的沧桑感；这也不是一部小说，而是真实的甬剧逸闻趣事。

这本书，文风清新，文字简约，文笔优美，闲暇一读，轻松灵动，让人在愉悦中了解甬剧历史。它不追求人事详尽、面面俱到，而是拾掇散落于历史尘埃里的故事。有些虚幻，有些模糊，有些碎片化，甚至有缺漏，但那不正是人对过往岁月的记忆吗？

捧读这本书，字里行间弥漫着怀旧的气息，仿佛作者引着我们走进窄窄的街巷，深深的弄堂，那斑驳的外墙，长满青苔的砖砌路面，湿湿漉漉，令人骤然回到那个尘封的年代。甬剧艺人的过往辛酸、浪漫和凄楚，扑面而来，令我不时欢喜赞叹，唏嘘感慨，潸然泪下……

也希望通过此书，读者能够更真切地了解甬剧、热爱甬剧。

是为序。

"梅花奖""文华奖""白玉兰奖"得主
宁波市甬剧研究传习中心主任
浙江省戏剧家协会副主席
宁波市戏剧家协会主席

二零二三年春天

目 录

Contents

001　思君令人老

021　玉兰花开香满庭

037　拉动甬剧船纤的人

053　金声玉振烟雨中

067　血脉里的甬剧之河

093　叩开那道神秘的门

109　田螺姑娘睡着了

119　湮没于历史的说戏先生

129　永远的"小孩"

153　说不尽的《雷雨》

175	花正红时寒风起
187	午后的堇色年华
199	鸾凤和鸣铸佳话
219	站在人生的戏台上
241	弦上度春秋
253	当时只道是寻常
271	每场演出都是第一场
291	观众席里的那双眼睛
309	"坏女人"专业户
323	身怀一腔鸿鹄志
337	橘子与帐子
351	失传的珍宝
365	淡云遮月连天白
385	那一列错过的火车
403	此心安处是甬剧
429	一个人的甬剧史
444	后记　美好的约定

思君令人老

莫逆之交

宁波大世界舞台。

一个12岁的小姑娘,拈一朵兰花,唱宁波滩簧《拔兰花》:

"五色汗巾龙凤带,凤彩牡丹团团缀……"

她眉目娟秀,弱柳扶风,一开嗓,如大珠小珠落玉盘,流畅自然,毫不扭捏。

她叫徐凤仙,小名水清,水灵清丽,人如其名。

3岁丧父,家道中落,跟着母亲唱戏。

小小年纪,先拜柴彬章习唱四明南词,10岁又拜张德元为师,学唱宁波滩簧。

她吐字清圆,天分极高,却只是在宁波唱地场,唱堂会,偶尔在宁波大世界的舞台上唱小戏。

如果没有遇到贵人,她一辈子也许只是个卖唱的,赚点铜钿,贴补家用。

好在22岁那年,她遇到了自己生命中的贵人——王宝云。

他力邀她赴上海演出,为她量身定制人生第一部大戏——《金生弟与四姑娘》。

这部戏在上海皇官大戏院演出,让上海观众初识了这位风姿秀逸的宁波小娘。

也是这个机缘,让她遇见了一生的至爱——贺显民。

彼时的贺显民,在上海电台唱宣卷。

宣卷,顾名思义,是宣讲佛经宝卷,后来发展成以民间传说故事为主的说唱艺术。

他出生于浙江镇海大碶镇,原名贺国忠。他是家中老大,幼时家境清寒,随姑父曹显民生活,10岁便会拉二胡、弹琵琶。

家里兄弟六个,都早早离开家乡镇海,各奔前程,却都机缘巧合,成为甬剧、越剧的奠基人。著名戏曲评论家沈祖安曾说:"贺家占据了越剧音乐的半壁江山。"此为后话。

当年,曹显民是电台唱宣卷的红人。姑父有事,侄子顶替,名为"筱显民"。

16岁那年,姑父去世。他以"贺显民"为艺名,致敬领他进门的姑父,独自在上海闯荡。

他于上海华泰、航业等私人电台唱宣卷,连唱一个月,听众甚多,红极一时。

1936年,他拜名家朱宝生为师,学唱四明南词。南词文雅典

贺显民戏曲扮相

丽,旋律绮丽,令他欢喜。

平日里,他时常出入皇宫大戏院,看宁波滩簧,以慰乡情。

就在那里,他初见水清。

长相秀丽、身材颀长的水清,唱腔流丽婉转,目光清冷如月,眼波流转间,牵动他的心。

她在舞台上似乎有一种魔力。她在戏中笑,他心花怒放;她在戏中哭,他愁肠百结。

他不知自己是迷上宁波滩簧,还是迷上这个叫水清的姑娘。

他时常向她虚心讨教,风趣地喊她"老师"。

夜戏散场,他在后台等着她,散步途中,向她取经:

"老师,怎么样?今天教我《拔兰花》吧?"

徐凤仙与贺显民演绎甬剧《拔兰花》

他记性好，悟性高，两三遍就学会，却仍然不依不饶：

"这一句味道对不对？老师，你再帮我抠一抠。"

身世相仿，似曾相识，相交莫逆，互为知音。

情海狂澜

抗战时期，演员流离失散，剧本匮乏，宁波滩簧处于最困难的时期，急需有人力挽狂澜。

王宝云的一双慧眼，不仅发掘了徐凤仙，也发现了贺显民的编创天赋，鼓励他创作新戏。

由贺显民自编、自导、自演的甬剧《华姐》，生逢其时。

这是甬剧从清装戏过渡到旗袍戏的开端，是焕然一新的现代戏。破天荒地连续客满。

这也是贺显民第一次与徐凤仙同台演出。

甬剧舞台上的黄金搭档，从此只有死别，再无生离。

1944年，恒雅剧场。门口的广告牌赫然醒目：

阿拉甬剧改良了！

西装旗袍戏——《情海狂澜》

贺显民作为甬剧新秀，亮相舞台。

徐凤仙扮演陈金娥，与他搭档。

他一人分饰两角，先演曹锦棠，后演徐天赐。

他一改过去脸谱化的表演，将人物的内心演绎得入木三分，行家评论其"眼中有戏,心中有戏,身上有戏,连背后也有戏"。

而徐凤仙的表演,更是撼动人心。

她在《法场辩仇》中,有一大段高亢悲愤的唱:

"你再不用狼披衣冠装尊严……"

百句唱词,一气呵成,洋洋洒洒,举重若轻,悲愤中夹有怨怒,凄怆中具有深仇,令人不能不屏息以闻。

那次演出,王宝云、沈桂椿、孙荣芳、黄君卿……这些后来载入甬剧史册的前辈艺人,甘当绿叶,衬得徐凤仙与贺显民两位新人愈发耀眼。

后来,这部戏被剧作家天方整理改编成《半把剪刀》,成为甬剧"三大悲剧"之一。

这部戏,也让贺显民与徐凤仙,于十里洋场,一炮走红。

然而,闯荡上海滩,并不是一帆风顺。

不久,因戏院老板刁难,

甬剧《半把剪刀》《三篙恨》戏单

他们无法继续登台，只能去电台唱四明南词，也唱堂会，颠沛流离，长达六年之久。

当时，电台最受欢迎的是四明南词艺人周廷黻。他说唱的《孟丽君》《包公与狄青》《海瑞大红袍》，是沪上宁波人每晚必听的曲目。

周先生一面歌颂包公、海瑞秉公正义的故事，一面在电台兜卖老宁波人爱吃的墨鱼蛋、黄鱼鲞。

徐凤仙来了，与周先生平分秋色。

她唱的《玉连环》，似宁波汤圆般甜糯，一时间勾起宁波人浓浓的乡愁。

上海滩风情

1950年，徐凤仙与贺显民，回到家乡宁波，结为百年之好。

大红花轿，从开明街出发，绕过大沙泥街，花围翠绕，衣锦还乡，百姓驻足，风光无限。

当时，宁波有一个合作甬剧团，是在上海成名的甬剧演员金玉兰，回到家乡，与沈桂椿、王文斌的滩簧戏班合并组建的甬剧团。

徐凤仙、贺显民的到来，为合作甬剧团注入一股清新时髦的气息。

不久，合作甬剧团组建成为以徐凤仙名字命名的剧团——凤仙甬剧团。

凤仙甬剧团阵容强大，个个都是在台上独挑大梁的角儿：

徐凤仙、贺显民、金玉兰、黄君卿、徐秋霞、孙荣芳、王文斌、沈桂椿，还有徐凤仙的师父张德元。

凤仙甬剧团成立伊始，清贫忙碌，演员们在城隍庙演出，吃睡就在后台。

那时候，贺显民一人身兼编剧、导演、演员等数职，还担负团长重任，可谓身心俱疲，却从来没有一刻想过放弃甬剧。

上海滩风情的甬剧，令宁波人眼前一亮。一时拥趸无数，许多孩子慕名前来学戏。

徐凤仙招了"莉"字辈的学生，有汪莉珍、汪莉萍等。贺显民招了"立"字辈的学生，有苏立声、陈立鸣、余立群（余盛春）等。

那个年月，政治运动频仍，生意萧条。两年后，剧团终是难以为继。徐凤仙、贺显民与金玉兰、黄君卿离开宁波，重新回到灯红酒绿的上海。

同年，在政府的扶持下，凤仙甬剧团蜕变成宁波市甬剧团。

"应当下风让上风"

1955年，贺显民任上海堇风甬剧团团长，仍兼编、导、演。

作为演员，他戏路宽，肯下苦功，刻画的人物鲜明有个性。既能演风流倜傥的小生，又能演苍劲持重的老生。

排练甬剧《东风吹春》时，为表现农村木匠邱万宝的形象，他挖掘了传统戏中花脸的"鹤步"。

他从未学过鹤步，便向老艺人求教，天天练功，甚至回家路上，一路走鹤步。鹤步柳手，十分滑稽，引得路上行人频频回头侧目。

他演的正面人物刚正不阿，反面人物则不流于表面，而是从人物内心深处挖掘。

《半把剪刀》的第一场,他饰演的曹锦堂对婢女陈金娥心生歹念,他巧妙地用眼神一瞟,背向观众,转动手指,动作干净利落。

之后,是三声层次不同的念白——"进去":

第一声"进去",气息微弱,是欺哄;第二声"进去",语气加重,是诱骗;第三声"进去",凶相毕露,分明是逼迫。

三声念白,层层递进,直击人物丑恶灵魂。

作为导演,他一丝不苟,从不偏袒他的爱人徐凤仙。

有一次,徐凤仙因演出频繁,台词不熟,排练时不停看剧本。贺显民当众严厉批评了她。回到家,他主动帮妻子温习讲解剧本,直至其熟稔。

徐凤仙与贺显民演绎的甬剧《半把剪刀》

009

排练甬剧《霓虹灯下的哨兵》时,对春妮这个人物,夫妻俩在排练场各执己见。回到家已是深夜,两人夜宵也不吃,仍对角色争论不休,直到意见统一,才把早已冰凉的夜宵,拿去热了。

"观众要求我们演出有艺术质量的戏,我们甬剧要留给人民好印象啊!"

贺显民的一番话,让徐凤仙冰释前嫌。

作为管理者和甬剧改革者,贺显民夜以继日地思索甬剧事业的发展。

为了培养青年甬剧演员,他曾两次亲赴宁波乡下招生,为甬剧开枝散叶。

指导学员时,他不是一味地说教灌输,而是以平等探讨的姿态教戏:

"我今天演出,多了一个动作,内心活动是这样考虑的,你看,这样行不行?"

他常把青年演员推上舞台,自己甘当绿叶:

"应当下风让上风。"

他挖掘传统甬剧,向甬剧老艺人请教。他还挖掘整理四明南词、宣卷的剧本,使宁波滩簧从路头戏、幕表制,发展成剧本制,并建立了一套编导制度。

"传统东西不挖出来,对老祖宗交不了账,对甬剧事业也是罪过。"

"我们这些演员,旧社会被人看不起,没有办法系统地整理艺术。今天,百花齐放,有许多甬剧优秀传统要挖出来,传下去,不挖出来,交代得过去吗?"

贺显民欲改良甬剧,却苦于找不到切入口。

排练《天要落雨娘要嫁》时,剧中角色杜宗书,原本唱赋调,贺显民却认为,赋调不能充分表达杜宗书的怀才不遇,满腹牢骚。

夜戏散了,回到家中,他仍揣摩唱什么曲调更贴近角色的内心。

徐凤仙已沉沉睡去,贺显民突然来了灵感,把她推醒:

"凤仙,你听听,这几句唱这个调行不行?"

夜寒露重,他竟唱起来。如此还不够,他还让徐凤仙唱一遍,让他听听是否最妥帖。

甬剧《天要落雨娘要嫁》戏单

望着他专注投入的眼眸，如烛光莹莹，徐凤仙方才被惊醒的恼怒，瞬间烟消云散。

就这样，徐凤仙陪伴贺显民，努力探索甬剧音乐改革，加强甬剧唱腔的旋律性。

他们一起在甬剧旋律中，融入四明南词的慈赋平调，发展五更调等民间小调。

他们还洋为中用，将大提琴、小提琴、小号等西洋乐器引入传统的甬剧乐队中。

甬剧，从一股山间清流，滋生出波澜壮阔的豪情。

老规矩

剧团经营惨淡，发不出工资，贺显民说服徐凤仙，变卖首饰，接济生活困难的艺人。

有一位老编剧得了肺病，生活潦倒，贺显民便一直资助他，直到老编剧过世。

"这个人对甬剧出过力，凡是支持过甬剧的人，我怎能置之不顾呢？"

他们还把电台录音的稿酬，分给家庭负担重的老艺人，剧团才得以正常运转。

他与徐凤仙之间，还有一个"老规矩"。

每当他们唱戏得奖，分到奖金，他总是提醒她：

"还是老规矩，分给团里最困难的同志，让他们给小孩添点衣服，买点小菜。"

若逢过年,他必定亲自把奖金送去,让困难的同志过一个舒心的年。

其实,他们自己的日子有时也捉襟见肘。

有一年,徐凤仙的双眼突患角膜炎而暂时失明,难以登台演出。

没有演出,就没有收入,为了治眼疾,一度花光所有积蓄,甚至负债。

但徐凤仙热爱舞台的心没有衰退,她利用自己的眼疾,在《田螺姑娘》中扮演瞎眼婆婆,赢得观众的喝彩声。谁也没想到,她不是演,是真的看不见。

1956年,贺显民四处奔走,呼吁"甬剧急需扶持"。在他的努力下,文化部拨款扶持甬剧,并批准堇风甬剧团、凤笙甬剧团、众艺甬剧团等六个甬剧团为国营剧团。

甬剧的日子终于好过了些。

神仙眷侣

1959年,上海滩声名鹊起的徐凤仙与贺显民,应邀在电台唱《拔兰花》,并录制了唱片。

老唱片盘旋往复,留住他们最好的时光。

那不是他们最风华正茂的时候,却是他们艺术风格日臻成熟的时期。

36岁的他们,声音里透着沧桑,刻写过往的艰辛。

经过岁月的沉淀,褪去稚嫩青涩,凝练圆润,宛如酽茶,清醇迷醉。

徐凤仙的唱腔婉转细腻,似吟似唱,摇曳多姿。

贺显民的嗓音沙里带糯,音域宽广,吐字爽脆,韵味十足。

一个缠绵,一个爽利,汩汩汇入人耳,袅袅余音不绝,令听者不由闭上双眸,击节哼唱。

天作之合的唱腔,慰藉过多少思乡羁旅的心。

他们不仅是神仙眷侣,还是荆棘路上互相鼓舞的同伴。

看到上海观众更钟情于越剧,徐凤仙也曾萌生退意,欲改唱越剧。

她嗓音独特,扮相俊美,唱越剧也一定能成角儿。

贺显民坚决不同意。

他希望他们能一起坚守甬剧阵地:

"无愧家乡父老。"

"甬剧事业需要人,需要支持,我们要为甬剧'雪中送炭'啊。"

她素日里最听他的话,最崇拜他,最敬重他。

改行的念头,轻轻凋谢。

深情在睫

在同台搭戏的艺人眼里,徐凤仙并不是传统意义上的老好人。

她高傲自恃,个性张扬,做事雷厉风行。

她不愿当配角,甚至不愿与其他男艺人配戏。

贺显民在身侧,她全身心投入,光芒万丈。

他人搭戏,她便黯淡无光。

贺显民是她的精神支柱,没有他,她难以独自美丽。

徐凤仙在甬剧《半把剪刀》中扮演陈金娥

甬剧《高尚的人》戏单

锋芒太露，总会伤人。

但不管背后怎样非议，她的演技与唱功折服所有人，无人能及。

她的唱腔，如山间清泉，涓涓入耳。

学她者，仿照她的板眼，也难以摹拟她的灵动。如上天揽月，难以登临，而她只是清浅一笑，明月清风，自在她怀中。

他们曾在宁波城隍庙上演西装旗袍戏《啼笑皆非》，迷倒芸芸众生。

剧中，徐凤仙与贺显民扮演一对夫妻，有一双儿女。丈夫随老板去天津做生意，坐火车时，遇到一个女人。那个女人骗光他的钱，还欺骗他的感情。无地自容的他，选择跳楼自杀。然而，自杀未遂，只摔断一条腿，更是无颜回乡。妻子以为丈夫去世，整日以泪洗面。十多年后，他们的儿子长大成人，老板把儿子也带到天津做生意，举家搬迁到天津。到了天津的厂址，妻子触景生情，把丈夫的"遗像"挂在门口，声泪俱下地悼念。谁知，这个厂里的看门人就是拖着一条残腿的丈夫。夫妻终于团聚，却早已物是人非。

人生如戏，一"戏"成谶。

生活中的贺显民剧情重演，且更惨烈。

1968年的冬天，寒风呜咽，刺骨凛冽。

贺显民有一头天然鬈曲的头发，万分爱惜。排演《春天的故事》时，他扮演一个思想先进的农民。为了人物形象，他不惜把卷发剃成平头，洋气的贺显民不见了，一个朴实憨厚的农民现于眼前。

当年的夫妻二人，相视一笑。

可是那个寒冷的冬天，他被强迫剃成光头。

这一次，不是为了艺术，而是惩罚和羞辱。

两人抱头痛哭。

半夜醒来,枕边是屈辱的光头。冷彻脊梁的寒意,蓦地笼罩住她。

之后,夫妻俩被迫分开受审。

几个月没见到妻子的他,被殴打凌辱至精神崩溃,爬上冰冷的露台……

他当时的心境,一定跟《啼笑皆非》里那个无法面对内心的丈夫一样,饱受煎熬,羞愤难当。

他一跃而下,含冤而死,终年46岁。

甬剧在上海辉煌鼎盛的时代,也随之终结了。

那个凄厉的冬夜,徐凤仙最爱的男人走了,她丧失了爱人与事业,失去了一生的知音与依傍。

以往的岁月里,他们朝夕与共,如胶似漆,以致没有贺显民的日子,徐凤仙神思恍惚,罹患神经官能症。

上电车时,她习惯性地买两张票。

直到售票员问她"还有谁",她才恍然发觉,身边已没有他。

回家吃饭时,她也总要放上两双筷子,一想到他再也不可能拿起这双筷子,便泪如雨下。

哭声在空寂的房间里回荡。

山河依旧,再无故人。

1972年,堇风甬剧团解散后,徐凤仙失却赖以为生的处所,被分配到一家粮食店卖面条。

清亮甜润的嗓音,喑哑地吆喝着;指天指地的兰花指,懒懒地拨弄秤砣。

二十世纪八十年代,她奔走于上海、宁波两地,培养甬剧艺训班的学生。

为上海甬剧的恢复,她努力过,但到头来只是组建了一支黄浦区文化馆业余甬剧队,成了其中一名业余演员。

尽管他们的演出,场场满座,叫好一片。上海甬剧的盛年仍是万劫不复,最后,连这支业余甬剧队,也散了。

她沉痛地写下:

"甬剧艺术啊,不是我不要你,离开你,而是人家不许我为你贡献力量!"

1987年,65岁的徐凤仙应邀赴香港演出。

台上的她,腰肢不再柔软,嗓音不再嘹亮。唱腔不复清丽,只剩干涩的哀叹。

容颜枯槁,眼神涣散,身边空空荡荡,没有她心仪的搭档。

她仍是众星拱月的"甬剧皇后",可是身边没有"皇帝",从唱到做,都失了神韵。

同一曲《拔兰花》,与1959年的唱片相比,简直云泥之别。

离开贺显民,徐凤仙的《拔兰花》唱不下去了。

赴港演出四年后,她随他去了。

追悼大会上,有一副挽联:

粉墨氍毹岁六十蜚声艺坛,俗世尘烟终一生众口咸仪。

她的一生,浓缩于此。

明代,有一位女伶,名唤楚生。清代的张岱在《陶庵梦忆·朱楚生》中这样形容她:

"色不甚美,虽绝世佳人,无其风韵。楚楚谡谡,其孤意在

深情的徐凤仙

眉,其深情在睫,其解意在烟视媚行。性命于戏,下全力为之。"

徐凤仙就是这样一个孤意在眉、深情在睫的人。

她的孤意,是一个甬剧艺人在纷纷攘攘中的孤傲与自保。

她的深情,是对她的甬剧搭档贺显民,更是对她一生情之所钟的甬剧艺术。

思君令人老,岁月忽已晚。

玉兰花开香满庭

泥足深陷的童年

小玉兰最爱看戏。

看戏归来,她将手帕绕于腕间,玉白色的绢帕如水袖,随风翻飞。

立于镜前,想象自己是戏中女子,羞人答答,烟视媚行。

她出生在一户周姓人家。9岁那年,父亲病逝,她与母亲相依为命,仅靠外祖父做木匠养家糊口。

两年后的一个清晨,沿街卖唱声,如怨如慕,如泣如诉,惊碎一街春梦:

十一月水仙满屋香,快到长城见夫郎,拿出棉袄快穿上,免得夫君见我冷。

十二月腊梅带雪开,走到长城泪已干,哭一阵来走一阵,哭倒长城我心也甘。

迷蒙中醒来,床边是母亲压抑的啜泣。悲悲戚戚,和着窗外宁波滩簧的胡琴。

那天清晨,外祖父撒手人寰,家里唯一的经济来源也断了。

母女二人相拥而泣,抵御无边无际的恐慌与绝望。

入骨的贫瘠,前胸贴后背的饥肠辘辘,外人对母女二人的冷眼欺凌,是泥足深陷的童年记忆。

没有别的出路,小玉兰只能循着老调,找到那个唱《哭夫郎》的滩簧艺人陈翠娥。

那一年，她12岁。

拜师学艺，四处卖唱。

寒冬腊月，盛夏酷暑，挨家挨户，唱戏讨生活。

陈翠娥只会颠来倒去几个小曲，不懂行腔运气，只会引项高喊。

真声吆喝多了，嗓子易哑，也费力气。

许是天赋秉然，小玉兰知道自己不会一直囿于眼前的苟且。

三年后，她告别陈翠娥，加入当地颇有名望的串客班。

在那里，她遇到四明南词艺人柴彬章。

柴师父教她调息、吐字、运气、发声，还有各式四明南词曲调。

她跟着师父在城里唱堂会，农村渡河塘，唱"两头红"，从日落唱到日出，通宵达旦。

她的嗓音甜糯流畅，唱腔活学活用，融入四明南词曲调，成为最早将四明南词运用到甬剧音乐中的艺人之一。

但是，她也明白自己的嗓音有缺陷。她的音域不够开阔，遇到高音，尖窄逼仄，唱不上去。

她与男旦艺人同台搭戏时，发现他们利用真假嗓结合的演唱方法，声音又柔又亮。

她汲取经验，运用到唱腔中。低音用真嗓，高音用假嗓，辅以润腔、滑音，音域开阔，从此高低自如，委婉动听。

彼时的她，已出落得婷婷玉立，白皙小巧的鹅蛋脸，纤长秀气的身姿，衬得唱腔也愈发甜美。

旧社会的戏班，长得美的艺人，总是受尽欺凌。人人皆欲折花一闻，却鲜有人真正疼惜与怜爱。

她百般抗争，最终只能咬牙扛下卑陋尘凡的一切。

除却唱戏，何以为生？

听雨楼"借披风"

听雨楼的桌衣上,挂着"周玉兰"的名字。

来听雨楼的人,都想一睹玉兰的风姿,一闻玉兰的唱腔。

二十世纪三十年代,上海有宁波滩簧"四大名旦":金翠玉、金翠香、孙翠娥、筱姣娣。

1945年,"四大名旦"之一金翠玉回甬探亲。

她走进听雨楼,周玉兰正唱《借披风》。

只见她眉头微蹙,佯装愠怒,披风旋空一覆,眼眸定格,唱腔绮丽柔美,似胡琴声声。

年轻时的金玉兰(宁波市档案馆供图)

唱完《借披风》，还唱《还披风》：

"箱内没有贵重物，只有一件缎披风。龙哥他披风拿到当店中，当来六百铜钿佗手中……"

金翠玉不禁击节赞赏，当下收她为义女。

自此，周玉兰改名为"金玉兰"。

不久，金玉兰随金翠玉赴上海学艺。

上海八仙桥、恒雅剧场，忽然多了一个楚楚动人的女艺人，与她稚嫩的脸庞不相称的是，她的唱腔韵味醇厚，表演洒脱自如。

特别是她唱腔中的南词曲调，旋律优美，朗朗上口，不似滩簧老调行腔单调。

一时传唱者无数。

"旧社会的姨太太"

新中国成立后，她不再是受人欺侮的戏子，她第一次感受到文艺工作者也能受人尊重和敬仰。她欣然接受家乡的邀请，回到宁波，与甬剧艺人们一起组建宁波市甬剧团。

建团后，她扮演《两兄弟》中的农村妇女王春香。一次演出散戏后，她的心里久久盘旋着一位观众的话：

"演得像旧社会的姨太太。"

她以为，过去在上海，她穿着旗袍，演绎的小姐和姨太太，太过于深入人心，观众一下子无法抽离对她固有的印象。

她于镜中端详自己，妖娆的眼神，曼妙的腰肢……她的形象的确不像农村妇女。

为了演好这个角色,她来到田间地头,观察农村妇女的一言一行。模仿她们的说话语态、走路姿势,与她们同吃同住,沟通感情,了解她们的内心世界。

复排《两兄弟》时,她抓住了人物的精髓,剥离传统表演方式,演绎了一个富有新思想的农村妇女。也因此在华东地区戏曲会演上,荣获演员一等奖。

《亮眼哥》中的田玉柳,是她演绎的另一个农村妇女。田玉柳是万松青的妻子,万松青为使民工脱险,排除哑炮,致使双目失明。田玉柳心绪复杂,脆弱敏感,虚荣心强,因外界讽刺的声音,负气回娘家。在一个风雪交加的夜晚,她思念丈夫,想回家又碍于面子,左右为难,踌躇不前。金玉兰向编剧胡小孩提出,应当在此加一段唱:

"松青啊!只要你来人叫一声,玉柳也好回家门……"

演出时,每当唱完这一句,台下总是啧啧声一片,引起强烈的共鸣。一个妻子微妙跌宕的心理,通过金玉兰婉转细腻的唱腔直抵观众的内心。

一位资深编辑看完戏后,不禁感慨唱腔塑造人物的魅力:

"这两句唱词,从剧本上看不出什么,没想到演出效果这么好!"

《亮眼哥》在上海演出时,王文娟与徐玉兰坐在底下观摩。两位越剧名家看完戏,当下决定由她俩主演,排演越剧版《亮眼哥》。

王文娟还惊叹于金玉兰的唱腔,特意在报纸上撰文给予很高的评价。

然而不久后,金玉兰被迫离开甬剧舞台,在药厂当工人。

柔亮甜润的嗓子,沉寂了十年。

甬剧《三县并审》剧照。前为金玉兰（宁波市档案馆供图）

甬剧《五姑娘》剧照。从左至右：金玉兰、汪莉萍、陈月琴

"我要求归队"

1977年,宁波市甬剧团重建。

听到这个喜讯,金玉兰激动得夜不能寐、茶饭不思。

"我要求归队!"

终于可以回到日思夜想的舞台了。

重回舞台,她已年过五旬。

她已不似年轻时轻盈灵巧,经历了生活的沧桑,她的唱腔,不再只是灵光流泻,更有岁月的况味。

1978年,金玉兰在甬剧《雷雨》中扮演繁漪,一身旗袍,眉眼

二十世纪七十年代末,老艺人重返甬剧团。从左至右:金玉兰、黄君卿、徐秋霞、王文斌、陈月琴(宁波市档案馆供图)

沧桑，神情忧郁，正契合阴郁炽烈的繁漪。

她清澈的嗓音里有烟火气息，却还是掩藏不住独特的唱腔与韵味。

戏迷听说金玉兰回来了，喜极而泣，奔走相告。

她没有想到，这么多年过去了，大家还一如既往地惦念她，需要她，寻觅她。

倾注爱怜

然而，没过多久，又一次人生抉择摆在她面前——组织上安排她去甬剧艺训班当老师。

她的内心几经挣扎踌躇。多少年了，好不容易站上心心念念的舞台，凭她的身体与嗓音，她还能再唱几年，还能红遍大江南北。

当老师，只能离开舞台，退居幕后，她实在是心有不甘啊！

她辗转反侧，经历了激烈的思想斗争。终于，她从个人的圈子里跳脱：

"十年动乱，百废待兴，文艺战线要振兴，得有接班人。为了甬剧后继有人，我应该焕发青春，怀着满腔热情去当一个光荣的园丁！"

想明白这一点，她就一头扎进浇灌幼苗的事业中去了。

当时，浙江省政府为了保护地方剧种，拨款举办了甬剧、姚剧、婺剧、绍剧四个剧种的艺术培训班。这也为甬剧单独设立正规的四年制教学开了先河。

可是，甬剧剧种传统家底薄，艺术上规范化的表演不多，拿什么去教学生?

没有教材,怎么办?

过去演戏,没有剧本,戏在身上。艺训班的不少老师,都已年过花甲,甚至年逾古稀。虽演过不少传统戏,但年岁渐长,记忆渐衰。

只记得零星几段台词,一些大致意思,拼凑不成一台完整的戏。像被大风吹过的尘泥,杳无踪影。

金玉兰是老师中最年轻的,整理汇编传统戏教材的重任,她义不容辞地扛下了。

她与王文斌、黄君卿等几位老艺人一起,挨家挨户探访前辈,请教传统老戏的唱腔与唱词,再用文字记录,去粗求精,汇编成册。

有时候忙得忘了回家做饭,不免招致家中六个孩子的埋怨。《打窗楼》《秋香送茶》《庵堂相会》……这些戏从她手里抢救下来。

教材有了,人才也是关键。她与沈瑞龙、沈永华、徐秋霞等几位艺训班的老师跑去宁海、镇海、姜山、慈城等地招生,吸引了宁波各地四五千人报名。

那时交通不便,流转各地,常使她寝食难安,累得精疲力尽,但她仍坚持标准,挑选优秀人才。

数月后,当她一脚踏进甬剧艺训班的大门,望着二十多个活泼可爱的孩子,她真是满心欢喜。

他们大多是十二三岁的年纪,瘦弱的身材,童真的眼神……

她仿佛看到自己刚学戏的模样。那时的自己,只能跟着师父走街串巷,风吹日晒,边挣钱边学戏,而他们多好啊,坐在明亮的教室里,免受饥寒交迫。

金玉兰与王利棠赶排的甬剧《打窗楼》

可是，他们在本该无忧无虑的年纪，满怀众人殷切的希望，柔弱的肩膀将扛起甬剧接班人的重任！又多么令人心疼啊！

她以手覆于名单上的一个个名字，心里回荡着一个声音：

"我不能只是教他们学戏，我还要全面关心他们的成长。"

她自告奋勇，坚持每周一天值班，管理学员们吃饭、睡觉。学生有个头疼脑热，她陪着去医院看病。

学员下乡实习演出时，睡在附近的寺庙和学校。金玉兰生怕他们累了病了，帮他们整理铺盖、端茶倒水、烫戏服；演出时，早早地等在后台，演出一结束，便用厚厚的棉袄，裹住他们单薄的身躯；大夏天，学员们演得满头冒汗，她无限爱怜地为他们擦身子……

有一位家长跑到金玉兰面前，发自肺腑地感激：

"你们老师待学生胜过待自己的子女啊！"

"台上莫争角色"

教学上，金玉兰担任唱腔和排戏的老师。

每教一段唱腔，她自己先反复练习、录音，直到满意，再请其他老师听，提了修改意见，才敢教学生。

每个学生的接受能力不同，她总是不厌其烦地教，一节课总要示范唱腔十遍，甚至二十遍。课后，还要辅导几个基础比较薄弱的学生。

排戏更辛苦，为了让学生学会一个戏剧动作，表达内心感情，她总是手把手地示范几十遍，直教得满头大汗。

甬剧《红岩》剧照

"个别演员嫌做老师太吃力了，不如当演员轻松，的确是这样，但我感到，这正是园丁的崇高与无私！"

当她发现有些学员，为了角色大小闹别扭，耍嘴皮子，她厉声道：

"小小年纪，台上莫争角色，台下要学好样！"

除了生活、教学，她还承担起演出服装的准备工作。这是一项十分烦琐的任务。每个角色的鞋子、裤子、衣服、帽子，乃至各种装饰品、小道具等，都需要她一一落实。

她放弃休息时间，每周日去采购衣料，挑花样、计算尺寸、运输、加工，像一匹不知疲倦的老马。

大家担心金玉兰累垮，可她感到充实愉悦。为甬剧做事，她总是有使不完的劲。

1985年，宁波举办群众甬剧清唱大奖赛，她从心底感到高兴，因为，这是一个向全民普及甬剧的举措。她在《宁波日报》上发文，深情地写道：

在我的有生之年，能看到甬剧之花在文艺百花园中开得灿烂夺目，这是我梦寐以求的愿望，我愿为此而奋斗。

甬剧走过的一度昌盛、一度衰落的坎坷道路，曾经使我们这些老艺人着急和担心。如今，和煦的阳光又照到了她的身上……这好比为甬剧这棵小树施了一次肥，降了一场及时雨，使她的枝叶长得更加茂盛，更加葱郁，而每一次施肥，就会给我以更大的欣慰和力量，使我以更大的热情投入到"振兴甬剧"的事业中去，愿甬剧之花芳香隽永。

香消玉殒

二十世纪八十年代末,市场经济浪潮席卷全国,戏曲式微。宁波日报社举办振兴甬剧讨论会,金玉兰在会上热泪纵横:

"现在社会上各方都支持甬剧,可是甬剧事业将青黄不接,后继无人,我心痛啊!甬剧是宁波的地方戏,我相信甬剧不会灭亡,甬剧一定不会灭亡!"

甬剧团团部搬迁后,离她家远了,为了赶去甬剧团教青年演员,她开始学自行车。

那一年,她60岁。她在马路上摇摇晃晃学自行车的模样,有些笨拙,全然不像舞台上那样自如。

大家才恍然发现,这个平时说话语速快、做事干脆利索的"金老师",已是个饱经风霜的老人了。

"妈妈,你不要骑自行车了,慢慢步行上班吧!"她的儿女们劝她。

"金老师,你别学了!在马路上骑自行车危险的!"她的学生王锦文和其他青年演员都劝她。

她没有听。她只是希望甬剧团与家的距离,还像从前那样近。只有这样,她才可以既照顾家里的孩子与卧床的老伴,又可以指导团里的青年演员们。

"我老了,要靠你们年轻人了……"

她总是这样对青年演员说。

两年后的一个雨天,她骑着自行车,赶去参加宁波剧协组织的会议。

她是剧协名誉主席,那几日正策划举办"甬剧老艺人演唱会"。她多么想再为甬剧尽一分力,多么想站在舞台上,再唱一唱让她魂牵梦萦的甬剧……

一声凄厉惨痛的尖喊声,划破清晨的雨幕,泥水从自行车轮中飞溅……

半世飘零,一朝安稳,谁料香消玉殒。

为甬剧而生,为甬剧而死。生而跌宕,死亦不朽。

已向丹霞生浅晕,故将清露作芳尘。

拉动甬剧船纤的人

漂泊无依

见到毛主席的那个晚上,她心绪万千,久久不能平静。

泪眼朦胧,影影绰绰,似乎回到那段颠沛流离的日子……

那时,她还叫"谢月英"。

7岁那年,母亲去世,她拜男旦王阿高为师,学习宁波滩簧。

学戏起初是为了生计。

她跟着父亲,站在码头上,等待打渔归来的航船。

船只靠岸,她等不及地跳上颠簸不止的甲板,小小的身影,摇摇晃晃,唱着宁波滩簧、山歌小调:

郎吃苦头在外头,小妹耽搁在西楼,我日夜为侬担忧愁,故此劝郎勿可游码头……

早熟的歌声,为打渔归来的人,送去一些温暖与慰藉。

唱戏所得,也许是几条鱼,也许是卖鱼得来的钱。都是跑江湖的人,勉强填饱肚子,等待下一次出海。

14岁那年,她的父亲也去世了。从此,流离转徙,居无定所。

18岁那年,她与敲鼓板的滩簧艺人徐厚德结婚。

她以为,在尘世中求得了一个温暖的归宿,从此不必孤夜寂寥,谁知外面仍是风急雨骤。

旧社会艺人受人歧视,被侮辱被损害是常事。她每到一处唱戏,先要"拜客",向"地头蛇"送礼。散尽血汗钱,仍不能安安稳稳唱戏。

有一次在三北演出，伪和平军半夜来敲门，硬逼着她唱小调；一个伪乡长打牌，却要求她陪在一旁唱戏……

丈夫为了不让她受欺侮，出面相救，却常常被流氓们殴打，甚至斧砍。

夫妻俩从早到晚唱戏卖艺，依然食不果腹、衣不蔽体，受尽屈辱。

那种苦楚，只能在暗夜里，饮泣吞声。

旧时戏班

那些艰辛的岁月里，她往返于上海、宁波，四海为家。

唱戏收入低微，他们只能夏季典当冬衣，冬季典当夏衣，勉强维持半饥不饱的生活。

最后只剩一条又硬又破的棉絮，夫妻二人在上海实在待不下去，只能回到老家宁波。

宁波虽是故乡，却已举目无亲。

在同行的帮衬下，终于可以在城隍庙对面的茶楼——"听雨楼"暂且安身。

他们每日唱戏，直到深夜，茶客散去，才薄衾小枕，席地而睡。

渐渐地，她在听雨楼挂名成角儿了。

然而，旧社会的"角儿"，日子仍是不好过。

恶劣的生存环境，使她身患疥疮和疟疾。无钱求医，只能买奎宁丸吃。

那段时间,她身怀有孕,还要去三北唱蓬头戏。蓬头戏,是在露天搭蓬而唱,风霜雨雪,四面漏风。

为了不影响角色塑造,她用厚布紧紧包裹住腹部。

奎宁丸,紧裹的腹部,漏风的舞台……她流产了。

为了讨生活,流产后的她继续唱戏,病势愈来愈严重。

一天中午,她疟疾发作,一阵冷一阵热,自觉支撑不住。班主仍逼她上台。

她往脸上抹油彩,手和脸不停颤抖。

外面狂风大作,可是戏演的是夏天,她只能穿薄衫短袖上台。

刚唱完宁波滩簧"帽头子",她头痛欲裂,一个趔趄,昏厥过去。

正在台下敲鼓板的丈夫,瞬时吓傻,赶紧把她背下台,按人中急救。

等她清醒过来,班主还是勒令她上台。

这就是旧社会的戏班。

一叶扁舟

在上海,她遇到名角徐凤仙。徐凤仙到哪,她跟到哪。

"阿英听话,阿英蛮老实。"是徐凤仙对她的夸赞。

为了报答知遇之恩,她为自己取了艺名:

徐秋霞。

甬剧史书上记载:

1949年,在上海演出的甬剧演员金玉兰回到家乡宁波,与沈桂椿、王文斌的滩簧戏班合并,与徐秋霞夫妇一起,组成新中国成

徐秋霞、金玉兰辅导甬剧艺训班的学生

徐秋霞与青年演员研读剧本。从左至右：王坚、曹定英、徐秋霞、石松雪

立后宁波第一个正式职业甬剧团——合作甬剧团。

1950年5月,徐秋霞与张德元、范金甫、金玉兰等人,联合从上海返乡的贺显民和徐凤仙,组成了凤仙甬剧团。这是宁波市甬剧团的前身。

他们在民乐剧场,演出《罪》《移花接木》《堕落夫人》等剧。

1952年,徐凤仙和贺显民等甬剧艺人相继赴上海,凤仙甬剧团处境艰难。政府有关部门为了扶持甬剧,劝说徐秋霞等艺人,希望他们留在宁波,组建属于宁波人自己的甬剧团。

这一次,她没有跟徐凤仙走,也没有听徐凤仙的话。

她留在宁波,与她的丈夫徐厚德、王文斌、沈桂椿、陈月琴及新中国成立后培养的第一批青年演员黄再生、余盛春、汪莉萍、汪莉珍、陈立鸣、苏立声等,一起组建了宁波市甬剧团。

一块"宁波市甬剧团"的木牌悬于城隍庙大门口,犹如大浪里的一叶扁舟。

这些人,齐心协力拉动甬剧这艘初航的小船,过万水千山,引领甬剧,驶向远方。

徐秋霞被任命为副团长。演戏不再是谋生手艺,而是一种光荣使命和为家乡剧种鞠躬尽瘁的责任。

点燃生命

徐秋霞的戏路宽,可塑性强,各种行当——花旦、中年旦、老旦,信手拈来:

《金生弟》中的孔氏,《秋海棠》中的罗湘绮,《罗汉钱》中的

甬剧《亮眼哥》剧照

小飞娥,《白毛女》中的喜儿,《刘胡兰》中的刘胡兰,《田螺姑娘》中的瞎眼老太太,《杨乃武与小白菜》中的杨淑英……

这些性格迥异、身份悬殊的人物,她都能演得个性鲜明。

金玉兰进剧团后,擅演花旦。她嗓音清澈甜美,真假嗓结合,如莺啼婉转。

"我虽是咬字清楚,但唱腔音色比不上金玉兰的美。"

为此,徐秋霞改演老旦,如《江姐》中的双枪老太婆,《亮眼哥》中的地主婆,《老冤家》中的农村大娘,《姜喜喜》中的姜喜喜妻子。

因常年在户外唱戏,她的音色洪亮,喷口有力,早年不用音响,她也能把每一个字清晰地送到最后一排观众的耳中。

"演员吐字含糊不清就不能很好传达人物的思想感情,也达不到教育观众的目的,所以我很讲究咬字清楚。"

1955年,她去杭州进修了表演专业。

"我过去在舞台上演吃饭,就真的吃饭,以为这就是现实主义,现在才知道这并不是真正的表演艺术。"

渐渐地,她的老旦鲜有人匹敌,成了观众心目中的"宁波第一老旦"。

过去,她唱戏是为自己。

新中国成立以后,她是真正为人民唱戏。她走进工厂,为工人们唱戏;到海防前线,为战士们唱戏。

一次慰问演出后,很多首长亲自到后台看望演员。

徐秋霞接过他们送来的一筐筐香蕉和苹果,暖意泛升,潸然泪下。

1960年7月,徐秋霞参加全国第三次文代会,受到毛主席、

1964年,徐秋霞在水库工地慰问演出

周总理等党和国家领导人的接见。

这成了她终身难忘的事。

仅仅做出一点成绩,党和人民就给予了那么多荣誉与尊重。

她把这张珍贵的黑白照片,用镜框装裱,挂在家中最显眼的地方。

时时注目,时时拂拭,时时激励自己。

从此,戏曲是她点燃生命的事业。

"小铁牛"

观众评价徐秋霞的表演淳朴自然,真实得如街巷里弄的熟人。

寻常日子,走在路上,她总是观察生活。为了演绎老旦,她留心小脚老太婆的走路姿势。

舞台上,她演绎的老太太,走路外八字,上身略微向前倾,双手左右摆动,演活了一个旧社会上了年纪的女性。

每当有新戏上演,她总是倚靠床边,拿着剧本练唱。

等台词和唱词背熟后,她就对着衣橱的镜子练习表情和动作。

夜深人静时,她还在床上思索舞台动作,灵光一闪,忍不住比画,常常惊醒身边的女儿徐雯霞。

她的女儿徐雯霞,就这样在戏里睡,戏里醒,戏里生,戏里长,母亲几乎每晚都有演出,她就待在后台,看大人们扯嗓化装。

她慢慢长大,耳畔净是甬剧的旋律。

有一年,甬剧团创排《金黛莱》,需要一个小演员。大家自然而然地想到13岁的徐雯霞。

为了角色,她剃短发,加粗眉毛,活脱脱一个朝鲜小男孩。

观众一看,挺新鲜,这么小的个头,不怯场,不生涩,还会唱甬剧。

这是她们第一次母女同台。

后来,她们时常同台:《江姐》中,徐秋霞饰双枪老太婆,徐雯霞饰江姐;《一千零一夜》中,徐秋霞饰街坊老奶奶,徐雯霞饰邮递员……

从此,徐雯霞不再是跟在母亲身后的小丫头,而是甬剧团的一员。她在《金沙江畔》《红珊瑚》《江姐》《女飞行员》《年青一代》《霓虹灯下的哨兵》《红岩》《夺印》《亮眼哥》《火椰村》《心事》等几十部甬剧中担任主要角色。

甬剧《金黛莱》剧照。徐秋霞、徐雯霞母女二人第一次同台演出

甬剧《江姐》剧照。徐秋霞、徐雯霞母女同台

每年夏天，剧团放暑假，徐雯霞就到上海徐凤仙家学唱腔。

她先唱一遍，徐凤仙听后，指出她哪个地方需要加强感情、拖长音，哪个地方需紧凑些。

回到剧团后，徐雯霞接演《霓虹灯下的哨兵》中春妮一角。她将所学，用到唱腔设计上。她表演的"春妮读信"选段——《我难过勿是为自己》，成为经典唱腔，传唱至今。

那时剧团常常上山下乡，跋山涉水挑行李，徐雯霞冲锋在前，被大家称为"小铁牛"。

"小铁牛"渐渐长大，遇到了从象牙塔里走出来的大学生。

甬剧《霓虹灯下的哨兵》剧照。右为徐雯霞

甬剧《红珊瑚》剧照。中间为徐雯霞

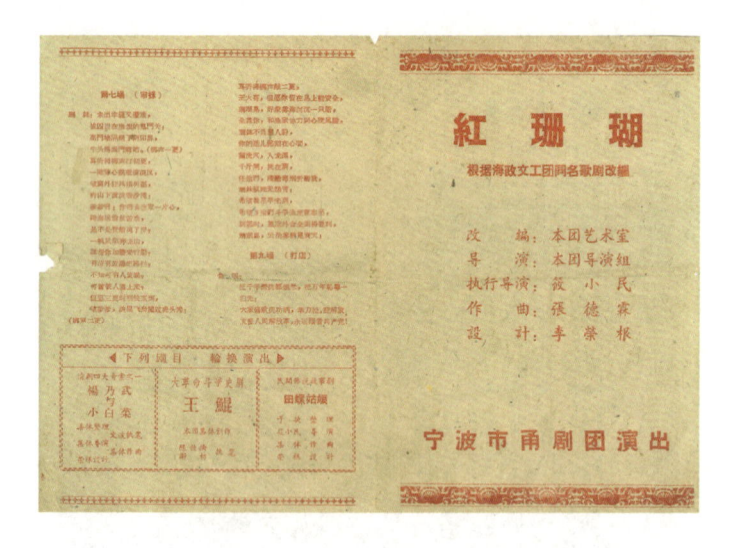

甬剧《红珊瑚》戏单

一生的情愫

那个年代的大学生,是天之骄子。

他是宁波师范学院中文系的高材生,曾是大学文工团团长,擅长演奏大提琴。

大二那年,正遇上整顿院校的政策,他被时任宁波师范学院院长徐季子推荐到宁波市甬剧团,从此与宁波文化工作结下不解之缘。

他是裴明海。

裴明海是余秋雨散文《风雨天一阁》开篇提到的,陪他走进天一阁的那位文化局副局长。

> 直到1990年8月我再一次到宁波讲课,终于在讲完的那一天支支吾吾地向主人提出了这个要求。主人是文化局副局长裴明海先生,天一阁正属他管辖,在对我的这个可怕缺漏大吃一惊之余立即决定,明天由他亲自陪同,进天一阁。
>
> ——余秋雨《风雨天一阁》

也许因为妻子与丈母娘都是甬剧人,也许因为自己最初也是甬剧团的人,甬剧成为裴明海一生绕不开的情愫。

当年,他在竞聘宁波文化局副局长岗位时,赫然写下:

"扶持甬剧。"

二十世纪九十年代,裴明海在《宁波日报》上呼吁社会各界

徐秋霞与甬剧老艺人一起讨论剧本。右一为徐秋霞

关心甬剧，开展了为期三个月的全民大讨论，为甬剧的发展方向提供了许多建设性的意见。

裴明海担任宁波文化局副局长时，主持拍摄了《宁波甬剧》专题片，策划统筹了宁波三个剧种的编撰工作，组织出版了《甬剧发展史述》《姚剧发展简史》《宁海平调史》这三本重量级的著作，填补了宁波地方剧种学术研究的空白。

人生谢幕

徐秋霞演的最后一部戏，是《嫁娘记》。她在剧中扮演老娘。在上海演完这部戏回来后不久，她不幸罹患脑梗。

唐山大地震赈灾演出时，她已半身不遂，但仍执意上台献唱。

她拄着拐杖，由王坚搀扶上台，与王文斌一起，唱了一段《姜喜喜》选段。

她的嗓子依然清亮，眼神依然真挚。

掌声雷动，不仅是对她的唱腔，更是对她百折不挠的精神。

她再也没能上台。不久后便离世了。

世人不会忘记，她曾是那个拉动甬剧船纤的人，让甬剧在宁波这方水土，扬帆起航。

她的名字，将永远镌刻在甬剧史上。

金声玉振烟雨中

走进"金嗓子"金小玉的家，床头斑驳的墙上，悬着发黄的照片。

上色后的黑白照片，经过岁月的洗礼，晕染出金色的光泽。

她母亲筱珠凤，父亲乐秀章，都是上海滩的滩簧艺人，妹妹乐静是蛟川走书的传人。他们一家是名副其实的戏剧世家。

她的一生，可以窥探出上海、宁波两地甬剧的发展与兴衰。

老照片上，那个额头光洁、吟着滩簧老调的女孩，在时光隧道的那一头，浅笑嫣嫣。

桌子下听戏

上海虹口的老弄堂里，有个叫乐小毛的女孩，最爱玩的游戏，是钻进桌子底下。

桌子底下，是错落的椅子脚。她挪开椅子，在桌子与地面构成的镜框中，看到父母。

母亲正与父亲一起对戏。

父母与徐凤仙是同行，他们早年先后赴上海搭班，唱宁波滩簧。

女孩把椅子复原，一根根椅子脚，像与世隔绝的栅栏，围成一块怡然自得的小天地。

椅子一推一拉，仿佛剧场幕布的大开大合。

女孩玩着玩着，枕着那方小天地睡了。

年轻时期的金小玉

梦里，盈盈萦绕父母的滩簧老调。

彼时的她还不知道，这一生，注定要在戏里过日子。

很多戏，都是桌子底下听会的。

《庵堂相会》《阴阳团圆》《拖油瓶报恩》《恩重如山》，这些戏是父母的拿手好戏，也是乐小毛的开蒙戏。

她一开嗓，音色柔和清亮，圆润的小脸，滴溜溜的眼睛，是块唱戏的料子。

父亲并不想刻意栽培她，只是顺其自然：

"滩簧小戏不用教，看看就会了。但这看戏学戏的门道，要靠自己去领悟。"

既是父母，亦是师父。

宁波滩簧老戏单

13岁那年,父亲为乐小毛做了两套衣服和一条围身布襕,这是她的全部行头。

她真的走上了唱戏的路。

抢班子

她正式跟父母混戏班子了。

既要"爬河塘",也要"放班子"。

"爬河塘",是下乡演出时,坐着小船,每经过一个村子,问这户村子的保长,要做戏吗?

如果对方说"好",全船的人便爬上河塘做戏。

如果对方说"不",他们便继续赶赴下一个村子。

"放班子",又叫凑班子,是到舟山沈家门一带演戏。

舟山人看戏讲究阵容,班子有"四花四旦",或是阵容更庞大的"五花五旦"。

"花",不是花旦,而是"草花",就是丑角,或是男角反串老旦。往往戴着尖头帽子,鼻子上一抹白。草花在滩簧舞台上,不仅仅插科打诨,有时甚至是男一号,比如《秋香送茶》中的二少爷。

"旦"就是女性角色,已出嫁的是"上旦",未出嫁的是"下旦"。

"四花四旦"再加上三个人的乐队,另一人管理服装道具,一个班子便凑成了。

村子的晒场上,十二只稻桶覆倒,搭上门板,铺上台布,挂四个汽灯,就是一个舞台。

她演过《阿狗老婆拜堂》《卖青炭》《秋香送茶》里的上旦,也反串过《扒灰佬》中的阿公老头。

滩簧演员没那么多行当讲究,戏来了,就得接着,所谓"文武昆乱不挡"。

去村里演戏,最害怕的,是"抢班子"。

过去村里的老百姓没什么娱乐,渴求看戏,时常上演哄抢戏班的闹剧。

戏班子在台上演,邻村的一群人在凉亭里候着,等演员一下台,背起人就往自己村里跑。

还有一帮人,直接把戏台上的瓦片揭掉,叮铃咣啷往下扔,还把照明舞台用的汽油灯砸碎,把她吓得浑身哆嗦。

有一次,她唱完一段,直接从台上跳下去,混迹于观众群,才免于被抢。

这些人抢人回村后,倒也不会难为演员,总是好酒好饭地伺候,因为他们还想听戏呢。

这是当年农村的陋习,野蛮粗暴,也从一个侧面反映,村民们对滩簧的痴迷与狂热。

有时候,她与父母一起,还要"做春台":
就是从大年三十晚上,一直唱到清明节。
也总是唱"两头红":
从太阳落山时的夕阳红,一直唱到太阳升起的东方红。
清明时分农忙,村里忙活开了,无心看戏。她与父母终于可以暂时歇戏了。

年轻的金小玉在弹琵琶

过房囡

16岁那年,乐小毛遇到"四大名旦"之首——金翠玉。

金翠玉没有孩子,她一见到乐小毛就心生欢喜,当场收她为过房囡。

乐小毛喊了一声"姆妈",金翠玉为她改名"金小玉"。

从此,乐小毛成了金小玉,也成了金家班的成员,与金杏云、金玉兰、金玉梅齐名。

金翠玉不仅是她的姆妈,也是她的老师。

那段时间,金小玉住在金翠玉家,向她学了一肚子戏,也在恒雅剧场演了不少戏。

恒雅剧场往往一天演小戏,三天演大戏,小戏是"宁波滩簧七十二小戏",大戏是《双落发》《新年乐》等。

当时演大戏,没有剧本,全靠说戏先生讲戏。剧情走向,都在说戏先生的脑子里。

一群演员围着说戏先生,手拿单片,只听他讲:

一个人从宁波到上海,碰到什么人,这个地方要唱单片上的唱词。他又从上海的这里,走到那里,又遇见什么人,说什么话,再唱一段单片上的唱词。

故事的大致内容有了,每一场戏的梗概也有了,其他全靠艺人自己发挥。

这样的戏,叫幕表戏,看似即兴随意,背后是满肚子戏文的积淀。

那时候滩簧艺人很辛苦,常常需要跑场子。

金小玉往往在恒雅剧场演完第一场,就挑着装满行头的扁担,赶去南京路上的先施公司,或是九江路上的新乐宫演戏,演完再回到恒雅剧场继续演。有时候,还要赶去城隍庙附近的福安公司唱一段。

扁担挑的是另一场戏的服装。那个年代,演员在舞台上穿的戴的,都是自己置办的。

运气好的时候,可以坐电车,没赶上电车,只能小跑。

难以想象,她柔弱的肩膀要挑起一副怎样的重担!

尤其是冬天的夜晚,寒风呼啸,她冻得缩起身子,可是到下一个舞台上,她还要提起精气神,为底下的观众带去光与热。

风云变幻的大上海,曾经有八个较有影响力的甬剧团。

金小玉先在立艺甬剧团,后来又去众艺甬剧团,还在堇风甬剧团唱过戏,其他五个甬剧团是鄞风甬剧团、凤笙甬剧团、合作甬剧团、建群甬剧团、新艺甬剧团。

这八个甬剧团,又以堇风甬剧团、凤笙甬剧团和鄞风甬剧团最为庞大与鼎盛。

那是甬剧最好的时光,十里洋场的上海滩,处处弥漫着宁波滩簧的兰香馥馥。

那也是金小玉的锦瑟年华,她与乐队拉二胡的谢德政相识相爱,志同道合,同心永结。

然而,她的甬剧事业不久遭受了波折。

为了落实政府的戏改政策,八个甬剧团,分分合合,最后只剩下一个堇风甬剧团。

甬剧艺人分道扬镳,走的走,散的散,上海甬剧,成了一盘散沙。

沪甬两地甬剧演员合影。第二排左四为金小玉

水土不服

纷乱的岁月,像江南的烟雨,雾蒙蒙,辨不清归途。

1958年,金小玉与丈夫谢德政一起随着众艺甬剧团的一班人马支援甘肃定西。

原本以为可以拓宽甬剧的领域,到头来,只是甬剧人的一厢情愿。

粗犷奔放的甘肃人,最爱看的是高亢激越的秦腔。声摇地动、振聋发聩,才契合西北人的豪放秉性。

温婉江南孕育出的甬剧,在甘肃水土不服。

金小玉也过不惯那里的生活。

那里的水资源极度匮乏。

每天喝的水,都是从黄河里打上来,混沌昏黄,加点明矾沉淀,闭着眼睛,勉强喝下去。

几块砖头一围,算是茅房。上完茅房,没水可冲,用烂泥敷一把,掩盖臭气。

小孩子用的尿布,也没有水洗,一把黄沙匀洒,拍一拍,抖一抖,下次重复利用。

吃的也不习惯,一开始尚有米饭吃,后来吃面粉,再后来只能吃麸皮饼了。

戏没地方唱,谢德政谋了一份教书的差事。那里有一摞大白菜,他每天可以拿一株回家。

菜帮子的甜香,慰藉着他们的思乡之情。

有个老大爷看他们不像当地人,一问得知他们来自上海,吧嗒吸了一口烟袋:

"那你们是从天堂来到了地狱啊!"

金小玉听了,心头一紧,鼻子泛酸。

他们终究还是回去了。

唱地场

回到上海,他们才知上海户口没了,粮食也没了,成了"黑户"。

上海待不下去,只能回到老家宁波,找个亲戚落了户,总算安顿下来。

谢德政去文工团拉胡琴,金小玉找不到活计,只能到鞋厂当学徒,一个月12元,贴补家用。

那双曾经妩媚蝶姿的手,握着粗粝的锤子,敲钉子。一不留神,钉子挫到娇嫩的皮肤,血肉模糊。

钉子一枚枚钉进鞋底,日子一天天过去。

直到女儿出水痘,连医药费都付不起,愁眉不展中,金小玉才想到一条出路。

她不得已又回到上海七浦路,宁波人聚集的一带,唱地场。

辟一块地,摆30根长条凳,搭个帐篷,连接电线。

灯光一打,一身皮衣,开始卖唱。

她一个人,一会儿演小姑娘,一会儿演用人,粉淡梨花,莺燕婉转。

长条凳陆续坐满了人,观众围拢成几圈。

一曲唱完,她下来收钱。坐着的,一人一角;站着围观的人,向她扔钱,她掀起围身布襕去兜,兜到多少算多少。

女儿的水痘有钱治了,勉强度日。

1960年,宁波市甬剧团招人,辗转找到在上海唱地场的金小玉,之后又让谢德政担任琴师。

游荡半生,尘埃落定。

尽管那时候很苦,上山下乡,三天换一个地方,演员们到一个地方演出,还要帮着装台、拆台,赶路要背着重重的铺盖。

但一切都好过异乡漂泊的日子。

一滴甘露

"文革"初,金小玉被分配到东方红橡胶厂,一直到她48岁,女儿顶替母亲上岗。

1979年,甬剧先驱王宝云等人专程来到金小玉家,请她出山,组办民间甬剧团,提出由她担任团长。

金小玉百般推辞:

"我一生只会唱戏,什么事都不懂,也不想管。"

盛情难却,她担任了副团长:

"其实也没管什么事,就唱戏。"

那是二十世纪八十年代,老百姓对文艺的渴求,让甬剧呈现欣欣向荣的景象。

"真正饿煞了。"

回忆当年老百姓对甬剧的痴迷,她不禁缅怀。

她那年唱《金生弟》,红得不得了。老百姓殷切盼望她来,仿佛渴时尝一滴甘露。

戏唱完了,仍簇拥着,不让她走:

"金小玉唱得真好,别人我们都看厌了……"

那时,年近知天命的她,眉眼精致,嗓音有了岁月沉淀的浑厚,她再一次因为甬剧,熠熠生辉。

往事一幕幕,汹涌翻腾。

年过耄耋的她,夹起一支烟。

熏黄的墙上,烟雾缭绕,绕着那些过往。

前尘如烟。

血脉里的甬剧之河

戏曲界素来有诸多梨园世家。首屈一指的要数谭鑫培的谭派七代，著名的还有绝色坤生孟小冬的孟家五代，丑角大师萧长华的萧家五代，净角表演艺术家裘盛戎的裘派四代，"四大名旦"之首梅兰芳的梅派四代，六小龄童的猴王四代等。

一代代戏曲艺人，衣钵传承，薪火相传，勾勒出一幅泱泱中华的传统文化图景。

甬剧界，也有一个梨园世家。

第一代是王霭云，他的艺术生涯，横亘宁波滩簧"男旦"的全盛时期。

第二代是王文斌，精通宁波滩簧、四明南词的他，是宁波市甬剧团的首任团长，也是新中国成立后第一代甬剧艺人。

第三代是王利棠和王根棠，一位是宁波市甬剧团的副团长，一位是著名的琴师。

第四代是王红刚，是宁波市甬剧研究传习中心的导演。

祖孙四代，于甬剧长河中，绕梁遏云，翻转腾挪，绵延不尽，贯穿了一部百年甬剧史。

父子唱堂会

这条河，缓缓流淌，溯流而上，从第一代宁波滩簧艺人——王霭云说起。

王嚣云，鼻梁上架着一副厚厚的玻璃眼镜，人称"四只眼嚣云"。他是做锡箔起家的。

把锡块放在坩埚里烊化成锡水，一边浇箔，一边哼唱滩簧。

嗓子细窄，绕梁三尺，莺莺燕燕，似柔媚女声，为街坊邻居所熟知。

渐渐地，他成为一名宁波滩簧的男旦。

旧时女人难登大雅之堂，舞台上，由男旦演女人，唱女声。

当时著名的宁波滩簧男旦，有邬拾来、杜通尧、月月仙、黄阿元等。

从1880年到1924年，这四十多年的时间，宁波滩簧属于"男旦时期"。王嚣云历经男旦的鼎盛时期。

每逢添丁祝寿、升迁宴宾、婚丧嫁娶等红白喜事，滩簧艺人常被邀请唱堂会。

当时唱堂会的，都是有名的滩簧艺人，除王嚣云外，还有张德元、周瑞甫等人。

王嚣云带上儿子王文斌，父子上阵，齐唱堂会。

父亲唱旦，儿子唱清客。一父一子，一旦一生。

两张八仙桌，拼在一起。七八个人围坐：

一个拉二胡，一个敲鼓板，一个打小锣，四个演员，一个个轮流唱。

那时的滩簧，多是坐唱，鲜有表演。

戏在唱腔和眼神里。

王嚣云照例唱女声，只听他嗓子捏着尖儿，挤眉弄眼，娇憨情状似小女儿。

媚意反是女子所不及。

唱完一出戏,眼神斜睨,娇滴滴地问儿子王文斌:

"侬最近来个阿啥啦?"

王文斌接过话茬:

"我来的卖橄榄啦!"

紧接着,王文斌顺势唱滩簧小戏《卖橄榄》:

犯关犯关真犯关,为啥开口叫犯关,听我是白舌利市道一番。清朝会弄嘎面眼,宣统皇帝坐牢监,六部九卿做行贩,正宫娘娘担监饭,国太娘娘去讨饭,新科状元摆摆测字摊。侬讲犯关否犯关?

一唱就是四个小时。所唱曲目,是从"宁波滩簧七十二小戏"中,挑选六出比较应景的小戏,用一些诙谐的水词,把小戏串起来。

那时,一户人家唱堂会,隔壁邻舍听到的笃之声,知有戏可听,总来轧闹猛。

听说是王霭云、王文斌父子来做戏,隔壁村落的人也会聚拢过来。

1924年前后,上海的宁波滩簧出现第一批女旦,女旦在扮相和表演上都比男旦自然柔美。

从此,宁波滩簧实行男女合演。

晚年的王霭云,面容清癯,身形瘦削,戴着厚厚的近视眼镜。

他酷爱看书,近乎痴迷。

因这份"痴",发生过一桩趣事。

中营巷的一处院落,王家四世同堂。

有一天,他在院子里看书。书页紧贴他的鼻尖,他嗅着书香,一头栽进书里。

此时,有个鬼鬼祟祟的身影,正蹑手蹑脚,潜入院子。

飘忽来去的影子,在他架着书本的鼻尖下,把家里值钱的物件,一样一样搬出去。

家里进贼骨头了。

窸窸窣窣的翻书声,掩盖住刻意放轻的脚步声。

等王霭云从书海里缓过神来,那人早已溜得不见踪影。

损失多少财物,已被人淡忘。书痴的故事,却成为王家的逸闻趣谈,佐证这个梨园世家的文脉渊源。

孙荣芳的一封信

王文斌13岁就跟随父亲王霭云学艺。

那一年是1930年。

他初拉胡琴,15岁进入滩簧班,正式拜先生。

旧时行规,学宁波滩簧,要拜两位先生,既要拜滩簧先生,也要拜四明南词先生。

不拜两行先生,不予上台。

滩簧先生是福建人,专教七十二出小戏,他是先生的关门弟子。

他的四明南词先生是柴彬章。在上海滩名噪一时的徐凤仙是王文斌的师妹。

他通晓音律,拉得一手好胡琴,自拉自唱,琴声幽婉。

塑造人物时,由他自己设计唱腔,风格鲜明,自成一派。

他擅演"清客戏",即甬剧中的"小生戏",《庵堂相会》《还披风》《打窗楼》《双落发》都是他的拿手好戏。

过去鲜有影像资料留存，只能在黑白模糊的剧照里，约略窥见当年的风采。

徐凤仙、贺显民在上海滩风生水起时，也有人劝王文斌去上海发展。

他思量一番，选择留在宁波。他已在宁波成家，家里人多，底下还有两个弟弟，都需要靠他养活。

他为人低调，与世无争，受人尊重，是个热心肠。别人有了难处，第一个想到的便是他。

有一天，他收到一封信，是孙翠娥的弟弟孙荣芳寄来的。

孙翠娥是宁波滩簧"四大名旦"之一，她曾与王文斌搭过班，唤王文斌为"阿弟"。

孙荣芳是上海堇风甬剧团的小生。当时，上海对甬剧队伍整合重组，原有的几个甬剧团几乎都并入了堇风甬剧团。

堇风甬剧团霎时人才云集，藏龙卧虎，许多独当一面的角儿，只能跑龙套。

孙荣芳也面临困境，他天生一副好嗓，却苦于唱不上戏。没有戏，也就没有包银。

一时穷困断炊，难以为继。

王文斌收到信后，沉吟许久。

他先让孙荣芳来宁波，吃住都在他家。知悉他在上海的一切境况后，他写信给师妹——堇风甬剧团艺委会主任徐凤仙，希望她能想想办法。他的措辞温和而坚定：

"酌情为孙荣芳安排角色。"

一年后，孙荣芳重回上海。

甬剧《心事》剧照。徐秋霞、王文斌

甬剧《姜喜喜》剧照。徐秋霞、王文斌

甬剧《红珊瑚》剧照。中为王文斌

甬剧《龙虎榜》剧照。中为王文斌

剧团艺委会决定让他改唱老生，从俊逸潇洒的小生，变为稳重成熟的老生。

新的行当竟使孙荣芳一举成名。日后，他成为甬剧界极富盛名的老生。

宁波市甬剧团成立伊始，王文斌被众人推举为一团之长，不仅仅因他与人为善。

剧团管理上，他退居幕后，甘当绿叶，积极培养青年演员，让年轻人崭露头角。

艺术理念上，他是个创新改革派。

建团伊始，他创排神话甬剧《田螺姑娘》。此剧一出，万人空巷，遂成为甬剧优秀经典传统剧目之一。

"剧种要发展，必须吸收借鉴兄弟剧种的好东西为我所用，取长补短。唱腔也不能固守老调，一定要创新。"

唯其如此，他支持鼓励年轻作曲者李微改革甬剧唱腔，使甬剧音乐渐趋蜕变，旋律丰富旖旎，善于表现戏剧情境。

那是二十世纪五十年代，第一代甬剧老艺术家的真知灼见。

吃肉丝面，还是阳春面？

冷静街2号的文艺大院，是王红刚成长的地方。

那个院子里，住着甬剧、越剧、京剧等戏曲演职人员。

那是个中西结合的院落，外墙是整齐利落的水泥石砖，内壁是雍容华贵的金漆木板。

雅致古朴，美则美矣，只是不隔音。

"咦——啊——呀——"

儿时的王红刚,在艺人们的练声喊嗓声里苏醒。

刀、枪、棍、戏衣,是他童年的玩具。

卧室里有一个立式衣柜,中间镶着一面镜子。

父亲为塑造角色,常把自己关在屋里,就在这面镜子前,琢磨人物,练习唱腔,设计动作。

他做作业时,耳畔总是萦绕着时而高亢、时而平缓的旋律。

父亲的声音隔着一道门,吟哦呢喃,令他神往。

父亲究竟是做什么工作的?

为什么父亲整天喃喃有词?

为什么不像同学的父亲一样,拎公文包,穿工作服?

好奇的他,禁不住往门缝里窥伺:

光阴缓缓流淌,于时光的隧道无尽延展。

往前挪移二十年——1960 年。

爷爷王文斌领着小学毕业的父亲王利棠,走进宁波市戏曲学校甬剧训练班。

"你要学戏,不要跟着剧团,成天上山下乡地演戏,学不到什么东西。你要去戏校,扎扎实实练好基本功。"

王利棠似懂非懂。

进入戏校,清晨 5 点起床,他与曹定英、陈炳尧、沈永华、杨柳汀、王祝安、卓胜祖、沃绵龙、王梦云、郑顺琴、蒋惠丽、钟爱凤、盛虹等同学一起练功。

身子倒立,双腿架墙,倒竖蜻蜓,行话称"拿顶"。

武功老师手执长鞭,拿顶时,谁的腿若没绷直,鞭子便会落下。

长鞭不认人,只认散漫的腿。

王利棠在甬剧《守财奴》中扮演贾仁

王利棠在甬剧《亮眼哥》中扮演金守山

他们毕竟还是孩子，腰酸痛得厉害，难免心生怠惰。

武功老师一只眼瞎，反剪双手，来回踱步。

朝看得见的一边走时，他们绷直了腿；朝另一边走时，他们把腿放下，瘫于地上，缓口气。

仍是被老师发现，鞭子一记一记，如急雨落下：

"你们想吃肉丝面，还是阳春面？"

天灾人祸，粮食匮乏，一碗热气腾腾的肉丝面，似在眼前晃动。

咽口水的声音。

"想吃肉丝面，就要练苦功，当主角！练不好功，只能跑龙套，吃阳春面！记住了吗？"

老师的话，直抵饥肠辘辘的胃。疼痛伴着饥饿。

王利棠咬牙忍着，再也不敢松懈。

四年后，他成为宁波市甬剧青年队的一员。那是1964年。

"文革"期间，宁波市甬剧团解散，他与一批甬剧演员一起，改唱越剧样板戏十年。

再后来，他成为宁波市甬剧团的副团长。

他在舞台上跌打滚爬四十余年，各种戏路驾轻就熟，尤其擅演反派老生。

平时，他留心观察各色人等，"大糊（宁波话，意为傻子）也要学三分"。

接到甬剧《啼笑因缘》中沈三弦这个角色时，他四十岁刚出头。

他关上门，研究剧本，琢磨角色。

沈三弦是个老烟鬼，为了抽鸦片，形象不管，亲情不顾，连亲侄女也可以出卖，是个社会渣滓。

对旧社会的"鸦片鬼"，他没有生活积累，舞台上怎样呈现？

王利棠在甬剧《啼笑因缘》中扮演沈三弦

他请教了从那个年代过来的父亲王文斌。

父亲绘声绘色地描述,"鸦片鬼"瘦骨嶙峋的病态形象渐渐浮现于他的脑海。

沈三弦是主配,戏份不多,却是推动剧情、穿针引线的人物。

为了让这个人物鲜活,首先要追求形似。

造型上,他面黄肌瘦,灰头土脸,眼屎糊住眼,长衫褴褛,邋里邋遢。

形体上,他设计了角色特定习惯性动作:

因常年抽鸦片伤身,肩膀斜耸,眼泪鼻涕,一抓一把。

再者,利用唱腔和念白的表演塑造神似。

他将这个人物刻画得入木三分,被业内人士称为"江南活三

甬剧《泪血樱花》剧照。右一为王利棠

弦"。《啼笑因缘》在天然舞台连演一个多月,场场不衰。

花甲之年,他没有赋闲。挚爱舞台的他,继续为年轻演员赓续技艺,排练传统戏:《杨乃武与小白菜》《守财奴》《陆雅臣卖妻》。

误打误撞

耳濡目染中,戏曲似乎是自然生长在王红刚身体里的经脉。

每天,王红刚在咸塘街小学放了学,先去外婆家吃饭。外婆家在天然舞台对面。

有一天放学,他照例去外婆家。路过天然舞台后门时,甬剧艺训班正在招考学员。

"呀,这是王老师的儿子,过来过来,你唱一个。"

舞台是他第二个家,他一点儿也不犯怵,张嘴就来。

唱毕,在报名表上,懵懂地写下自己的名字。

没想到,初试就这样过了,即将面临复试。

他才意识到,这不是闹着玩的。

作为考官的父亲王利棠,忽然发现复试名单里出现了儿子的名字,惊愕不已。

饭桌上的家庭会议。父亲和母亲显然已经商量过,语气平缓:

"你愿意去学甬剧吗?"

王红刚只知甬剧跟父亲有关联,神神秘秘,蛮好玩的。

"那边有没有书读?"

他不想放弃学业。

"有,但没有学校里多,以学戏为主。"

"那刀和枪有吗?"

"有啊,都要学的。"

"那好啊!"

第二天晚上,父亲教他甬剧《三篙恨》选段:

"你为我,离家乡,侠骨热肠;妹乞讨,哥卖唱,受尽凄凉……"

父亲把唱词抄在纸上,唱一句,他跟一句,学得很快。

这是王红刚第一次正儿八经学甬剧。

复试通过了,还有一道关——决试。

这一次,惊动了爷爷王文斌与叔叔王根棠。

王根棠是王利棠的弟弟。他初学鼓板,后拉胡琴,又涉猎中提琴、大提琴,为甬剧奏响半个多世纪的琴音。许多甬剧作品中呜咽哀婉的琴声,就出自他手。历届甬剧班的唱腔课,皆有他的声声教诲。

决试前一晚,王红刚与父亲一起去爷爷家。

爷爷教唱,叔叔拉琴,父亲听音。

一棵小树苗,在两代人的滋养下静静成长。

那晚,爷爷神情肃然:

"你以后要去学甬剧,一定要学宁波地方的土特产——本土曲艺。甬剧一路吸收了曲艺,才发展壮大。"

末了,爷爷叮嘱:

"你要认认真真做戏,清清白白做人。是你的,就是你的。不是你的,不要强求。"

初试导演

甬剧艺训班的学员，有如今成为甬剧名家的王锦文、虞杰等男女学员二十多名，还有罗滨等乐队学员五名。

课堂上，除了学习"唱、念、做、打"等戏曲基本功，还增设历史、政治、语文等文化课程。

主教老师除了他爷爷王文斌，还有老一辈的甬剧艺人金玉兰、徐秋霞、黄君卿等，中青年演员李发敏、沈永华、余玲玲、沈瑞龙和唱腔老师邵孝衍等，后来还加入了乐队老师李争鸣、邬向东，与他叔叔王根棠等。

学甬剧，王红刚有得天独厚的优势。

星期日上午，他总会去爷爷家"开小灶"。

温习一周所学，听爷爷拉二胡，教唱腔。

哪个音唱得不对，爷爷手中的琴声就戛然而止。一字一音，示范纠正。

家族传承，似涓涓细流，一滴一滴，浇灌至稚童心头。

王红刚年纪小，调皮好动，身上有功夫，闲不住，没事爱琢磨戏剧动作。

教身段的李发敏注意到这个人小鬼大的男孩，慈爱地拍了拍他瘦弱的肩膀：

"排戏时，你在旁边看着，帮我出出主意？"

排练《血染姐妹花》时，李发敏让他设计一组戏剧动作。

有一个场景：一个黑黢黢的夜晚，领头特务身后跟着一个小

二十世纪八十年代甬剧艺训班演出的《血染姐妹花》剧照

特务,去司令家抓共产党。

他设计了一串动作:

为了表现夜里漆黑一片,特务进门时,先被一只靴子绊了脚,趔趄几步,之后他发现桌上有酒菜,拿起酒壶,触碰感知,酒壶是热的,说明人未走远,他手一挥,小特务紧跟上来。

这里没有一句台词,却用一系列戏剧动作,表现人物在特定情境下的思想与行为。

老师的肯定与鼓励,让少年王红刚初尝导演滋味。

甬剧艺训班排演的第一部大戏,是甬剧传统剧目《借妻》。

上海请来的著名甬剧演员范素琴、金刚,为学员们一招一式地排练《借妻》。

金刚与甬剧艺训班学员合照。前排左二为王红刚，后排左三为金刚

那是1981年的夏天，学员与老师们暂住于宁波第九中学。

纯正甜糯的堇风腔，雏鸟啾啾的跟唱，从校园窗户向远方飘去。

师生们从三伏酷暑，热汗涔涔，到寒冬腊月，抖抖索索，一连数月，排就一部大戏。

那年的大年三十，甬剧《借妻》在鄞州横溪演出：

侬个面孔，会吃得来个红咚咚……

侬个断命张古董，侬会乱讲三千将我哄……

甬剧艺训班学员版《借妻》，由陈莎莎扮沈赛花，王勇军扮张古董，周一庭扮李成龙，王立波扮周百万。

王红刚那年 14 岁，个头小，嗓子亮，扮演势利诙谐的酒保，第一个上场：

小小酒店开镇上，吃酒朋友来四方……

一个个稚气未脱的孩子说着唱着宁波老话，台下观众欢喜看，咧嘴笑。

学员版《借妻》在天然舞台连演两个月，又在农村演了五六十场，火爆时日夜两场，仍有观众吵嚷买不到票。

他们是继二十世纪六十年代培养的甬剧青年队后，又一批经过科班训练的学员。

等他们毕业进甬剧团，正赶上甬剧最兴盛的时候。

王红刚在学员版《借妻》中扮演酒保

那是 1984 年。甬剧团人才济济,名家荟萃。

曹定英、杨柳汀、石松雪、杨佳玲、沃幸康……这些甬剧名演员年富力强,风华正茂。

对甬剧艺训班的学员来说,是遇不逢时。

刚毕业的男孩还能跑龙套,有些女孩想演个丫鬟都轮不到。

到了二十世纪九十年代,全国戏曲日趋式微,甬剧也举步维艰,收入惨淡。一大批优秀的甬剧演员离开甬剧团,另谋出路。

不久,王红刚也离开舞台,踏入热火朝天的商海。

那几年,身在曹营心在汉,心头的怅然,挥之不去。

空有一身技艺,无处施展,失魂落魄。

似冥冥之中的召唤,没过几年,他又回到老本行,在艺校培养戏曲新生代,担任甬剧班、越剧班的班主任。

八年后,他重回甬剧团。

一个在水中泅游迷途的孩子,随波逐流,踉踉跄跄,又挣扎回到了水中央。

重拾孩提梦想

回首来时路,他已错过演员磨砺演技最好的年华。

整装待发,重拾孩提时的旧梦——导演。

2008 年,王红刚赴上海戏剧学院进修导演专业。

第一堂课,是宋捷教授的戏曲导演课,开场白犹在耳畔:

"各位同人,大家一定要记住,戏曲舞台是演员的艺术,不是导演的艺术,影视才是导演的艺术。你们是幕后人,不是站在舞台上的人,你们一定要有耐心。"

大彻大悟,铭记在心。

班上的同学是全国各地的戏曲导演。王红刚并不是资历最深的,却因做事认真稳当,成为导演班的班长。

功夫在课堂之外。

他参与上海京剧院《封神榜》的二度创作,收获颇丰。

每天在文场与武场两头穿梭,每日与京剧行头打照面:头套、云肩、宽袍、阔袖、水袖、玉带、厚底靴……

也是在上海戏剧学院,他认识了恩师郦子柏教授。

只要提起郦教授,他便尊称为"我先生"。

那年,郦教授为本科生上"导演理论"课,他坐在底下旁听。

他好学入神,又比一般学生年龄大,郦教授留意到他。

他是宁波人,郦教授是杭州人,浙江老乡,好感倍增,久而久之,亦师亦友。

学成归来的王红刚,独立执导的处女作是甬剧《借女冲喜》。

那是 2010 年。

虽已年过不惑,在导演这块田地上却是初耕,应从继承传统上挖掘。

他曾听父亲说起,二十世纪六十年代初,上海堇风甬剧团的《借女冲喜》戏谑诙谐,俚俗风趣,但是剧团解散后,人走戏绝,甚为可惜。

这部戏是著名剧作家天方的作品,然而,几经搬迁,他本人也遍寻不到剧本。

后来,天方在一位拉中胡的琴师那里,找到《借女冲喜》的油印本。

王红刚导演的新版甬剧《借女冲喜》剧照

    油印本泛黄斑驳,王红刚如获至宝。

    毕竟过了半个世纪,一些剧情台词与时代格格不入,他欲动手修改,却怕糟蹋经典。

    他征求天方的意见,老先生应允:

    "你先写个大纲吧。"

    几个月后,王红刚捧着写好的大纲,敲开天方在昆山的家门。

    天方让他住下来,两代甬剧人一聊就是三天。

    等到第三天,所有情节线捋顺后,两人恍然发现,这已经是另一部戏了。

    两个月以后,天方寄来一摞手稿——新版《借女冲喜》的剧本。

    拿到手稿,王红刚趁热打铁,写了导演阐述,请教他的恩师郦子柏教授。

郦教授看完阐述后颇为诧异：

"你的导演处女作为什么会选择喜剧呢？排喜剧很难，需要每个演员都有喜剧细胞。"

"喜剧符合甬剧的艺术特质，我想排一部老百姓喜欢看的戏。"

这是王红刚的初衷。

改编后的老戏注入新灵魂，融嬉笑怒骂于一体。鲜活俚俗的宁波老话，戏谑悦耳的甬剧音乐，剧情也讨喜：

郎才配女貌，豺狼配虎豹，花配花，柳配柳，破畚箕配旧扫帚，有情人终成眷属。

2011年，甬剧《宁波大哥》准备参加第十二届中国戏剧节。由郦子柏担任艺术总监，王乃兴任导演，王红刚任副导演。

郦教授的观点，一针见血：

"《宁波大哥》整体风格偏向话剧，最后一场，也就是第七场，应添加戏曲舞蹈元素，以程式化的戏剧动作为人物形象服务。"

这一项艰巨的任务落到副导演王红刚肩上。

这一场，讲的是风雪中，王永强为救命恩人李信良祭坟。

从王永强拉着装满祭品的车出场，寻坟，见坟到祭坟，王红刚设计了一连串戏曲程式化动作，翻身、叉步、跪步……

哪个音符、哪个唱词跪步前行，都有准确的安排。

他亲身示范指导，膝盖蹭出血，磨破两条牛仔裤。

他还要求演员练习跪步时，不戴护膝，这样才能真切体会到人物内心的痛感，连唱带跪，达到表演的高潮。

这一场戏，被专家誉为"教科书级的表演"。

2015年，王红刚成为明星版甬剧《雷雨》的执行导演，总导演是他的先生郦子柏，这是第一部将曹禺原著的序与尾声搬上舞

甬剧《宁波大哥》剧照

台的戏曲。

剧中，四凤、周冲、周萍，三个青春生命转瞬逝去，他在这里处理成"美丽的触电"。

他不希望于观众面前呈现惨烈的一幕，而是将之化成一种悲天悯人的诗意关怀。

这是导演语汇，亦是他一直追求的人文情怀。

这么多年来，他一直在思考，太爷爷、爷爷、父亲，他们究竟衣钵相传的是什么？自己身上流淌的又是什么？

他神思恍然，仿佛回到童年时的文艺大院——

各路名家，晨起吊嗓，压腿练功。爷爷苍劲悠扬的胡琴声，父亲房间里传来的闷闷的背词声，叔叔凄美动人的大提琴声，统统熔铸成他的骨血，成为流淌于他血脉里的甬剧之河。

日夜奔流，生生不息。

叩开那道神秘的门

天井里的秘密花园

开阔的天井，有一道门，磁石般吸引人，推开它，重重地，咿呀作响，风声呼啸：

茫茫一片黑，光亮渐明，大红的幔幕扯两边，弦索声声，胡琴阵阵，好戏开锣……

只要叩开那道神秘之门，就能天天泡在戏院里看戏，一天两场，许久都回不过神来。

外面的孩子想要翻墙进来，推门看白戏，准被他拦住，这可是他的秘密花园，岂可任人侵入。

这是陆宇宇的童年。

城隍庙民乐剧场，是二十世纪五十年代宁波市甬剧团的老团部。

陆宇宇从小住在这里，离甬剧团只有一墙之隔。

老团部里住着三户甬剧人家：王文斌一家，范金甫一家，陆声一家。

陆声是陆宇宇的父亲。

父亲陆声为长房独子，小名"阿汉"，他爷爷在上海开商行，显赫风光。

家境殷实的父亲，曾在上海读书，青年时期就酷爱话剧。抗战爆发后，父亲受中共地下党员的舅舅蒋柯夫影响，在家乡上虞参加抗日救亡运动。

抗战时期，父亲与女演员俞智勤（艺名尤囡）、好友徐季子一起参加由中国共产党领导的进步革命文艺团体"上虞县战地服务团",长期开展"左翼剧联"领导的抗日救亡宣传演出。

后来,这位女演员,成了陆宇宇的母亲。

父亲与母亲,一个是导演,一个是演员,珠联璧合,排练演出了《猎月之夜》《黄浦江边》《流亡三部曲》《塞上风云》《野玫瑰》《三千金》《人约黄昏》《古城的怒吼》等二十多部剧目。

有时候,父亲也与母亲同台演出,郎才女貌,十分登对。

他们的文艺战斗足迹,遍及浙东大地,还曾赴江西等地宣传演出。

不少青年、学生看了这些进步话剧,深受鼓舞,投笔从戎,上了四明山,加入新四军三五支队,走上革命的道路。

1953年,政府对宁波最具代表性的地方剧种——甬剧实施抢救,由宁波地委文教局派遣,父亲陆声作为业务指导员、专职导演,与政治指导员袁孝熊进驻宁波市甬剧团。甬剧团由民营转为国营后,父亲陆声正式担任甬剧团的专职导演兼艺术委员会主任。

母亲起初并不同意父亲去甬剧团。

在她印象里,甬剧前身是滩簧,草根粗俗,难登大雅之堂,与她崇尚的文明戏,简直是天壤之别。

热爱时髦的她认为,好的艺术,就该像海派旗袍上的金边,绣红嵌金,精致高雅。

父亲却不这么认为。

他想在俚俗的甬剧中,融入话剧规范严整的气息,杂糅出一种优雅清新的气质。

这是甬剧从未有过的风格。

从此,父亲再也没有离开过甬剧。

陆 声　　　　　　　　　　　陆声与妻子俞智勤一起演出文明戏

陆家的家风

每天一早，父亲陆声就到剧场了。

往舞台上一坐，在一把旧旧的紫砂壶里，放一撮茶叶末子。排戏嗓子干了，嘬一口壶嘴，润润喉。

家中上有老，下有小，六个子女嗷嗷待哺，日子捉襟见肘。父亲连整片茶叶都舍不得买，茶叶末比茶叶便宜，三毛钱一包。

排戏和喝茶，是父亲仅有的嗜好。上午排戏，下午、晚上，日夜演出。一部戏接着一部戏。

那段红色岁月，父亲排了几十部大戏，光是1963年那一年，就排演了《红岩》《亮眼哥》等整整十部大戏。

不仅排戏，一部戏的服装、道具、化妆、舞美，他什么都管。

城隍庙旁的裁缝店，他常常带着演员去做戏服，师傅量体裁衣，他推敲细节。

《田螺姑娘》《两兄弟》《霓虹灯下的哨兵》《刘胡兰》《姑娘心里不平静》《姜喜喜》《罗汉钱》……

清装戏、西装旗袍戏、现代戏的演出服，都从这个小小的裁缝店里流出。

每一件服装，都浸润着父亲的琢磨与思量。

父亲一心扑在工作上，一回到家，便直奔书桌，埋首于一堆排练计划、导演手记。

那是家，也是办公室。常常聚集了一堆人：编剧、作曲、演员、舞美设计、服装设计……进门就开始讨论。

演出时，父亲也没闲着。

他站在舞台侧幕后面，把控全场。

道具组抢景来不及，他一个箭步冲上去抢，完全没有一点导演架子；演员在台上忘了词，他比演员还慌张，急得抓耳挠腮，恨不得上台救场。

他信奉"戏比天大"，只要为了戏，他什么都愿意做。

父亲一生的愉悦与艰辛，都在戏里了。

他无瑕顾及家务，对子女却是满满的爱。

孩子们有不懂事的地方，他从不打骂，总是和颜悦色，苦口婆心地讲道理。

那时候家里人多，经济负担重，偶尔有好吃的，他总是不舍得吃，捂着拿回家，跟孩子们分享。

每次出差，他也不忘带吃的回来。孩子们翻他的包，总有惊喜。

父亲陆声话不多，但他的一言一行，影响子女们一生：

"工作要认真，做个善良的好人。"

这始终是陆家的家风。

谦逊的"陆声同志"

当年甬剧界有两种说法：海派甬剧演传统戏为主，宁波甬剧演现代戏为主；甬剧在上海重唱腔，在宁波重表演。

这些说法，或多或少，都与父亲陆声的导演风格有关。

戏剧研究学者蒋中崎先生曾在《甬剧发展史述》中如此定论："由于陆声导演的众多现代戏，才逐渐形成了宁波甬剧以演现代戏为特色的传统风格。同时，陆声在导演过程中，努力克服解放前甬剧自然主义的表演风格，使宁波市甬剧团逐渐成为以现实主义为艺术风格的现代剧团。"

父亲为宁波甬剧舞台建立的独具风格的现代戏表演样式，一直沿袭至今。

这种表演风格的建立，从理论上追溯，是将斯坦尼斯拉夫斯基的表演体系运用到甬剧艺术中；从实践中寻觅，是父亲尊重演员与编剧的体现。

父亲是斯坦尼斯拉夫斯基的忠实践行者，他的枕边书也是斯氏体系的论著：

《斯坦尼戏剧理论》《演员的自我修养》《我的艺术生活》等。

一翻开书，都是父亲拿红笔划的重点。底下附着一本本读书笔记。有些理论著作买不到，他看到就抄书，抄了一本又一本。

他汲取斯氏精华，始终坚持以现实主义为主的导演艺术风格，主张演员与角色合一。

父亲到甬剧团之前，导演只是"说戏"，说个大概故事，其余全凭演员发挥，俗称"路头戏"。

过去的甬剧演员，不注重角色塑造，演绎的人物往往千篇一律。有些悟性高的演员，摸索出一套表演模式，但不成系统。甬剧艺人流动性大，甬剧的表演风格也难以统一。

其实，甬剧不受行当和程式的限制，一个角色，在戏中年龄跨度很大，从花旦到老旦，从小生到老生，全由演员根据形态、声音、步伐等掌控。这样的艺术特征，可以让演员更好地把注意力放在塑造人物上。

因此，父亲强调人物形象的塑造，结合演员本身的个性特征，摆脱旧戏班自由发挥的表演风格，吸收继承甬剧原有的诙谐幽默，将甬剧与话剧的表演方式结合起来。

父亲待人厚道善良，从没跟人红过脸，他善于调动大家的工作热情，常常谦逊地请教老艺人关于传统甬剧的表演手法。

演员们不喊他"陆导"，而是亲切地称呼他为"陆声同志"。

他对那一代甬剧演员的脾气秉性也十分熟悉，依着演员的特质排戏，往往事半功倍。

比如甬剧演员余盛春，生活中是一个小资潇洒的人。他曾经有一辆大红色的女式自行车，车把手上挂个半导体，把一群女粉丝迷得神魂颠倒。多么像今时今日，豪车飞驰在大街上，伴着车内音乐呼啸而过的情景。

甬剧《南方来信》戏单

甬剧《王鲲》戏单

甬剧《一千〇一天》戏单

这样的演员到了舞台上，却是台风稳健，气宇轩昂，神采飞扬，总能赢得满堂彩。

父亲捕捉到他独特的舞台艺术魅力，为他匹配合适的角色。果然，余盛春既能把宁波工运领袖王鲲演得又红又专，又能把《亮眼哥》中地主婆的儿子王坤生演得狡猾痞帅。

演一个人物，活一个人物。一个角色，经父亲之手揉捏，不再是演员，是人物。

著名剧作家胡小孩与父亲陆声合作多年，他们相知相交，默契神会，创作出一部部经典。

胡小孩回忆，父亲陆声很尊重编剧，他秉承"一剧之本"的理念，不随意改动剧本，努力把剧本中的每一个字，每一段留白，都艺术化地搬上甬剧舞台，总能出彩。

只有当甬剧演员排练，感觉宁波话念白不顺时，他才会改动一些字句。

每当这种时候，父亲陆声总会先征求胡小孩的意见，再作修改。真正把编剧放在创作中心。

"他是话剧导演出身，却对戏曲艺术非常了解，他是真正尊重编剧和演员的导演。他导演起来得心应手，我们在艺术上沟通无障碍，一丁点矛盾都没有。"胡小孩感慨。

特殊年代的《亮眼哥》

胡小孩现代戏的代表作《两兄弟》《姑娘心里不平静》《亮眼哥》，均由父亲陆声执导。

这些作品在宁波戏剧界，浙江省乃至华东地区都极具影响力，成就了宁波市甬剧团成立以来的第一次高峰。

尤以《亮眼哥》最为轰动，也最有争议。

其中有一场戏，是一代代甬剧艺人的必修课。

是田玉柳灯下独叹，唱内心独白：

春雪浓，春夜冷，
孤灯一盏难暖身。
爹爹开会出门去，
玉柳停针暗沉吟。
暗沉吟，叹连声，
想起那日在半山亭……

甬剧《亮眼哥》剧照

这场戏很静，内心戏很深。如何在极静的时空里，表现心绪万千，足见导演与演员的功力。

还有《飞雪》一场，万松青连夜冒着风雪，赶往公社汇报大队工作，一面踏雪前行，一面思潮起伏，却不知王坤生正紧紧跟在背后，伺机谋害他。父亲将戏曲元素融入这场戏中，造成一前一后，一正一邪，时紧时慢，舞台气氛异常紧张，极具戏剧张力。

这部戏在上海演出时，盛况空前，全国各个剧种的专业院团专程赴沪观摩学习，很多剧团要求移植演出《亮眼哥》，甬剧团各部门随带的演出本被索要一空。

上海京剧院院长周信芳、上海越剧院院长袁雪芬观看后亲临后台祝贺。袁雪芬还当场拍板——上海越剧院要移植此剧，由徐玉兰、王文娟主演。

《亮眼哥》风靡沪上，引起了各级领导的重视，省文化厅决定让甬剧团携《亮眼哥》晋京演出。

这是宁波市甬剧团自建团以来的高光时刻，全团上下分享着成功的喜悦。

父亲是那样兴奋和忙碌，马不停蹄地带领演员们一步步打磨提升。

他废寝忘食，殚精竭虑，他是多么希望甬剧能凭借《亮眼哥》，再次在全国观众面前"亮"相啊！

然而，一场史无前例的人间浩劫，将他的梦想彻底击碎。

《亮眼哥》被批判为"大毒草"，父亲更成了"牛鬼蛇神"，被关进"牛棚"。

人如兽，兽如人。黑白颠倒，暗无天日。

最终，父亲因非人的折磨，猝死于"牛棚"，时年52岁。

特殊的年代过去了，父亲也平反了，但一代甬剧导演，终究是陨落了。

有一次，陆宇宇在杭州遇到胡小孩。

胡小孩约他在饭店相聚，席间只一个劲儿地让他多吃。

大部分时候，他们相顾无言。

胡小孩默默地望着他，眼神里流露出对父亲陆声深深的思念。

艺术的衣钵

六个兄弟姐妹中，只有陆宇宇传承父母艺术的衣钵。

起初，他喜欢的是美术。

天然舞台的弄堂对面，有一个四明书店。里面有许多美术书，陆宇宇常去翻看。

那里还有一些手工模型，造型奇巧，他因囊中羞涩，流连一番，也就罢了。

那时候父亲整日埋首甬剧，不知何时，发现了他的爱好。

有一天回家，父亲突然递给他一个手工模型，让他既惊讶又欢喜。

陆宇宇把手工模型一块块搭建好，放在那里细细观赏，爱不释手。那是父亲对他深沉的爱。

那时候宁波有一个美工队，宁波所有影院和剧院的宣传海报、黑板报、幻灯片，都由美工队负责绘制。

陆宇宇先在美工队当学徒，跟着老师学习绘画和美术字，后来又跟着天然舞台的舞美老师学画布景。

正在他学艺精进的时候，中央实行"调整、巩固、充实、提高"的八字方针，要求1958年以后招收的新职工一律精简。

陆宇宇以为自己会离开时，影剧院的一位支部书记找到他，希望他留在天然舞台，做一个临时工。

戏剧艺术的大门，再一次为他敞开。

在那里，他每天都能看到越剧、京剧、甬剧，还有全国各个地方剧种。

他如痴如醉地浸润在戏剧的海洋里，仿佛重新打开了童年的秘密匣子。

那一方戏曲舞台，是他后来从事表演的启蒙老师。

1962年，他正式跟舞美设计师周东昭学习。1963年，他被推荐到宁波市戏曲学校甬剧班。

也是在宁波戏曲学校，陆宇宇结识了后来的爱人，越剧班的李发敏。越剧演员出身的她，从1981年进入甬剧培训班开始，教授了王锦文、严耀忠、郑健、柯珂等一代代甬剧人，她不但将越剧唯美的程式融入甬剧中，还借鉴其他剧种的戏曲舞蹈化身段，增加甬剧表演的丰富性。经她导演的《牡丹对课》《秋香送茶》《双推磨》等，一直都是甬剧的保留剧目，代代沿袭。

这是后话。

甬剧班的学员一年后毕业，成立了甬剧青年队，团长是江梦飞。

有一次甬剧演出，演员临时有事不能上，江梦飞团长想到了陆宇宇。

当年的陆宇宇剑眉星目，身材匀称，举手投足间颇有艺术气质。从小浸染甬剧的他，天生会演戏。

没几天，他就把角色顶上了，也就此改行当了甬剧演员。

陆宇宇在甬剧《雷雨》中扮演周冲

陆宇宇在甬剧《半把剪刀》中扮演赵峥崧

压抑的年代,陆宇宇仿佛找到了一个出口,释放自己在现实生活中的苦楚。他在《红灯记》选段中扮演李玉和,在《智取威虎山》选段中扮演英雄杨子荣,在《雷雨》中扮演周冲,在角色中体悟人生的百转千回。

他做过舞美,当过演员,干过管理,还当了近十年的甬剧团常务副团长。

1996年9月,他离开了剧团,担任宁波市文艺学校的校长兼书记,相继开设了甬剧班、歌舞班、越剧班,还在21世纪之初,首开"影视表演"专业班,为宁波各大院团和高等艺术院校输送专业艺术人才。

退休后的陆宇宇,内心仍有很深的话剧和甬剧情结,他受邀参加微电影、影视剧、甬剧的拍摄,老当益壮,乐此不疲,重拾演员梦。

岁月无声,只是在冥冥之中,贯通了艺术长河,徐徐流泻,绵延不绝。

田螺姑娘睡着了

"弯弯小楼,桃子门头。姑娘出门,扇子戴头。"
猜猜这是什么?
这是流传于宁波民间的谜语,谜底是田螺。
旧时广德湖一带,湖水荡漾,广纵千顷,稻谷飘香,盛产田螺。劳动人民赋予田螺的谜语也是层出不穷:

远看一个桩,近看缠身歪。牙须依地上,屁股朝天坐。
团匯挡大头,贼来撬弗进。如果要撬进,除非开后门。
歪嘴瓶,歪嘴盖,歪嘴瓶里装荤菜。
生的是一碗,煮熟是一碗;不吃是一碗,吃了也一碗。

用宁波话读这些谜语,饶有风趣,仿佛能看见宁波人嗍田螺肉时,想嗍又嗍不出的那股滑稽劲。

后来,明州太守楼异围湖造田,广德湖不复存在,湖畔美丽的"田螺姑娘"却流传千古。

如今,在海曙区集士港镇万众村,成立了非遗基地,专门研究"田螺姑娘"的传说故事。

田螺姑娘的故事,简单来说,不过一句话:
男子得螺,螺化为女子,为男子烧菜做饭。
简约的情节,留给艺术家无限的遐想,铸就了甬剧史上的经典之作——《田螺姑娘》。

甬剧《田螺姑娘》是由宁波人自己演的宁波故事。

上海堇风甬剧团《田螺姑娘》戏单　　　甬剧《田螺姑娘》戏单

第一次将《田螺姑娘》搬上宁波的甬剧舞台，是1953年。这也是宁波市甬剧团建团后的第一部古装戏和神话剧。

甬剧最早的田螺姑娘扮演者，是第二代甬剧演员汪莉萍。

有一天，吃完晚饭，演员们聚拢开会，一如往常。

编导陈白枫端坐中间，宣布《田螺姑娘》角色：

"汪莉萍扮演田螺姑娘……"

16岁的汪莉萍一跃而起，椅子咣当翻倒，她顾不上那么多了。

她的喜悦，泛升上来，心里狂热呐喊：

"我终于可以演田螺姑娘了！我终于可以演田螺姑娘了！"

《田螺姑娘》曾由上海堇风甬剧团首演，是她师父徐凤仙的作品，她未曾亲眼看见，却知道这是一部扣人心弦的古装神话剧。

1953年汪莉萍扮演的田螺姑娘

她从小就喜欢戏曲里的古装打扮，常常在镜子前效仿古典美人，一颦一笑，俨嗔薄喜。

高兴归高兴，问题也来了。

甬剧素来以唱为主，演西装旗袍戏、现代戏居多，戏曲程式性不强。

可如果田螺姑娘也跟现代人一样，大步流星，干脆利索，岂不失了神韵？

编导陈白枫陪汪莉萍去佩卿越剧团，请一位名叫白玉琴的演员教她古装戏的程式动作。

这些唯美的戏曲身段，令她如获至宝。

每天学完，回家把门关上，铺一张席子在地上，当一方舞台，想象镜子前是观众。

狭小的"镜框式舞台"上，她时而挥袖、投袖、撩袖、抛袖，时而盘卧指月，顾盼生姿……

首演那天，拉开大幕，娉娉婷婷的"田螺姑娘"从田螺壳里婀娜而出，观众惊叹之声弥漫整个剧场：

"咋会嘎漂亮啦！"

田螺壳是水缸改造的，还是汪莉萍从家里拿来的。当时剧团困窘，上戏快，许多道具都是演员想办法凑齐的。

说起水缸，还有一桩趣事。

有一次演田螺姑娘，汪莉萍袅袅娜娜地钻进水缸道具里。

这时候，陈月琴扮演的温家大嫂有一段长长的唱腔。

等陈月琴唱罢，鼓板响起，田螺姑娘却没出来。

台上鼓板如"急急风"，的笃的笃催场，场上演员慌成一团，这可怎么办？

1959年甬剧《田螺姑娘》剧照

陈月琴干站在台上，戏没法演下去，只能敲水缸，轻幽急促："莉萍，要出去了！莉萍——"

原来，"田螺姑娘"睡着了，直到水缸嘣嘣作响，方如梦初醒。

这是二十世纪五十年代，是宁波甬剧最辉煌的时期。

那时的甬剧，两天换一台戏，白天演，晚上演，晚上演完，接着排第二天的戏，演员不堪重负，疲惫不已。

有了这次小小的演出事故后，再演《田螺姑娘》，大家便在水缸里放一些小零食，或是一面小镜子，给汪莉萍解解乏，补补妆，以防她再睡着。

睡着的田螺姑娘，并没有浇灭观众的热情。

听说戏里噱头多，机关布景新奇，灯光炫彩夺目，田螺姑娘靓丽俏皮，人们蜂拥而至。

《田螺姑娘》接连演了一个多月的日夜场，有时候一天还演三场。即便这样，很多戏迷还是抢不到票。

尤其是路远的戏迷，大晚上，背着铺盖排队，第二天才能买到票。

排队的老百姓从甬剧团售票口的城隍庙排到药行街，如游龙蜿蜒，足有百米。

那种景象，真是满城争看《田螺姑娘》。

《田螺姑娘》也因此成为宁波市甬剧团的保留剧目，一代代甬剧人将它搬上舞台，久演不衰。

1983年，甬剧艺训班的贝文琴、虞杰扮演了田螺姑娘与谢端。

1987年，《田螺姑娘》还被拍摄成了甬剧电视剧。虞杰、陈莎莎、曹定英等甬剧演员，从台前走上荧屏。

当年，22岁的王锦文扮演碧螺，只在镜头前晃了几秒，那泓含水的秋波,娇俏的嗓音,令人难忘。

2013年,甬剧青年演员张欣溢、苏醒、贺磊出演了青春版《田螺姑娘》。

2018年,鄞江镇中心小学甬剧班的小学生们,在甬剧研究传习中心老师们的辅导下,稚嫩清亮地学唱甬剧《田螺姑娘》选段:

月光泻银映碧波,走桥相遇喜更多。莫非月老竟把红绳牵,有意成全我小田螺……

1983年贝文琴扮演的田螺姑娘

1987年甬剧电视剧《田螺姑娘》。左一为田螺姑娘的扮演者陈莎莎,右一为碧螺精的扮演者王锦文

1987年甬剧电视剧《田螺姑娘》。中间着蓝裙者为碧螺精的扮演者王锦文

青春版甬剧《田螺姑娘》剧照

三十余年后,当年的"碧螺"已是"梅花奖"得主,她化身"田螺姑娘",登上央视2021年的元宵戏曲晚会。

水波滟潋的追光,精巧别致的田螺群舞,彩袖珠翠的华丽,早已不是当年茅舍农屋、粗布麻衣可比拟,但那种向往美好生活的朴素心愿,亘古未变,代代相传。

湮没于历史的说戏先生

说戏先生

早期话剧进入上海,被称作"文明戏"。

文明戏是中国话剧最早的形态,以言语和动作为主要表现手法,从内容到形式,都有别于传统戏曲,影射时事,新鲜文明,通俗易懂。

"文明戏"之名,由此而来。

1936年,甬剧进入"改良甬剧"时期。简单的剧情无法满足见多识广的上海观众,甬剧艺人便请文明戏演员当编导。

编剧与导演由一人兼任,人们尊称他们为"说戏先生"。

说戏先生,几乎都受过文明戏的熏陶。他们把文明戏的写实主义融入甬剧,也把甬剧引进现代剧场。

他们写幕表大纲,编演时装大戏,拓宽甬剧的表现题材。

陈白枫,就是这样的说戏先生。

《田螺姑娘》《秋海棠》《啼笑因缘》《家》《毒》《四小姐》等家喻户晓的甬剧作品,都出自他手。

他出生在上海,原名陈兆祥,大家尊称他"白枫先生"。

他既能说戏,也能写戏,还能排戏。

年轻时,他一天到晚混迹于上海的电影院,知晓观众的喜好。

民国时期著名的"鸳鸯蝴蝶派"作家冯玉奇,是他的先生。

陈白枫当过电影编导、越剧编导、甬剧编导,那些作品里,也有"鸳鸯蝴蝶派"的烙印。

1949年,他开始在上海堇风甬剧团担任甬剧编导。

甬剧《啼笑皆非》戏单

甬剧《啼笑因缘》戏单

他接连创排了《啼笑因缘》《花开花落》《无花果》等剧目,为甬剧带来了一股浪漫气息。

麻布短衣的甬剧艺人,穿上了登样的西装旗袍。

田间地头,散发泥土芳香的甬剧,渐渐与灯红酒绿的大上海融为一体,出落得雅致唯美。

演员们在台上演戏,白枫先生无事,就去城隍庙转悠,翻翻书,找点灵感。

他对演员烂熟于心,根据每个人的性格,编一个故事,写分场大纲,经戏班班主或剧团负责人认可后,与演员说戏。

白枫先生坐中间,演员们围成一圈。听他讲故事的梗概,角色与人物关系。

甬剧《花开花落》剧照

接着，他将每场发生的故事，谁跟谁在哪里说了什么，讲与演员们听。

戏中的悲伤与欢笑，全凭他一人说。

剧情往往有路可循，比如：第一场是才子佳人相见欢；第二场是私定终身后花园；第三场是落难公子中状元；第四场是奉旨完婚大团圆。

白枫先生把戏的起承转合一说，大致内容捋顺，细节和台词靠演员临场发挥，俗称"掼路头"。

分场幕表张贴于后台醒目处，方便演员时时观看复习。

有时候，白枫先生会给主要演员写单片，单片上是一些唱词，可以反复套用。

之后，根据舞台大小，引导演员拉角度、走台步。再结合演出效果，不断修改剧情与台词。

如此，凑成一台戏。

因为没有固定台词，剧情时常变动，唱词、念白更是一天一个样。

演得多了，汲取观众反应好的唱段，记录下来，形成一个固定的本子。

老戏就是这样传下来的。

这样的戏，称为"幕表戏"，又叫"路头戏"。

路头戏，是说戏先生、演员、观众共同创作的。

新中国成立初期，陈白枫跟着徐凤仙、贺显民到宁波，组建了凤仙甬剧团，即宁波市甬剧团的前身。

甬剧保留剧目——古装神话剧《田螺姑娘》就是在那个时候创排的。

上海市努力沪剧团与宁波市甬剧团代表座谈会留影。前排右二为陈白枫

徐凤仙的徒弟汪莉萍,在上海时就认识陈白枫,她唤徐凤仙"姆妈",喊他"白枫爷叔"。

在"白枫爷叔"的说戏与指导下,汪莉萍演绎了宁波人心中的"田螺姑娘"。

《田螺姑娘》整整演了一个多月的日夜场,一时轰动宁波。

剧情感人,造型清丽,舞台布景耳目一新,这是白枫先生对西装旗袍戏的一场变革。

回归传统,又不同于传统。

英雄迟暮

1958年初,宁波各个剧团都集中到宁波四中,进行整风运动。

14岁的俞志华因为年纪小,没有参加运动,但领导给了他一个政治任务——看管一个大人。

这个人是陈白枫。

俞志华喊陈白枫"白枫爷叔",陈白枫亲昵地叫他"小小人"。

俞志华年少嗜睡,陈白枫袒护他:

"小小人,你……你困好了,如果领导来……来了,我会叫你的。"

白枫先生说的宁波话,带上海口音,还有点口吃。

那口音,时常提醒年少的俞志华,眼前这个貌不惊人的师傅,曾是大上海的说戏先生,著名的甬剧编导。

两个人待在一个小房间里,不知是小人管大人,还是大人管小人。

20岁出头的沃幸康,第一次遇见陈白枫,后者也已是英雄迟暮。

那时候,陈白枫已到知天命的年纪。

他看起来有些古怪,个子矮小,眼睛大得突兀,鼻梁高挺,微微驼背,肩膀有高低,常年戴着一副袖套。

他骑着自行车,背后有人喊他一声"白枫先生",他总是很费力地转过头去,痴痴一笑,双手不听使唤,导致车龙头失控。

谁也说不清,他曾经遭遇过什么。

只知道当年还是甬剧编导的时候,他说了一句"戏的好坏,不是你说好就好,是票房说了算,观众说了算"。

之后,便因为"目无组织",在"整风反右"中被划为右派,在梅山盐场劳改。

当年那个夹着雪茄,一副上海滩有钱人派头的白枫先生,二十世纪七十年代,在甬剧团的主业是仓库保管员,看闸门,管档案,打字幕。

白枫先生,家住西门口,沃幸康常去和他聊天,一来二去,成为亦师亦友的忘年交。

白枫先生烧得一手好菜。

看上去手无缚鸡之力的白枫先生,用一枚钉子,活杀黄鳝,再把黄鳝肉去骨划丝,丝丝清爽。

黄鳝炒土豆,黄鳝的鲜,土豆的糯,柔嫩鲜美。

两个人,一壶茶,一桌菜,一溪云,天南地北地讲大道。

白枫先生肚里货很多,对人物塑造也有自己独到的见解。

1978年夏天,宁波市甬剧团重建后的第一部大戏《雷雨》,由白枫先生担任艺术顾问。

白枫先生闲聊时袒露的艺术观点，令年轻的沃幸康受益良多。

白枫先生建议沃幸康，每次接到剧本时，都要仔细琢磨人物，写一个人物小传，把人物的身份、文化背景、人物关系梳理清晰，有助于角色的塑造。

白枫先生还说，演角色，要找到角色的习惯性动作。沃幸康当时并没有完全领会这句话的涵义。

直到二十年后，沃幸康塑造甬剧《典妻》的"夫"时，才恍然发觉此话的重要性。

沃幸康塑造"夫"时，用心设计了"夫"的习惯性动作：畏畏缩缩地站着，不停地拿手蹭围身布襕，总是抬不起头来。这既是他打短工的职业习惯，也是他对"妻"愧疚自责的表现。

后来的每一部戏，沃幸康都谨记白枫先生的叮嘱，分析人物，找准角色的习惯性动作。

白枫先生对艺术上的事滔滔不绝，说完却总是以手掩嘴，压低声音：

"别……别说是我说的啊。"

那场磨难，像一把锋利的锉刀，压低了他的声线，磨平了他的锐气，折弯了他的傲骨。

没多久，白枫先生退休了。

他佝偻着背，湮没于人群中，像个大隐隐于市的高手，渐渐疏离甬剧圈。

那背影像一阙宋词：

忍把浮名，换了浅斟低唱……

永远的"小孩"

名字的故事

上海，1930年的春天。一阵嘹亮的哭声从产房传来。

孩子的父母喜不自禁，他们是上海纱厂的工人。

这个男孩从出生开始啼哭，一连哭了两天两夜都不吃奶，年轻的父母拿这个嚎哭咆哮的孩子没辙，无奈地给他取了个名字：

胡啸孩。

1934年，日本侵华，上海沦陷。他们举家离开上海，回到家乡永康。

当时永康民间最火的，是婺剧中的徽班，高亢激越，粗犷明快。全城老百姓都爱看，大人常常抱着小孩，一看就是几个小时。

有一天晚上，锣鼓喧天，好戏开场，胡啸孩突然失踪了。

父母惊慌失措，这可是他们第一个儿子。

他们东家找，西家寻，杳无踪影。

最后，他们在戏台上的一个角落，看到一个聚精会神看戏的小背影，乐呼呼昂着头。

那果然是他们的儿子。

原来，他被热闹吸引，混进看戏的人群，哄挤到戏台前，瞬时被戏文迷住了。有个好心人见他那么小，怕他看不清，便把他抱上戏台一隅。

真是虚惊一场。那一年，他5岁。

回家后，父母厉声阻止他再出门看戏。他不敢明目张胆，只能暗暗动心思。

有时趁人不备，从家里翻墙出门，去城外看戏到深夜。回家的路漫长黢黑，他一个人害怕，便睡在戏台底下，等天亮再回家。

回家少不了父母一顿揍骂，他却不管不顾，魔怔了一般，下次哪里有戏，还往哪里扎。

1937年，日军侵入杭州，永康成了临时省会。

乱世里，永康变成戏班聚集地。京剧、越剧等戏班逃到永康。这使他更是如鱼得水。

转眼上了小学，他对戏的沉迷，并没有收敛半分。

当时剧场有一个不成文的规定，演出到三分之二的时候，门口无人把守，可以进去看白戏。他从不放过这样的好机会。

可这样，每次进场已是一出戏的末尾，他没过足戏瘾，只能另忖办法。

那时的大人，着及地长衫。他仗着自己个头小，轻拽长衫一角，紧跟其后，检票人以为他是"长衫"的孩子。如此这般，蒙混过关。

除了看戏，他还有一个嗜好——玩水。

他是个孩子王，常带领一帮同学逃课到溪边，在泥坑里挖个洞，把书包埋进去，脱光衣服，赤条条，白晃晃，打水仗，扭作一堆堆小肉山。

所幸的是，他记忆力好，看书过目不忘。白天旷课玩水，夜里看戏晚归，他的学习成绩仍是全班第一。

读中学时，每周六有个周末晚会，他常自编自演，旧瓶装新酒，将耳熟能详的故事编成抗战戏。初试编剧，受到师生们的喜爱。

课余时间，他还去民间剧团客串，曾在《梁祝》中反串祝英台的嫂子。

那个版本的《梁祝》有这样一个细节:

嫂子反对祝英台求学,怕女孩出远门失了贞洁。英台亲手种下月季花,并起誓:月季月月开花,我是贞洁的;若月季衰败,我已失贞。等祝英台走后,嫂子起了坏心眼,拎起开水壶浇花,没想到水愈浇花愈旺。

胡啸孩把这个坏嫂子演得活灵活现,运用眼神勾勒出一个动了坏心思的女人,令观众笑声不断。

春夏不经意的耕种,换来秋天的收获。年少时对戏剧的爱好,为他提供了丰厚的戏剧滋养。

成年后写戏,那些绝妙的唱词无需苦吟,仿佛都在脑海里,喷薄欲出,唾手可得。

1950年,刚毕业的胡啸孩被分配到金华地委文工团。

当时文工团没有工资,只定期发放生活用品:

一年发一套棉衣,每个月发四两黄烟,一斤肉。

负责发放物资的总务是南下的山东老兵,文化程度不高,写领用名单时,发现"胡啸孩"的"啸"字笔画太多,干脆改为"小"。

他当时才19岁,个子小小的,像个小孩,便也欣然接受了这个"小"字。

从此,"胡小孩"这个名字便跟了他一辈子。

起初,他只是应和着别人喊他"小孩"。

在报刊上发文章时,也会借用"胡小孩"作笔名。

到了1952年,他从文工团调到浙江文联创作组后,介绍信上竟白纸黑字地写着"胡小孩"三个字,他最终接受自己被改名为"胡小孩"的事实。

这名字好写好记,也闹出不少笑话。

有一次看病，胡小孩坐在那里等了很久，一本小说都看完了，还没轮到他，他起身询问。

护士问他："你叫什么名字？"

"胡小孩。"

"原来胡小孩是你啊！我还以为哪个姓胡的毛头，刚出生还没取名就抱来看病了，我看这里没有小孩，就没叫号。"

还有一次就医经历更荒唐，甚至危险。

那天，胡小孩要打青霉素，做好皮试后，准备排队打针，一看排在最后一个，他决定先出去逛一会儿。

等到他算准时间回到医院，只见护士抓着个孩子正欲打针：

"你一定要打针，打了针，病才会好。"

那个孩子极力挣扎，胡小孩一问，果然闹了误会。

原来，那个护士看到"胡小孩"，以为是个姓胡的小孩，一看周围只有一个小孩，便认定是他。孩子抗拒打针，是司空见惯的事，护士正要竭力扎针，幸亏胡小孩及时出现，否则后果不堪设想。

有一年，他跟时任浙江省文化厅厅长钱法成一起赴北京开会。到宾馆报到时，发现根本没有自己的名字。

他一查名单，上写："钱法成（小孩）。"

原来，接线员以为钱厅长带着自家小孩来开会，便安排他们睡一张床。

那天晚上，正赶上床铺紧张，他连个睡觉的地方都没有。

即便后来当上浙江省艺术研究所所长，他仍然摆脱不了名字带来的"烦恼"。

"当了十年所长，没有一个人喊我'胡所长'，都喊我'小孩'。有时候，年轻人看到我竟说：'小孩，你过来。'"

到了含饴弄孙的年纪,他的外孙女打电话来,第一句问候语往往是:

"你是小孩吗?"

他的好朋友、著名词作家乔羽特意为他的名字编了个段子,曾在北京文化圈广为流传:

"我跟胡小孩是好朋友。胡小孩每次来北京开会都和我住一起。有一次,我们又住在一起。我看到一封信,原来是他的夫人丹娘寄给他的。信的开头是'我的孩',末尾是'你的娘'。"

面对下属、晚辈、朋友的种种戏谑,他没有丝毫恼怒,反而有一种习惯成自然的愉悦,有时还自嘲:

"每个人生下来都是小孩,但没人会取名'小孩',说实话,我的身份证掉了,别人还不敢捡呢!"

这份洒脱随性、风趣幽默,令他永葆孩童的纯真。

他的戏剧创作,也拥有孩童般的澄澈透明,对世事敏锐洞悉,风格机趣灵动。

全国争演《两兄弟》

他的创作历程,还要从宁波甬剧说起。

1952年,浙江省文工团整编,省文联吸收全省文工团的文字工作者,成立"创作工场",后来又衍变为浙江文联创作组。

胡小孩从金华地委文工团调到浙江省文联,成为二十多个笔杆子之一。

同年,浙江开始试办初级农业合作社。在新登县,许桂荣农业生产合作社成为当时的典型与示范。

年轻的胡小孩想把这个题材搬上戏曲舞台。可是如何使合作社具有戏剧性呢?

他编织构思了一个冤家兄弟和好的故事。

时任浙江省文化局局长、浙江省委宣传部副部长黄逸宾,支持胡小孩创作这个题材。

胡小孩灵感迸发,短时间内交出剧本《两兄弟》。但当时全省虽然剧团众多,有越剧团、绍剧团、婺剧团等,但他们搬演的都是古装戏,不擅演现代戏。

没找到合适的剧种,剧本无用武之地,他一筹莫展。听说宁波的甬剧擅演清装戏与西装旗袍戏,他想去宁波转转。

二十世纪五十年代的宁波,最热闹的地方要数城隍庙。

一家店铺前,摆着一个大水缸,缸的一旁站着一只鸭子,另一旁蹲了一条锁着链条的黄狗,店铺匾额上写着:江阿狗(缸鸭狗)宁波汤圆店。

胡小孩走进店内,尝了一碗热腾腾的芝麻馅汤圆,不远处传来一阵汤圆般清甜软糯的乐音。

宁波城隍庙民乐剧场,正上演甬剧《金生弟》。

台上是劳动人民四姑与金生为追求幸福而反抗的故事,底下的观众敛神静气,伸长脖子,微张着嘴,掩嘴嗤笑。

唱词念白通俗晓畅,戏剧节奏快,深受老百姓喜爱。

后来,他又在那里看了一出新编神话剧《田螺姑娘》,宁波滩簧老调流畅自然、爽利干脆,令他着迷。

这是他第一次看甬剧。她虽没有越剧柔婉缠绵,也没有婺剧激扬澎湃,更没有京剧铿锵大气,可她有一种街巷里弄的市井气息，亲近自然，如耳语呢喃。

用甬剧演绎《两兄弟》，气质契合，能展现家长里短的生活气息。

他激动得立马返回杭州，黄逸宾局长一听，非常赞同，一锤定音。

胡小孩拿着省里的介绍信，捧着厚厚一摞剧本，叩开了甬剧的大门。

因为他是省里派来的创作干部，宁波文化局的领导也很重视，特意把话剧导演陆声调到当时的合作甬剧团当导演，专门指导这部戏。

演员围坐一团，听胡小孩宣读剧本，大家毛遂自荐，众人讨论决定，落实了角色分配。

接下来的唱腔讨论，却起了争执。

甬剧团上演西装旗袍戏时，采用改良后的甬剧新腔。《两兄弟》究竟是用新腔还是老腔，众人各执一词。

胡小孩曾在文工团担任主胡和音乐组组长，对音乐有独到的见解：

甬剧新腔反映城市生活，小资气息比较重，《两兄弟》是农村戏，农民唱新腔不太合适，他提议应全部采用宁波滩簧老调与四明南词赋调。

主胡邵孝衍第一个站出来认可，大家最终达成共识，排练才开始。

剧团每天要演日、夜场，下午、晚上要演戏，只有上午有时间排练这部戏。

胡小孩白天看他们排戏，改剧本，晚上看他们演戏，渐渐融入这个团，也熟悉了每个演员的艺术风格。

甬剧《两兄弟》剧照

各个版本的《两兄弟》出版物

一天三班倒，编剧、导演、演员辛苦却扎实地完成甬剧《两兄弟》的二度创作。

1954年，甬剧《两兄弟》在余姚龙山剧院首演。

胡小孩坐在剧场，摊开剧本，涂改勾画，根据每场观众的反馈，不断打磨剧本。

一边改，一边演，把观众作为检验剧本的试金石。

演出大获成功，并参加浙江省戏曲会演，后赴上海参加华东地区第一届戏曲观摩演出大会。

谁也没想到，这部戏一举囊括剧本、导演、表演、音乐等各项奖：

胡小孩、陆声、金玉兰，分别获编剧、导演、表演一等奖。黄再生、沈桂椿、陈月琴获演员二等奖，汪莉萍获演员三等奖，扮演社长的"德元师公"张德元获得一张"大奖状"。六位主演全得奖，可谓"满堂红"。

华东地区第一届戏曲观摩演出大会的参赛演员有越剧、黄梅戏、淮剧、沪剧等各个剧种的演员，其中还有后来成为戏曲名家的王文娟、徐玉兰、尹桂芳、严凤英……当年，他们是小荷才露尖尖角。

《两兄弟》一炮打响，标志着宁波甬剧形成第一个创作和演出的高峰。

荣誉纷至沓来。1955年5月，《剧本》月刊发表甬剧《两兄弟》的剧本。

一时，全国各个剧种争相移植《两兄弟》。

评剧、豫剧、黄梅戏、桂剧、粤剧、话剧等各个戏剧样式都演绎了这个故事。

甬剧《两兄弟》成为宁波市甬剧团成立后的第一部经典作品。也是因为这部戏,胡小孩的人生发生了翻天覆地的变化。

"我稀里糊涂地就成了青年剧作家,一部甬剧把我捧红了!"

那一年,胡小孩不过 24 岁。

1955 年,甬剧《两兄弟》被文化部评为"优秀剧本",奖金 2000 元,胡小孩成为浙江省第一个获得国家级荣誉的编剧。

1955 年的 2000 元是什么概念?

"可以在杭州买个西洋小别墅。"胡小孩回忆,"我家里有父母和六个兄弟姐妹,我当时寄给他们 250 元,可以让他们舒舒服服过一年。"

"宁波甬剧给了我莫大的荣誉,我从心底把自己当宁波人。"

正是有这份感恩,1957 年干部下放基层,胡小孩主动要求,下放到宁波鄞县石山弄农业生产合作社担任党支部副书记,全家老少从永康城区搬迁到鄞县石山弄农村落户,入籍务农。

如此一来,胡小孩全家都成了宁波人。

在那里,他开启了另一段甬剧之旅。

《姑娘心里不平静》

鄞县东乡,胡小孩深入生活,写下第二个反映农村生活的甬剧作品《姑娘心里不平静》。

如果说,创作第一部甬剧《两兄弟》时,还需斟酌演员与角色配对,创作《姑娘心里不平静》时,他已成竹在胸。

构思时,他依着每个演员的形象和表演特质编写剧情。

甬剧《姑娘心里不平静》剧照

剧中塑造了思想落后且颇有心机的农村妇女丁三姑,这个人物由甬剧演员陈月琴扮演最合适。

陈月琴是著名的甬剧反派彩旦。果然,她塑造的丁三姑,性格拿捏准确,一哭二闹三上吊,将那种愚昧又爱算计的形象演绎得入木三分。

角色对路,演员演戏信手拈来,不仅出彩,还有意想不到的惊喜。

排练的时候,陈月琴随口说了一句:

"囡囡好像妈妈的眼眉毛,吮皮吮相貌,有之气难逃!"

胡小孩一听这话生动有趣,像是这个人物说出来的话,拿笔记下,补充到剧本里。

演出时,此话一出,台下果然笑声一片。

除了心中有演员，胡小孩灵动的编剧手法，也为整部戏增色许多。

丁三姑生怕女婿参军耽误女儿青春，苦口婆心地劝说女儿的一段唱词，符合人物个性，又饶有趣味：

叫声女儿听仔细，
为娘言语教导你。
男人若有铁心肠，
女人自有热眼泪。
倘若春江他硬要参军去，
你就哭死哭活拖牢伊。
一更哭到二更天，
三更哭到半夜里；
半夜哭到雄鸡啼，
鸡啼哭到日落西。
哭得他丧魂落魄无主意，
生铁化成一团泥，
由你搓来由你捏，
要长要短随心意；
要他圆，勿敢扁，
要他粗来勿敢细。
女儿呀——
只要你多流几滴伤心泪，
管叫他服服帖帖、顺顺气气、一心一意跟着你，
哎哟称心又如意。

141

二十世纪五六十年代，宁波老百姓痴迷于甬剧现代戏。一出现代戏上演，能连演几十场不衰。

《姑娘心里不平静》首演后，也是盛况空前。

剧本很快在《剧本》月刊上发表，再一次引发全国剧种移植热潮。

当时的福建省话剧团，下乡演出时，台下空无一人，剧团陷入窘境。

有人提议，可以把《剧本》杂志中的《姑娘心里不平静》移植改编成民歌小调剧。因为话剧演员不会唱戏，也没受过戏曲的程式训练，演话剧加唱民歌小调，剧本不用大改，听上去也朗朗上口。

民歌小调剧《姑娘心里不平静》一上演，老百姓都围拢过来，看丁三姑家里发生的故事。

墙里开花，墙里墙外都香。甬剧《姑娘心里不平静》再次成功。

接连两部甬剧蜚声全国，胡小孩与剧团结下深重的情谊。

甬剧演员们，都是他的"亲人"：

年纪比他大的男艺人如黄君卿、沈桂椿、王文斌，他喊"爷叔"，女艺人如金玉兰、徐秋霞、陈玉琴，他喊"阿姨"。

宁波市甬剧团当时经营艰难，胡小孩不收稿酬，甚至用自己的稿费贴补甬剧团，成了名副其实的义务编剧。

那时候，胡小孩的多部甬剧剧本在全国移植，甬剧团经常能收到来自各地的剧本移植费。

甬剧团常来信说，剧团最近很困难，稿费先支付演出费了。

亲人囊中羞涩，他自然鼎力相助。

有争议的经典——《亮眼哥》

创作《亮眼哥》,要从另一部戏《伏龙鞭》说起。

1962年,宁波市甬剧团急需很多新编戏,却苦于没有剧本。

胡小孩为解燃眉之急,答应写一部戏,反映人民公社时期、大办农业、兴修水利的故事。

由于时间仓促,他写一场,演员排一场。不到一星期,《伏龙鞭》完稿,戏也排好,立即首演。

戏上演后,也是连演十几场,他却不满意这部急就章。

不过,其中一个小人物——二流子马郎当,塑造得很传神。这个人物的名字借鉴"宁波滩簧七十二小戏"之一的《马浪荡》。这也是专门为甬剧艺人黄君卿量身定制的角色。

黄君卿把这个小人物演绎得惟妙惟肖,一出场,赢得满堂彩。

然而,一个人物不足以撑起一部戏。

他重新构思。那段时间,他在义乌,发现当地有个盲艺人叶英美,唱道情(宣扬道教故事的曲子,后来也用民间故事作题材)很出名。除了唱功,更广为流传的,是他信守诺言的人格魅力。

山区生产大队邀请他唱道情,约定那天竟狂风暴雨。盲艺人一路翻山越岭,路上还有一座独木桥,他愣是抱着那根摇摇欲坠的独木,爬到了对岸。心里只回荡着一个朴素的想法:

"答应了就要做到。"

胡小孩听了这个故事,深有感触,以盲艺人叶英美为原型,与《伏龙鞭》的枝蔓融合在一起,创作了《亮眼哥》。

这部戏讲的是年轻的共产党员万松青为使民工脱险，奋勇排除哑炮，不幸双目失明。他回到村里后，没有居功自傲，也没有悲观失望，仍旧忘我工作。大队长金守山却处处为难他。万松青的妻子田玉柳，也因外界各种讽刺的话语，一气之下回了娘家。一个风雪交加的夜晚，万松青去公社汇报情况，在山路上遭人暗算，跌进深谷，幸亏被猎户大风伯救起。而照顾万松青的这户人家，恰好是玉柳的娘家。玉柳羞愧交加，最后夫妻重修旧好。

剧中，塑造了两个对比鲜明的人物：

一个是"眼睛虽瞎心亮堂"的万松青，一个是"眼睛虽亮心糊涂"的金守山。万松青被人救起后，对周围的一切似曾相识，感慨万千，这段唱腔也成为甬剧保留选段《一碗浓茶热腾腾》：

一碗浓茶热腾腾，
吃在肚里暖在心。
狂风乱雪扑进门，
门铃叮当响连声。
千只门铃不同音，
声声入耳我听得清。
这地方，
何年何月曾到此，
半是熟悉半陌生。
手捧大碗忆前情，
不由我热泪滚滚落胸襟。
三年前，我搭玉柳初相识，

开会路过她家门。
岳父见我呵呵笑,
手捧大碗把茶敬。
他说道,
客人到来用杯盏,
大碗茶送拨拉自家人。
一句笑话作媒证,
松青玉柳结成亲。
花开花落三年整,
松柳相依心连心。
谁知平地风波起,
半山亭前会断恩情。
思思想想我心碎痛,
一碗热茶顿然冰。
含泪轻声唤亲人。

《亮眼哥》公演前,胡小孩邀请宁波地委书记王起审看,并提议让一些普通观众进剧场。

《亮眼哥》的剧场效果十分好,演员与观众互动热烈,北京文艺界人士也前来观摩,认为此剧可以晋京演出。

时任浙江省委宣传部副部长商景才听说晋京的消息后,提出先把这部戏送到杭州审查。

审查那天,来看戏的还有时任《剧本》月刊主编张颖、副主编凤子,她们对这部戏,满是赞赏。

然而,商部长看完,神情严肃:

"这个戏不成熟,先停下来再说。'母子会'一场让地主婆在台上诉苦,有政治问题。"

商部长的话犹如当头一棒,意味着《亮眼哥》无法继续演出了,更不用说赴京了。

有一天,宁波市甬剧团新来的大学生编剧谢枋,带着一封介绍信,找到胡小孩,说甬剧团希望重新修改剧本后再上演《亮眼哥》。

商部长同意这个方案后,胡小孩与谢枋开始修改,他们根据当时的政治形势,强化阶级斗争,比如剧中万松青得知敌人阴谋,到公社报信时不小心跌落山谷,修改成地主儿子暗地跟踪,设计陷阱。

修改版《亮眼哥》演出后,赴上海公演,连演一个多月,蜚声上海滩。

甬剧《亮眼哥》剧照

全国各个剧种的专业院团前来观摩，有些剧团甚至派来五六个人来"抄戏"。

何谓"抄戏"？

那时候剧团经费普遍紧张，付不起移植费，流行"抄戏"：

几个人分工合作，一个记场面，一个记唱词，一个记调度，回去后可以立刻整理成剧本排演。

上海越剧院近水楼台先得月，女子越剧团和新成立的男女合演青年团同时上演《亮眼哥》。

女子越剧团的《亮眼哥》，由徐玉兰和王文娟主演。

那天，女子越剧团演出结束，剧场门口熙熙攘攘，水泄不通。大家都想一睹既能演弱柳扶风的林黛玉又能演农村妇女田玉柳的王文娟。

演员们卸完妆无法出行，尤其是王文娟，只能戴着口罩，与胡小孩一起从后门走，搭公交车回家。

《剧本》月刊在1964年的第一期，发表了修改版甬剧《亮眼哥》的剧本。

稿费700多元，胡小孩给谢枋寄去400元。谢枋只收下200元，剩余的稿费退还给了胡小孩。

从此，胡小孩在宁波又多了一位挚交。

王文娟的丈夫、著名电影表演艺术家孙道临想把《亮眼哥》搬上大荧幕，计划由他担任主演，汤化达担任导演。

电影剧本定稿，正待拍摄时，因种种原因，全国故事片停拍，电影《亮眼哥》也被迫暂停。

谢晋促成《三篙恨》

二十世纪七十年代，胡小孩听说余姚当地有一种曲艺，名叫尺梆梆，其中有个故事耐人寻味：

余姚山洪暴发时，一个女人抱着一箱首饰漂到岸上，昏迷不醒，一个男人去救人，发现箱子里有价值不菲的珠宝，起了邪念，一连三篙，将女人打落水中，掳走箱子。男人大婚之夜，发现与自己婚配的竟是那个女人。

胡小孩以这个故事为原型，重新构思了一部戏。他把构想告诉了著名电影导演谢晋。

谢晋认为这一定是部好戏。

省里的领导却劝阻他：

"你是写现代戏的，不要涉足古装戏。"

《三篙恨》的创作，就此搁置。

一晃十多年过去。有一天，胡小孩碰到谢晋，没想到谢大导演的第一句话是：

"你的《三篙恨》创作得怎么样了？"

"您还记得，说明这个戏有意思。"

那是1979年，胡小孩正在创作越剧《刑场上的婚礼》。他怕抽不出身，便与甬剧团的谢枋、天方一起合写《三篙恨》。

甬剧《三篙恨》公演后，再次成了全国争相移植的剧目。

浙江越剧团移植为《龙凤怨》，广东粤剧院移植为《洞房花烛夜》，北京评剧团移植为《冤家夫妻》，上海昆剧团移植为《花烛泪》。

1980年，拍摄了越剧彩色电影《花烛泪》，1982年上映，成为中国戏曲电影的标杆。

说起戏中女主角的选角，还有一段小插曲。

当时浙江越剧团没有合适的年轻女演员，胡小孩专程去艺校挑演员。

他看到一个女孩，坐在宿舍的床沿上，不施粉黛，面容似朝霞映雪。

这个女孩名叫李勇勇，后来她成为越剧电影《花烛泪》里白

甬剧《三篙恨》剧照。王利棠、王坚

我的歌

1952年冬，我随全家落户鄞县石山弄，担任村党支部副书记。务农三年，在我的人生旅程中烙下了不可磨灭的印记。

我与甬剧血肉相连，亲密无间。欣逢宁波甬剧团六十华诞，我不禁引吭高歌：

啊！——
最悦耳的是宁波话，
最难忘的是宁波乡情，
我与甬剧有天生的缘分，
我的心连结着五代甬剧人。
甬剧是我一生的挚爱，
她在我的心灵深处开花扎根！

小孩

胡小孩亲笔抒写与甬剧的缘分

玉凤的扮演者。

即便过了四十年,这部越剧电影的艺术魅力仍直抵人心,成为香港"中国戏曲节2019"推荐的戏曲电影之一。

胡小孩的戏剧人生也影响了他的子女们:

他的大女儿胡泽红,是1987年经典版《红楼梦》中贾惜春的扮演者;他的儿子胡天马也是一位知名剧作家,与父亲曾共同创作四十集电视连续剧《南宋皇朝》剧本,荣获杭州市委宣传部"五个一工程"奖。

如今的胡小孩,已到鲐背之年,仍笔耕不辍。

杭州望江山疗养院里,他从未把自己当成需要颐养天年的老人。

"80岁以后是我最好的创作时光,是我人生的另一个创作高潮。我在这里,一年创作三个大戏,已经写了二十多个大型剧本了。"

但是,这些剧本在胡小孩的眼中只是"半成品"。

"编剧写完剧本,只完成一半,在台上演出,才算真正完成。"

"戏曲创作很大程度上来说是集体创作,我很怀念金玉兰那一辈甬剧老艺人,没有他们,就没有现在的我。"

此时的他,背靠望江山的一片郁郁苍苍。时光在他身上流泻了近一个世纪,而他依然笑得像个天真的小孩。

说不尽的《雷雨》

《雷雨》,是戏剧大师曹禺的扛鼎之作,亦是中国戏剧史上的丰碑。

它曾被无数次搬上话剧舞台,也被改编成沪剧、京剧、黄梅戏、越剧、评弹、眉户戏等各个戏曲剧种。

《雷雨》,也是甬剧舞台上久演不衰的保留剧目。

一部《雷雨》,千丝万缕地串起上海、宁波两地大半个世纪的甬剧史。

二十世纪五十年代的《雷雨》

很多人以为,甬剧《雷雨》最早是1978年宁波市甬剧团重建后演出的。

其实早在二十世纪五十年代,宁波市甬剧团和上海堇风甬剧团就上演过甬剧《雷雨》。

1952年,宁波市甬剧团正式成立。

1953年,宁波市甬剧团在城隍庙首演甬剧《雷雨》,根据沪剧改编。

当时,繁漪的扮演者是金玉兰,周朴园是沈桂椿,周萍是黄君卿,周冲是余盛春,鲁侍萍是徐秋霞,四凤是汪莉萍,鲁贵是王文斌,鲁大海是黄再生。

周萍对繁漪怏怏地唱着:

金玉兰扮演繁漪

"究竟侬是我后娘，世上哪有介事体，母子哪好做夫妻……"

直白浅近，惊世骇俗，底下的观众，恍然做了一场迷离的梦。

《雷雨》一演，甬剧始闻名于省内外。人们才发现，在浙江省能演现代戏与时装戏的，除了浙江话剧团，还有宁波市甬剧团。

1954年，余姚一位中学老师向剧场点名观看甬剧《雷雨》。宁波市甬剧团遂应邀赴余姚城区大众剧场演出。

汪莉萍还记得那天很冷，扮演四凤的她，穿着短袖上场，瑟瑟发抖。

观众炽热的目光，烘暖她的心。

同时期的上海滩，也上演着甬剧《雷雨》。

据上海甬剧老艺人潘安芳回忆，1955年，堇风甬剧团演出甬剧《雷雨》。

整部戏的风格，走的是顶时髦的西装旗袍戏路子。

当年的《雷雨》演员阵容，星光熠熠，是如今载入甬剧史册的第一代甬剧名家：徐凤仙、贺显民、金翠香……

贺显民的周朴园，徐凤仙的繁漪，葛伟龄的周萍，柳中心的周冲，夏月仙的四凤，金刚的鲁大海，金翠香的鲁妈，王宝生的鲁贵。

这些甬剧名家，正当而立之年，风华正茂。

他们经历过旧社会的窘迫与动荡。十余年的舞台历练，使他们青春秀颀的外形，带着沧桑的况味，"堇风腔"透着韵味。

广告牌上的"雷雨"，两个大字醒目显赫。

连同贺显民、徐凤仙的水牌，张贴在上海的各大戏院：

国立大戏院、国泰大戏院、解放剧场、徐汇剧场、虹口剧场、瑞金剧场……

1955年至1957年，堇风甬剧团演出的甬剧《雷雨》风靡沪上。每次连演三个月，场场爆满，仍有老百姓埋怨买不到票。

剧照在那个特殊的年代已毁于一旦。只能凭想象，揣测当年的风韵与盛况。

1978年的甬剧《雷雨》

"文革"结束后，宁波市甬剧团重组，急需一部戏，使剧团春风吹又生。

然而，剧团的演员，寥寥数人，很难创排一部人物众多的戏。

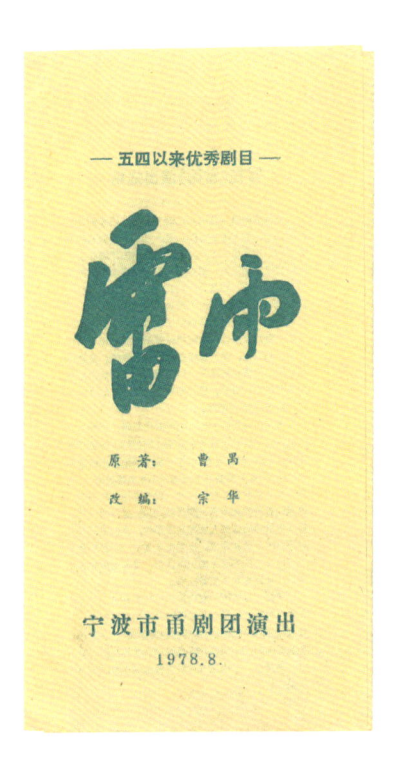

甬剧《雷雨》戏单

《雷雨》的角色不多,场景集中,又是一部经典好戏,适合擅演西装旗袍戏的甬剧,也适合百废待兴的甬剧团。

那是一个保守的年代,周萍与四凤私底下拉手、拥抱,对演员来说,是从未有过的挑战。

为了不让演员尴尬,排这场戏时,导演要求清场。

1978年夏天,《雷雨》在宁波演了几场后,曹定英、杨柳汀、卓胜祖等一些"文革"中改唱越剧的甬剧演员和主创人员逐渐回归甬剧团,《雷雨》的演员阵容充实,设置了"AB角",演出质量提升。

这版的《雷雨》,由汪莉珍、陈炳尧导演,陈白枫担任艺术顾问,戴纬、邵孝衍担任作曲。

周萍由裘祖荫、杨柳汀扮演,繁漪由金玉兰、王坚扮演,周朴园由全碧水、卓胜祖扮演，四凤由杨佳玲、石松雪扮演，周冲由沃幸康、陆宇宇扮演，鲁妈由汪莉珍、蒋惠丽扮演，鲁贵由郭兴根、王利棠扮演，鲁大海由郎友增、沈永华扮演。

这个戏当年在宁波很火，却褒贬不一。

有些观众认为此戏有伤风化，甚至是宣扬乱伦，儿子和后妈偷情，少爷和丫头恋爱，让部分观众无法接受。

可争议再多，也未能浇灭观众进剧场的热情。

杨柳汀扮演周萍

王坚扮演繁漪

全碧水扮演周朴园

杨佳玲扮演四凤 　　　　　　　　石松雪扮演四凤

沃幸康扮演周冲 　　　　　　　　汪莉珍扮演鲁妈

王利棠扮演鲁贵　　　　　　　郎友增扮演鲁大海

那年11月,《雷雨》剧组趁热打铁,赴上海瑞金剧场演出。上海版的演出阵容强大,由郭兴根、王利棠饰演鲁贵,曹定英、石松雪饰演四凤,郎友增、沈永华饰演鲁大海,沃幸康、陆宇宇饰演周冲,王坚、郑顺琴饰演繁漪,杨柳汀、全碧水饰演周萍,卓胜祖、应礼德饰演周朴园,金玉兰、汪莉珍饰演鲁妈。

这是"文革"以后,宁波市甬剧团首次赴沪。

堇风甬剧团解散后,上海甬剧成了一部断代史。宁波甬剧的出现,让许多痴迷甬剧的上海观众,久旱逢甘霖。

首演前一晚,22岁的沃幸康睡在瑞金剧场三楼,靠马路一侧。

凌晨三点,一片喧哗。

他起床往窗口张望:

应礼德扮演周朴园 　　　　　　郑顺琴扮演繁漪

全碧水扮演周萍 　　　曹定英扮演四凤 　　　金玉兰扮演鲁妈

上海市民正在楼下排队买票，熙熙攘攘，因有人插队，吵了起来。

上海人对甬剧《雷雨》的狂热，由此可见一斑。

演出那天，上海人民艺术剧院、上海越剧院等上海文艺界的人士前来观摩。

上海电视台做电视直播，在后台放了一台12寸黑白电视机。演员们候场时，能清楚地看到台上的演出进度，新鲜又稀奇。

演完第二天，沃幸康在上海老外滩散步、吃点心，竟然有人认出了他：

"周冲！"

那股子自豪与成就感，沃幸康铭记了大半辈子。

甬剧学员的必修课

甬剧《雷雨》，仿佛是甬剧艺人的看家绝活，一代代口传心授，总绕不开这出戏。

1996年，宁波市甬剧团招收了郑健、邵武、朱杰艳、孙丹、吴刚等一批学员，前辈们铆足了劲，一对一、手把手地指导他们。

《雷雨》中的一些经典唱段，如《对天发誓》《独对孤灯》等选段，都是甬剧学员的唱腔必修课。

当年，他们的毕业汇报作品就是《雷雨》。

2001年，剧团再次复排《雷雨》。

时任甬剧团副团长王利棠将复排任务交给沃幸康。

此时的沃幸康，已年过不惑，阅历丰富，对人物有自己的思考。

他反复阅读剧本，不禁思索，周朴园究竟有没有真正爱过鲁侍萍？他念佛是真的忏悔，还是人前装样子？

当时，甬剧团正在上海演《桑兰》。演出之余，沃幸康一头扎进上海福州路上的新华书店，他急切地想从书中汲取《雷雨》的最新观点。

那是 21 世纪初，先前对周朴园的看法正在发生转变，他不再是阶级论者眼中，那个玩弄女性、始乱终弃又惺惺作态的资本家。理论家们从复杂的人性论入手，对这个人物进行深层次解读。

沃幸康将这种崭新的理念，融入新排的甬剧《雷雨》，并在剧中第一次演绎周朴园。

2001 年版的《雷雨》，由孙丹饰演繁漪，虞杰饰演周萍，戴碧红饰演鲁妈，余红波饰演周冲。

年轻的甬剧演员为《雷雨》平添明媚与清新。

繁漪为主角的《雷雨》

历史的车轮滚滚向前，时代语境与审美风向不断变换，《雷雨》也幻化出新的样貌。

2014 年夏天，中央戏剧学院的郦子柏教授拿出一份手稿，是新版《雷雨》剧本，突出了繁漪这个人物。

《雷雨》的主角，学界历来众说纷纭，"繁漪说"认为繁漪是最具有"雷雨"性格的人。

演繁漪的，是"梅花奖"得主王锦文，更是从戏剧力量上提升繁漪的重要性。

王锦文扮演的繁漪

可以说，这是一部以繁漪为主角的《雷雨》。

这部甬剧《雷雨》，还是中国戏曲舞台上首部展现曹禺先生原著中序与尾声的作品。

话剧舞台上，只在纪念中国话剧百年诞辰时，上演过全本《雷雨》，除此之外，都是掐掉序与尾声的。

郦教授曾与曹禺先生过从甚密，曹先生曾说：

我这部戏太惨烈了，一天之中死了四个人，包括四凤肚子里的孩子。设置尾声，是想缓冲观众此时此刻的心情，想送看戏的人们回家，带着一种哀静的心情。序幕与尾声的设置，是想把一件错综复杂的罪恶推到时间上非常辽远的处所，造成一种所谓欣赏的距离。戏曲演雷雨，爆发力与张力比话剧更强，因此必须要有尾声。

甬剧加入序幕与尾声，使得全剧不再拘泥于压抑与欲望产生的家族悲剧，而是升华至忏悔与救赎。

罪恶不再灼伤人心，痛感也不再强烈，使观剧的人，间离出来，思考戏剧背后的意义。

当年，王锦文看了剧本初稿后，总感觉缺失些什么。一代代甬剧人演《雷雨》，各有不同，但总是一脉相承，万变不离其宗。而这一脉，除了甬剧独有的韵味，还有传唱不衰的经典唱段。

后来，2015年搬上舞台的这版《雷雨》，保留了原有的这三段经典唱段：

周朴园对侍萍唱

  莫冲动,要冷静,
  我与你都是久经风霜老来人。
  莫以为我是一个无情汉,
  其实我心灵深处也不平静。
  因此我一直把你当原配,
  看作已故的周家人。
  每逢四月十八你生日,
  我总是默默纪念痛万分。
  这房间里,一切摆设都不变。
  为的是不忘旧时恩。
  想到你生养萍儿怕风吹,
  这关窗的习惯也保存……

四凤对周萍唱

  也许是四凤做了错事体,
  也许是我四凤多心乱猜疑。
  我勿管太太是否回头我,
  只求你带我一道去。
  侬一人出门不方便,
  我情愿烧饭汰菜缝缝补补,
  端茶端水来侍候你。

周冲对繁漪唱

  她是我最最满意的好姑娘,

心地单纯又善良。

她懂得同情别人痛苦和欢乐，

她明白劳动意义长。

她不是名门贵千金，

同其他娇生惯养的小姐不一样。

《雷雨》加上序幕与尾声，为控制时长，浓缩了最精华的部分。

这版《雷雨》，最华彩的地方，是在四凤卧室的窗户前，周萍、四凤、繁漪的三重唱。

以"繁漪"为主角的甬剧《雷雨》剧照

原著中，繁漪在窗外，观众只能听到她叹气敲窗。只有蓝森森的闪电划过，才照见她散乱黏湿的头发，惨白发青的脸。她在暗处，四凤与周萍在明处。

2015年版《雷雨》舞台，让那扇窗户动了起来。

周萍喃喃自语"我走了，我走了"，窗户自然地转了90度，把周萍、四凤，以及紧跟其后的繁漪放在了同一个平面上。

这里借鉴了京剧《雷雨》、黄梅戏《雷雨》的手法，更自然流畅。避免了四凤在舞台前场，周萍在以窗户隔开的后场，造成紧随而来的繁漪不能出现在观众视野中的尴尬。

也为他们的三重唱构架新的空间：

> 仰望天际问苍穹，
> 为什么？为什么——
> 为什么命运待我太不公，
> 遭受苦难一重重。
> 为什么？为什么——
> 为什么人生历程多坎坷，
> 挣扎在风雨雷电中。

他们三个人都是特殊年代的悲剧人物。

四凤原本是单纯善良的美丽女孩，旧社会用人的身份，并没有抹去她身上鲜活动人的神采，然而她爱了不该爱的人，背负了乱伦的罪名，最后死在风雨雷电中。

周萍一生中两次坠入爱河，都背负着乱伦的道德自责。他是个大家庭的私生子，从小缺乏母爱，于富裕的封建家庭里压抑成长,成年后不自觉地陷入与后母繁漪炽热的爱涡中。根深蒂固的伦理观整天折磨着他,让他想要抗争与自救。

这时,四凤出现了,她像一缕清泉,滋润着他枯槁的唇舌。他原以为爱四凤,能逃避过去的罪恶,可是悲剧像一开始就设了圈套让他跳,使他再一次陷入乱伦漩涡,精神崩溃,最终开枪击毙自己。

繁漪年纪轻轻就嫁给周朴园,没有享受过长兄慈父般的关爱,却忍受着中年周朴园的专制压迫,她闷得透不过气来。继子周萍是她情绪宣泄的出口。她不可遏制地爱上了他,爱起来像一团火,燃烧自己,灼伤别人。她向旧礼教挑战,也无可避免地受到旧社会的惩罚。旧爱逝去,亲身骨肉陨落,这一切把她彻底逼疯了。

时空自由转换,用唱词宣泄人物内心的纠结抑郁,揭示人物的悲剧命运,正是甬剧有别于话剧的地方。

甬剧的这段改编,将曹禺心里有、笔下无的戏剧意蕴具体化为冲击感强烈的三重唱。

宿命式的命运交响曲,体现了改编者的怜悯与同情,丰富了《雷雨》的戏剧意境。

这一版《雷雨》的舞台美术,由著名舞美设计师周树夫设计。舞台上,欧式精雕门楣,中式家具摆设,富丽堂皇中隐隐透着封建家庭的专制气息。

只是,作为吊景的三扇门,有缝隙裂痕,即将分崩离析。

舞台前景是枯萎的残荷。

翠荷残,苍梧坠,大厦将倾,家门破碎。

这是舞台语汇,默默地诉说着一个濒临天崩地裂的家。

台上,王锦文饰演的繁漪,撕心裂肺,声如裂帛,盘旋在剧场上方:

2015年版甬剧《雷雨》剧照

"冲儿！我要我的冲儿！"

剧场外，依然水泄不通，没买到票的众人，在寒风中等待是否会有退票。

"我要出300元买一张票！"

"让我进去，我可以站着看！"

冬日朔风中等待的戏迷，过道上一层又一层的观众，谢幕时蜂拥而上的人群，胜过一切盛赞。

另外，2017年经典传承版甬剧《雷雨》在天然舞台首演，又于2018年赴北京梅兰芳大剧院演出。这也是甬剧《雷雨》自创排六十年后，首次晋京演出。

这版《雷雨》被称为"经典传承版"，意为剧情、台词与唱腔等沿袭1978年版的甬剧《雷雨》，剧情更忠实于原著。

为了更符合现代观众的视听和审美，这版《雷雨》中的所有音乐都重新编排谱曲，加入不少西洋弦乐，增加了整部剧压抑阴郁的氛围。

这版《雷雨》由甬剧名家沃幸康饰演周朴园，孙丹饰演繁漪，郑健饰演周萍，陈雪君饰演鲁妈，沈超、贺磊、苏醒等优秀青年演员在剧中也有不俗的表现。

这就是《雷雨》的魔力，每一次重温，总能带来遥远而深刻的回想。

甬剧与《雷雨》的共性

年至耄耋的导演汪莉珍，曾执导1978年蜚声上海滩的甬剧《雷雨》。

几十年来，无论她身处何地，始终从导演的角度，思考《雷雨》中一个个耐人寻味的人物与纠葛复杂的关系，并将其传授给一代代学生。

"我认为鲁侍萍与周朴园是真爱。鲁侍萍年轻的时候是在周家大宅门中长大的，身上应该带着贵气。不要演成自强自立的新女性，一副跟资产阶级划清界限，报仇雪恨的样子。"

"周朴园碰到侍萍的刹那，有了三十多年前的旧情复燃，但他为了自己的地位，不得不斩断情丝。"

"当周朴园唱'想到你生养萍儿怕风吹，这关窗的习惯也保存'，他手指向窗户的时候，侍萍的眼神应该跟着他望向紧闭的窗户。那个片刻，她的眼神应该流露出往昔恩爱的情景，种种回忆，泛上心头，但瞬间回到现实，内心痛苦，由爱生恨。"

"繁漪是新女性，她追求自己的幸福。她是一个弱者，应该让人同情，而不是让人讨厌。"

"导演对剧本要有时代感的把握。戏剧要有时代的感觉，演员的一举一动，唱腔、手势要有时代感。"

时代感，说到底是甬剧和《雷雨》的共性。

甬剧与《雷雨》的姻缘，并不是一个地方剧种对经典剧作的盲从，而是它们的内在特质在某种程度上的契合。

甬剧的审美样式总是随着时代而精进，《雷雨》有不同时代的解读。他们都是当下时代思潮的观照，拥有丰富开放、兼容并蓄而经久不衰的审美意蕴。

另一方面，甬剧与《雷雨》的成功嫁接，是因为它们在年代感上的高度契合。甬剧以反映普通老百姓的寻常生活为旨归，极少演绎帝王将相与古装戏，擅长具有年代质感，与现代生活相去不远的西装旗袍戏。《雷雨》是发生在二十世纪中期的故事,因此非常适合改编成甬剧。

2020年,甬剧第九代演员毕业。他们在艺校中,学得的最重要的一出折子戏就是《雷雨》选段。

2021年,经典甬剧名段朗诵会的开篇——《雷雨》,在百年老宅的秋雨声中诵读……

甬剧《雷雨》,历经风风雨雨大半个世纪,一代代甬剧艺人薪尽火传,诠释经典,续写属于甬剧的独特魅力。

花正红时寒风起

心向往之

阿育王寺旁的宝幢，一处草台，人声鼎沸，莺啼燕语。

贺显民、徐凤仙携上海堇风甬剧团在这里上演甬剧《新姐妹花》。

那是 1955 年。

村民们伸长脖子，惊叹西装旗袍的瑰丽，领略摩登的沪上风情。有句老话说得好：

"人人都学上海样，学来学去难学像。等到学了三分像，上海早已翻花样。"

观众里，有一个眉目俊秀的年轻人，名叫潘安芳。

他自学琵琶，时年 20 岁，是宝幢甬剧团的琵琶演奏员。

他留心观察这个风靡上海的甬剧团。乐队里，大多是五六十岁的老师，他们俯首曲谱，老腔老调，缓缓流泻，滩簧韵味，跌宕绵长。

蓦地心如激湍，心向往之。

他毛遂自荐，踏着琴弦的五音，奔赴上海。

初到剧团，他遇到了恩师杨思。当时杨老先生因为一些政治原因，即将离开剧团回老家。

临行前几个月，他毫无保留地教授潘安芳乐理知识。

潘安芳天天去他家取经。什么是和声？什么是复调？

杨老先生倾囊相授。

杨老先生是他的作曲启蒙老师，帮他建构了最初的音乐语言和音乐形象。

也正是因为杨老先生的无私提携，他一直心存感恩，乐于为年轻人作嫁衣。他在宁波东门街一家乐器店，看到低头拉二胡的陈元丰，遂把他引荐到甬风甬剧团。

此后，潘安芳又去上海音乐学院深造，拜在著名作曲家连波名下。他还邀请连波为晋京版甬剧"三大悲剧"重新谱曲。这是后话。

自此，他走上了作曲的道路。

二十世纪五十年代末至六十年代，甬风甬剧团的几乎所有作品，都是潘安芳作曲的：

《冒得官》《半把剪刀》《天要落雨娘要嫁》《杨立贝》《南海长城》《石门县》《红花曲》《十八春》《海底红花》《高尚的人》《霓虹灯下的哨兵》《年青一代》《枯木逢春》《振海英雄谱》《火凤凰》《铁地献宝》《龙江颂》《甬江春雷》《南海怒涛》《十五斤》《章水红》等三十多部甬剧。

过去甬剧作曲，以"过门"为主，也就是贯穿连接曲首、曲尾等唱腔中断处的伴奏。

潘安芳的作曲，使甬剧唱腔之间，过场之间，融入人物的情绪，自然地过渡和烘托戏剧情境。

演员唱腔哀婉伤感时，音乐低沉凄凉；演员情绪高亢兴奋时，音乐轻快灵动。

台上悲，乐队悲；台上喜，乐队喜。丰富的音乐语言，弥补了唱词未尽之意，增添了旋律性与戏剧性。

潘安芳作曲的《天要落雨娘要嫁》，整部戏的音乐基调以悲为主，从头至尾贯穿一种曲调——【慈调】，唱腔凄怆心酸，闻者悲从中来。

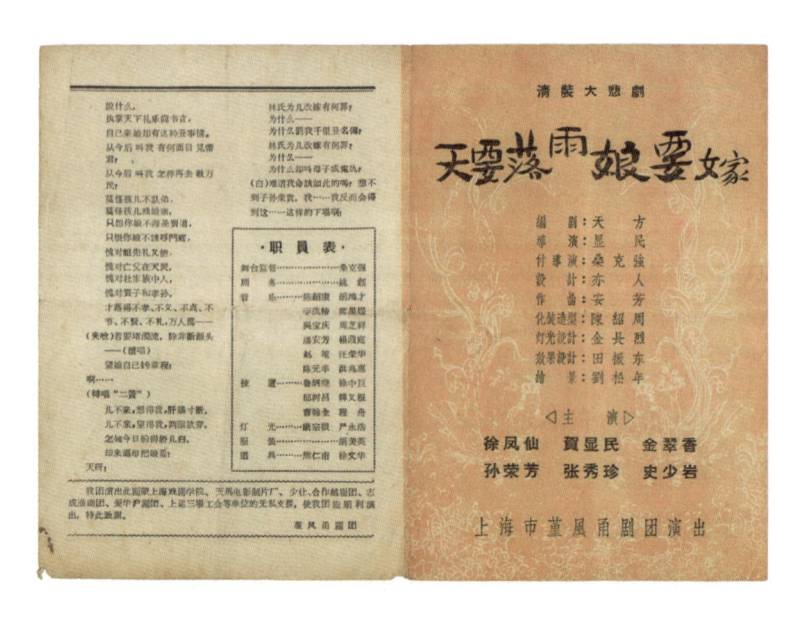

甬剧《天要落雨娘要嫁》戏单

在甬风乐队待久了,他发现当时的主胡,音色虽软糯醇厚,却低沉喑哑,不够透亮。

他提议用钢丝弦替代普通弦线,音色瞬时清澈明亮。

这一小小的改动,提升了整场音乐的艺术质感。犹如舟行水上,雨雾迷蒙,烟笼碧树,蓦然拨开一道水光潋滟的胜境。

1962年,"三大悲剧"晋京演出。

演出前,接到周恩来总理莅临的消息,全团上下激动万分。作为甬风甬剧团艺委会委员,潘安芳当下举荐陈元丰做主胡,并把唱腔从C调改为D调,主胡定弦从原来的5 2改为1 5,更适合二胡的演奏风格,也利于演员的嗓子发挥,音色也更洪亮。

年轻人拉琴,激情澎湃,节奏鲜明,使整个乐队生机勃勃。

甬风甬剧团,也带领甬剧,走上了巅峰。

贺显民的信任

每逢休息日,潘安芳几乎都在贺显民家。帮他整理衣物,听他谈谈甬剧。

贺显民极信任他,让他上街买东西,远远地,扔一串钥匙给他:"安芳,你打开这个橱,拿钱去买吧。"

五斗橱一打开,里面全是钱。潘安芳从来都是用多少,取多少,其他的分文不取。

徐凤仙和贺显民在1958年前的工资很高,徐凤仙一个月300元,贺显民一个月380元。当时,一个普通工人的工资是30元到50元。整风运动以后,他们的工资各减了100元,却依然属于高收入人群。

贺显民经常带潘安芳去文艺会堂吃大餐,进澡堂搓个酣畅淋漓的热水澡,那可不是一般人能出入的地方。

潘安芳初涉作曲,是甬剧《海底红花》,贺显民请来自己的弟弟——越剧作曲家贺仁忠悉心辅导他。

贺显民还有意培养他当演员,但一听他开嗓,直摇头打趣:

"你这个人台上形象漂亮,但是一开口,没办法,你做不了演员,只能待在乐队里。"

不过,他这句话没说准。

1958年整风运动后,堇风甬剧团的演员骤减,改造的、开除的,最后只剩下三十五名演员。

潘安芳当了好一阵子演员,在甬剧《三县并审》中,还扮演了自命不凡的镇海县县长。

其实不光是他,剧团的做饭师傅、舞美人员也跑起了龙套。

除了作曲,贺显民还让潘安芳担任唱腔设计。过去甬剧没有定腔定调,由艺人自己"拗唱腔"。潘安芳根据剧情和人物设计唱腔后,先让演员唱,演员唱得顺口就定下来,不舒服就调整。

这些演员中,就有后来被戏剧专家誉为"凤凰音"的范素琴。

"凤凰音"

范素琴早年很苦,9岁那年拜"四小名旦"之一的项翠英为师,在小船上讨生活,学唱宁波滩簧,也唱些小曲小调:

"七月里来七月七,牛郎织女渡喜鹊。鹊桥相会实可惜,一到天明两分别……"

桨声欸乃,胡弦咿呀,她稚嫩的咽喉里,滚动着成人世界的悲欢,凄凄切切,一知半解地"唱航船"。

父亲不忍看她像一叶孤舟,漂泊不定,后来她又进入宁波的"歌剧班"唱歌剧。

那时的她,唤作"阿娥"。

范素琴,是其义父包彬云为她起的艺名。素琴,意为无弦之琴。

素琴横月,短笛吟风,这既是对月当空的从容不争,也是对其嗓音浑然天成的赞誉。

16岁那年,她跟着方小棠到上海,组建立艺甬剧团,演出地点在先施公司。

1959年,上海甬剧团队伍重组,范素琴随着立艺甬剧团,合

范素琴在甬剧《双玉蝉》中的扮相

并到堇风甬剧团。

偌大的上海,仅剩堇风甬剧团。

也是那一年,潘安芳与范素琴相知相爱了。

1960年,他们喜结连理。

1962年3月,进京演出甬剧"三大悲剧"时,范素琴已怀有5个月的身孕。

她用绑带将肚子一层层压平,克服孕期不适,拼尽全力诠释角色。

人们不仅没有发现她有孕在身,还从她的唱腔和身段中,感受到了角色内涵。

戏曲评论家戴不凡先生，在1962年4月19日的《人民日报》上评论：

> 青年演员范素琴，在《半把剪刀》中饰类似彩旦一行的收生婆，风趣横生，令人忍俊不已；可是在《双玉蝉》中饰类似青衣行的主角谢芳儿时，一往情深，却也能令人潸然落泪。芳儿从少女到中年的不同时期的各种复杂的内心感情，她都能掌握得很细致，表现得很传神。至于唱腔的清脆、和缓、惨淡、冶丽，颇有李长吉所说的"昆山玉碎凤凰叫，芙蓉泣露香兰笑"的味道。

1962年5月10日的《人民日报》上，时任《剧本》杂志编委、副主编凤子称赞道：

> 范素琴同志真实、诚恳地创造了这个人物，感动了每一个观众，从少女到中年，人物性格不断的发展变化，每一场戏她都获得了观众的信任。

范素琴回到上海，生下孩子后，一段时间内没有演戏。徐凤仙的母亲很喜欢潘安芳，让他们把孩子寄养在徐凤仙、贺显民家，由徐母抚养了两个月。这个孩子的名字，也是贺显民取的。

范素琴复出后，因她的"凤凰音"唱腔，甜中透沙，拥趸无数，曾出现唱一句，鼓掌一次的现象，一时风头无二。

他们原本该有多么绮丽的远景。

1982年，上海、宁波两地的甬剧演员联袂演出甬剧《半把剪刀》。徐凤仙、徐秋霞、王文斌、王宝生、郭兴根、全碧水、金刚、范素琴、曹定英、杨柳汀、王利棠、卓胜祖、应礼德、石松雪、杨佳玲、陈安俐等四代甬剧演员同台演出。以王锦文为代表的甬剧艺训班学员上台献花，他们是日后的甬剧第五代演员。在前辈艺人的呵护与滋养下，他们正茁壮成长然而，花正红时寒风起，再要回头难上难。

堇风甬剧团解散后，潘安芳在百乐门大酒店做安保工作。

一身西装革履，彩色玻璃下，阳光洒金般拂地，内心的怅然，却挥之不去。

旋转门迎来送往，终究比不上五线谱音符的跃动多姿。

范素琴在点心店包馄饨，"凤凰音"杂糅着面粉与嘈杂，销声匿迹在上海的老弄堂里。

似乎总要为甬剧做些什么，才能补缀心中的空缺。

二十世纪八十年代初，潘安芳成为上海市宁波同乡会音乐沙龙乐队队长、音乐主编。

他与徐凤仙、王宝生、徐国华，参加两省一市滩簧戏研讨会，宣读他们共同回忆撰写的油印本《甬剧探源》。

范素琴受邀赴宁波市甬剧艺训班任教，教授了以王锦文为代表的一批学员。

范素琴教的毕业大戏，是经典甬剧《借妻》，在宁波天然舞台演出。

这些意气风发的少男少女，虽稚嫩青涩，但那唱腔念白、板眼气口、身段脚步、一招一式，都有她的影子。

她少女时代的身影，重叠往复，似在眼前。

那个夜里，观众的掌声，柔和的晚风，久久不散。

她过往的残编断简，一生的苦楚与欢悦，似乎重新联结起来。不管以前有什么失落和感慨，焦虑或不安……

遗失的美好，涌上心头。

甬剧艺训班部分师生合影。第二排左三为范素琴

范素琴与甬剧艺训班部分学员合影。第二排左三为范素琴

甬剧艺训班排演的甬剧《借妻》

午后的堇色年华

如闻天籁

"听众朋友们大家好,下面是金翠香、柴鸿茂、傅彩霞演唱的《贫女泪》——"

"侬勿要以为我是一个渔家女,人虽贫穷知礼义。卑鄙引诱太欺人……"

1950年盛夏,困倦的午后,喑哑嘈杂的半导体,忽然涌出一股清新凄楚的天籁之音,九腔十八调,隔着那片混沌和模糊,依然句句入耳,字字入心,在胸腔的千峰万壑间回荡。

27岁的姜晓峰,在上海的家中,心神不由一振。

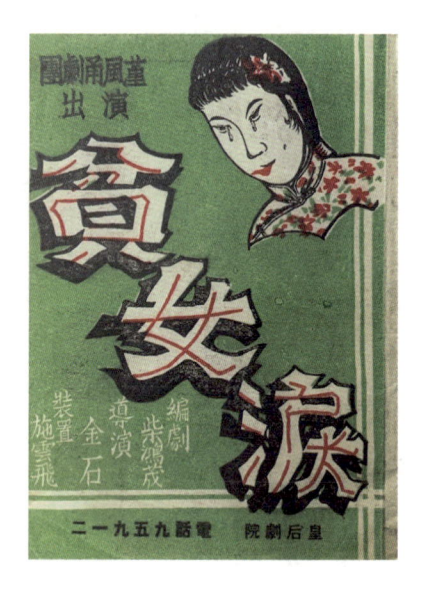

甬剧《贫女泪》戏单

那是儿时萦绕在耳的宁波话、宁波腔。

渔家女的悲惨遭遇，固然牵动人心，但更让他回味的是声线余韵中的童年烙印。

他依稀记得幼年，从十六铺码头，踏上上海滩，挥之不去的，是耳畔祖辈的叮咛，那是留在他脑海里，永远的宁波腔。

"观众朋友们，正风甬剧研究社现在开始招收学员，作为甬剧的后备人才……"

像一缕光，茫然的青春登时光鲜起来。

心念一动，渴盼顿生，恍惚如有所待。

"请到旅沪宁波同乡会来报名，地址是……"

上海西藏中路480号。姜晓峰生涩地推开宁波同乡会三楼会议室的门。

这里就是正风甬剧研究社。

正风甬剧研究社，是由甬剧名家王宝云、周廷黻发起组建的，并得到烟草公司经理范行凡的资助。

说起正风甬剧研究社，还要从"甬剧改进协会"说起。那是1950年4月，王宝云组建甬剧改进协会，以联络协调上海的甬剧人才与演出团体，类似于现在的戏剧家协会。但是，甬剧改进协会中的成员大多是老艺人。

为了给甬剧注入新鲜的血液，培养青年甬剧人才，王宝云成立了正风甬剧研究社。同时，组建了堇风甬剧团。

"堇风"两字，多美呀！

"堇"为温柔神秘的浅紫色，堇色年华，又是一个人最美的青春年华。

像浅紫色的风，徐徐拂过少年的脸。

董风甬剧团徽章

董风,用宁波话读,既与"正风"同音,而且"董"字形似宁波的一座塔,又是"鄞"字半边,具有丰盈的宁波色彩。

1950年9月1日,第一批学员正式开学。

然而,录取名单上,并没有姜晓峰。因年龄偏大,他落选了。

他终日闷闷不乐,浑浑噩噩,脑海中像装了一台唱片机,回旋往复的,全是甬剧袅娜的旋律。

一个旁听生

过了一阵子,凄凄惶惶的他,不由又漫步到宁波同乡会,恰巧碰到了王宝云。

这一次,他壮着胆子,表达了想学甬剧的决心。

惜才如命的王宝云,望着眼前这个执着清瘦的男孩,收下了他。

姜晓峰突然觉得,甬剧世界的大门,正轰然向他敞开。

那是一个有情的世界，那一份善意，令他感念在心。

起初，他是一名编外学员，一个旁听生，后来他刻苦努力，终于成了一名正式的演员。这是后话。

1950年9月9日，堇风甬剧团在皇后剧场演出了第一个剧目——由《大雷雨》改编的甬剧《狂风暴雨夜》。

那天，算是上海堇风甬剧团的正式亮相，演员阵容华丽璀璨：王宝云、金翠香、傅彩霞、夏月仙、柴鸿茂……

首演剧名，颇有深意。顾名思义，是要把甬剧过去的糟粕陋俗，甬剧人过去的恩恩怨怨，一并在狂风暴雨中冲刷干净，以脱胎换骨的样貌，重现在世人面前。

之所以选择9月9日演出，是因为"堇风"二字，笔画都是九画，意为九九归一，久久为功。

正风甬剧研究社的课程安排，与堇风甬剧团的演出紧密相连，印证了一句梨园老话：

"千学不如一看，千看不如一练。"

课本是堇风甬剧团正在演出的剧本《狂风暴雨夜》，每位学生都被安排了合适的角色。

每天上午练唱、揣摩剧本，下午到剧团观摩、模仿老师的演出，做到演、学、唱同步。

从中，王宝云发现了一些悟性高、有艺术天赋的好苗子，重点培养。

1951年，学戏不到一年的姜晓峰，与正式学员们一起演出了甬剧《金生弟》。

他在剧中扮演计阿根，这个人物自私贪婪，是个反面角色。他细细揣摩人物的心理，登台完成了处女作。

1952年，王宝敝接受周廷敝建议，以正风甬剧研究社的学员为班子，组建上海生生甬剧团。

"生生"，意为甬剧事业生生不息。

姜晓峰也进入了生生甬剧团。其他演员有周廷敝、柴鸿茂、傅彩霞、孙荣芳、孙翠娥、徐松龄、马慧珍、朱莎虹、乐如君、史少岩、孙小楼、董湘静等。

徐凤仙、贺显民加入后，改名为凤笙甬剧团，既融入了徐凤仙的"凤"，又有凤凰吹笙、丝竹管弦之意。

堇风、生生、凤笙，这些诗意的名字，皆是范行凡取的。他是一位杰出的民族资本家，出资支持甬剧，为甬剧事业出谋划策，是上海甬剧发展史上绕不开的人物。

那是甬剧在上海最兴盛的时候。除了先后成立的堇风甬剧团、生生甬剧团、凤笙甬剧团，还有鄞风甬剧团、众艺甬剧团、合作甬剧团、立艺甬剧团、建群甬剧团、新艺甬剧团等十多个甬剧团。

甬剧之声，处处弥漫。

梦想湮灭

1959年，上海甬剧队伍整合重组，将原来几个甬剧团统一并入堇风甬剧团。

姜晓峰也随之到了堇风甬剧团。当时，团里的专业编剧有两名：天方、王行。

当年，甬剧剧目翻新率很高，只有不断出新戏，才能保住源源不断的观众。

剧团因此发展了几名文化水平较高的演员充当业余编剧。姜晓峰就是其中一名业余编剧，其他还有葛伟龄、孙荣芳、金刚等。

他们专业演戏，一有空闲，便要忙着移植改编地方戏、话剧。

甬剧有一部常演不衰的保留剧目——《借妻》，编剧一栏，写着冯允庄。也许大家对这个名字有些陌生，但提起她的笔名，便无人不知、无人不晓了，她就是与张爱玲齐名的宁波籍海派女作家苏青。

苏青当时是上海芳华越剧团的编剧，受董风甬剧团的一位导

二十世纪八十年代初甬剧艺训班排演的《借妻》

演之托，写了甬剧《借妻》的故事框架和主要人物唱词。这样的作品，被称作"半幕表制"。

其他的唱词，由甬剧艺人临场发挥，或是根据惯常的"单片"应付。这是"剧本制"出现前惯用的方式。

什么是"单片"？

把一些程式化的唱段贯通起来，就叫单片，也叫传统赋子。演员熟记后，在台上遇上什么情景，就套用什么单片。

比如，描摹一位女性秀美，可以套用"美女单片"：

> 青丝细发杨柳腰，
> 一对凤眼来得俏。
> 弯弯眉毛似笔描，
> 高高鼻梁像玉雕。
> 糯米牙齿雪雪白，
> 红红小嘴似樱桃。
> 生得勿胖也勿瘦，
> 身材勿矮又勿高。
> 走路好似水上漂，
> 可比嫦娥下九霄。

可是艺人有时候会生搬硬套，甚至张冠李戴，出洋相，闹出不少笑话。而且董风甬剧团毕竟是大团，出入的都是上海的大剧场，每场戏的唱词和念白不统一，显得不太正规。

那天，姜晓峰正在默戏，团长贺显民径直找到他：

"晓峰啊，这个戏，你先看演出，看了以后记录下来，整理一下。"

王锦文主演的甬剧《借妻》

《借妻》剧照。王锦文扮演沈赛花

于是，姜晓峰便把整部戏的唱词、念白，进行整理、修饰、提升，成为一个规范的剧本：

> 小小酒店开镇上，
> 吃酒朋友来四方。
> 上等客人坐雅座，
> 中等客人坐店堂。
> 尴尬朋友门口坐，
> 春二三月乘风凉，乘风凉。

开场戏，店小二的引子，一股浓郁的宁波市井气息，扑面而来。

他编戏的兴致很高，有时候甚至放弃演出，一心一意地编唱词。

有一次，他为了移植扬剧《夺印》，放弃了自己的角色。他如此用心，却不计个人名利。

节目单上的"移植"一栏，只笼统地写着：

"本团创作室"。

每当把他放在"编剧"一栏，他也总是淡淡地婉拒：

"没必要写。"

董风甬剧团解散后，上海再无专业甬剧团，甬剧演员作鸟兽散，飞入三百六十行。

对姜晓峰来说，那段午后悠然飘入的光亮，如旋开旋灭的浪花，四散而去，不见踪影。

青春戛然而止。

姜晓峰去了一家皮货加工厂上班，日复一日，流水作业。

只是偶尔，工作间隙，那些熟悉炙热的曲调，那些振奋人心

夺 印

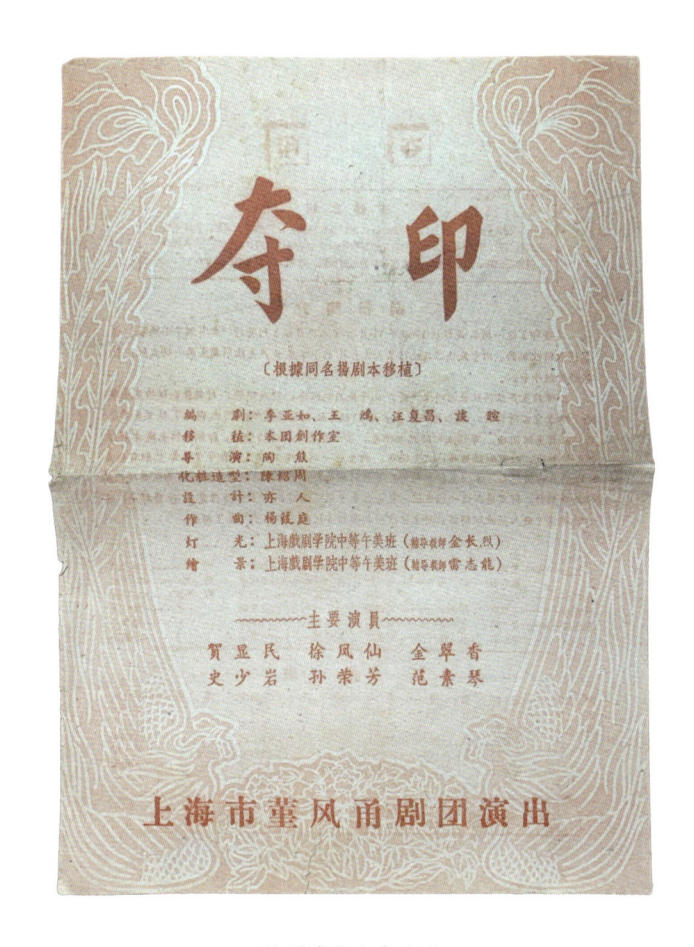

(根据同名扬剧本移植)

编　剧：李亚如、王鸿、汪复昌、濮波
移　植：本团创作室
导　演：陶　默
化妆造型：陈绍周
设　计：亦　人
作　曲：杨廷廷
灯　光：上海戏剧学院中等舞美班（辅导教师金长顺）
绘　景：上海戏剧学院中等舞美班（辅导教师雷志龙）

―――― 主要演员 ――――

贺显民　徐凤仙　金翠香
史少岩　孙荣芳　范素琴

上海市堇风甬剧团演出

甬剧《夺印》戏单

的话语，会倏忽涌来，恍如隔世。

仿佛回到那一年，刚进正风甬剧研究社时，沪甬两地青年联欢会上，他的恩师王宝云在台上慷慨陈词：

"我代表老一代艺人，回忆过去很是惭愧，甬剧被人歧视，险遭淘汰。如今时代进步，甬剧已经脱胎换骨了，有了新面貌，你们要担当起责任，让甬剧在你们这一代身上发扬光大，永远传承下去，希望你们团结奋斗！"

那是他整个青春，梦开始的地方。

鸾凤和鸣铸佳话

他，是一位鲐背之年的甬剧音乐家，以一双抚水为琴的手，为百余部甬剧作曲。

"有突出贡献的老音乐家"这个荣誉称号，他当之无愧。

她，是甬剧皇后徐凤仙的弟子，是新中国培养的第一批青年甬剧演员之一，后来成为富有开拓精神的甬剧导演，执导了风靡一时的甬剧《雷雨》《霓虹灯下的哨兵》《少奶奶的扇子》《魂断蓝桥》《泪血樱花》《浪子奇缘》《爱情十字架》《秋海棠》《啼笑因缘》等经典大戏。

她这一生，培养了六代甬剧演员。

沃幸康、杨佳玲、石松雪、王坚、陈安俐、王锦文、孙丹等著名甬剧演员，都是她的学生。

他是李微，她是汪莉珍，他们是一对甬剧伉俪。

他既是作曲家，又是研究甬剧音乐的学者；她既是演员，又是挥斥方遒的导演。

大半个世纪的风风雨雨，他们琴瑟相和，笙箫永伴，铸就了甬剧史上的一段佳话。

深深地沉下去

1954年冬天，李微从部队文工团转业到宁波。

生于连云港的他，第一次踏入杏花春雨的甬城。

那一年，李微25岁。

横亘于他眼前的，是两条大道：越剧团与甬剧团。这两个剧团都需要专业作曲人员。

年轻的他，思索片刻，做出抉择：

"越剧已是盛开的繁花，人才济济，我没必要去那里凑热闹。甬剧是未开垦的处女地，我愿意做一个甬剧音乐的开荒者。"

然而，立志容易成志难。

他对甬剧一无所知，人生地不熟，两眼一抹黑。

他第一次听甬剧，只觉得像一个老太太絮絮叨叨，旋律平平。

他听不懂石骨铁硬的宁波话，也摸不清甬剧音乐的曲调规律。

普通话与宁波话，一个温婉圆润，一个短促爽脆。

不仅字音不同，平仄轻重不同，腔调也截然不同，这对一个异乡人来说，隔阂陌生。

从前的甬剧唱腔，讲究"咱们台上见"，且常见常新。

甬剧音乐鲜有曲谱，全凭艺人自由发挥，不利于剧种传承。

他想改革甬剧音乐，却一时茫然，不知如何下手。

困惑的他，向《采茶舞曲》的作曲者、著名音乐家周大风求教。

面对这个性急又上进的小伙子，周大风循循善诱：

"你不要一上来就说，我是文工团来的，我是来改革甬剧的，人家是不会买你账的，因为你肚子里没货。你必须从头学起，虚心向甬剧老艺人请教，要沉下去，深深地沉下去，要把甬剧的家底都摸清楚，否则，你没有发言权。"

这番话，让他醍醐灌顶。

他清醒地认识到，眼下最重要的事，是像一个小学生一样，从头学起。

可是，问题又来了。

甬剧团的老艺人只会说宁波话，不会说也听不懂普通话，他如何潜心取经呢？

"我来当你的翻译"

"我来当你的翻译吧。"

一个娇俏可爱的少女，走到一筹莫展的李微面前，眼眸灵动，浅笑盈盈。

这个少女就是汪莉珍。

那一年，她不过17岁，却已是一位出道4年的知名演员了。

那时候，宁波很多照相馆里，悬挂着她与姐姐汪莉萍的照片。

她们姐妹俩，是出了名的美人。

汪莉珍常常扮演花旦、风流旦，也兼演悲旦。走在路上，戏迷们常以角色称呼她，"玛丽小姐"或是"何丽娜"，足见她塑造的角色多么深入人心。

她师出名门，是上海滩名角徐凤仙的入室弟子。

徐凤仙与贺显民，是她口中的"姆妈"和"爹爹"。

她古灵精怪，喜欢模仿各色人等，逗得人捧腹大笑，甬剧老艺人们都很喜欢她，还给她取昵称——小妖怪。

热心的她，带着李微，拜见每一位老艺人：

"这是某某师伯。"

"这是某某阿姨。"

"这是我们团里新来的作曲李微。"

她带着他，叩开一道道甬剧大门。

他自然也不放过任何一个入门的机会。

他想弄清楚甬剧音乐的渊源，然而关于甬剧音乐，既无曲谱，也无文字资料。

于是，他逢人必问，你师父是谁？演过哪些戏？唱过哪些曲调？怎么唱？

她替他翻译成普通话后，他在本子上，一字一句，一音一符地记录下来。

他还下乐队，参加伴奏，请教乐队老师，用心感受甬剧音乐在舞台上的立体呈现。

他一头扎进甬剧的汪洋，沉浮飘摇，挣扎扑腾，谁知还没熟悉水性，就要鱼翔浅底——为新戏作曲。

他一下子慌了神，战战兢兢地迎接他的甬剧作曲处女作——《金黛莱》。

处女作试水

《金黛莱》是一部具有朝鲜民族风情的戏。

说来也巧，李微对朝鲜音乐十分熟稔，他扬长避短，写了很多朝鲜元素的配乐和舞蹈曲。

二十世纪五十年代初的甬剧唱腔，基本是男女声同调同腔。

同调同腔，是同样的调门，同样的唱腔。但女声原本比男声音高八度，造成女腔太低，男腔太高，不适合男女演员的嗓音发挥，且行腔沉闷单调。

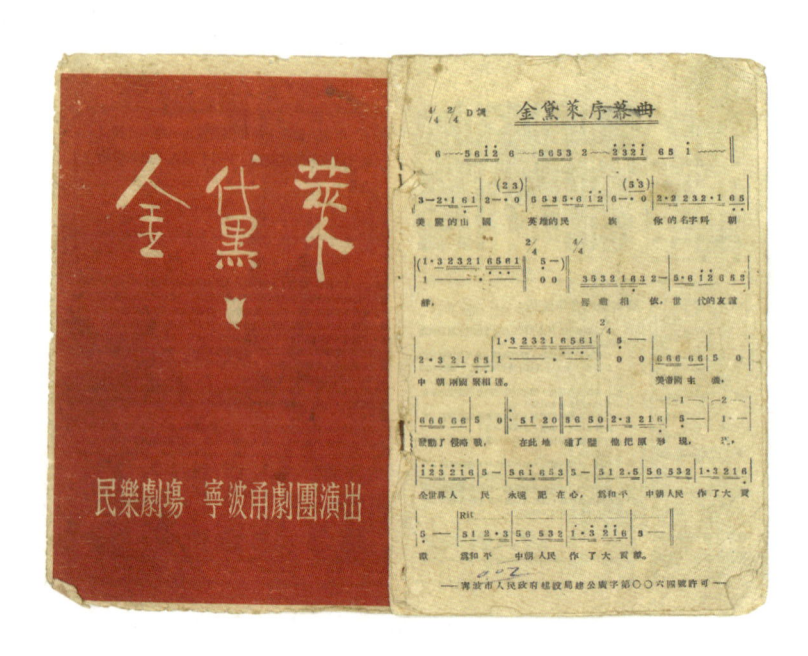

甬剧《金黛莱》戏单与序幕曲谱

　　李微研究发现，二十世纪二十年代的女小旦时期，女腔婉转流畅，音域适中，男女声同调异腔，男女腔各自有高、中、低音可以唱。

　　同调异腔，就是同样的调门，由男、女声演唱时，形成不同的板腔体系。

　　李微在《金黛莱》的最后一场，大胆采用同调异腔。

　　男女主角劳燕分飞时，男演员唱男腔，女演员唱女腔，音域辽阔，层次丰富，产生了男女二重唱的效果。

　　演出时，唱惯了基本调的演员感觉很新鲜，观众也很喜欢这种别具一格的形式。

　　他的甬剧处女作，一炮打响。

剔除非甬剧元素

除了请教宁波老艺人，李微还奔赴上海，走访堇风甬剧团的老艺人。

他拎着一个 30 斤重的老式录音机，一家家登门拜访。

老艺人们朴实热情，见到年轻后生上门请教，张嘴就唱。

可是一听曲调，李微眉头就皱了起来。

当时的甬剧曲调简直是个大杂烩，有些来自其他剧种，有些来自流行歌曲，甚至是国外的流行歌曲。

像沪剧的【相骂调】，歌剧《星星之火》的插曲《妈妈不要哭》，电影插曲《渔光曲》，苏州民歌《月亮弯弯照九州》等，都曾是传唱一时的甬剧曲调。

这是有时代原因的。

新中国成立前，大多数剧种是幕表戏，甬剧也不例外。每一部戏，只有故事大纲，唱词全靠演员自由发挥，唱腔也由他们自主设计。

甬剧艺人头脑活络，善于吸收新鲜事物。什么好听唱什么，什么流行唱什么，以便吸引更多的观众。

"我要做一个刽子手，把不属于甬剧音乐的元素统统剔除。把属于宁波的音乐元素，吸纳进来。"他暗下决心。

不管是多动听的唱腔，只要不属于甬剧，不属于宁波乡音，他都狠心砍掉。

因为他明白，纯正的乡音，是地方剧种的灵魂。

汲取乡音

宁波大沙泥街的一个旧货摊上,有大量旧唱片:

宁波滩簧,四明南词,宁波走书……大多是新中国成立前的唱片。

李微蹲着翻看,一时深陷。

过了很久,他迟疑地问摊主:

"这些唱片都要的话,大概需要多少钱?"

囊中羞涩的他,等待摊主开出天价,正踌躇该如何应对。

"你要的话,全部拿去吧。"

那个好心的摊主,一定被他眼神里的痴迷感动了。

李微惊喜地抱着一大摞旧唱片,犹如坐拥一座富矿。那是他研究甬剧音乐的一手资料。

《亮眼哥》的唱腔设计中,李微吸收四明南词【平湖调】中的花腔,烘托剧中田玉柳复杂的心绪。

田玉柳的扮演者是甬剧界第一个擅用"真假嗓"唱法的名角金玉兰。起初她有些犹疑,不知唱【平湖调】是否合适,她反复揣摩角色,最终打破顾虑:

"旧的曲调也可以为新的内容服务。"

这部戏的唱腔婉转,旋律悠扬,赴沪演出时,受到徐凤仙的赞赏:

"哪能介好听啊,几十年没有听到的传统唱腔,被你翻了出来,赋了了新生命。"

甬剧《亮眼哥》戏单上的唱腔曲谱

这段《春雪浓,春夜冷》唱腔,还被作为培养青年演员的教材,传承至今。

1956年,李微为甬剧《草原之歌》作唱腔设计。其中有一段戏,是一位老人讲故事给年轻人听。

老人语重心长,娓娓道来,语调舒缓,李微运用宁波走书的曲调铺陈叙述。

有些老艺人颇有微词:

"我们甬剧吸收四明南词,是因为它比我们甬剧高雅,宁波走书比甬剧低级,你为什么要用?"

这番话并不是毫无道理。

宁波老话讲:

"文书(四明南词)进华堂,武书(宁波评话)进茶坊,走书奔农庄,新闻唱四方。"

宁波走书,起源于田间地头,乡野气息重,长于叙事回忆。

李微却不以为然:

"从音乐角度来讲,宁波走书与四明南词不能说谁高级,谁低级,它们都是宁波的音乐元素,它们与甬剧有血缘关系。"

最终,这段娓娓诉说的唱腔被保留下来。

一颗定心丸

李微对甬剧音乐的贡献,还在于规范甬剧音乐的生产方式和生产流程。

拿到一个新剧本,先根据剧情、人物,每个演员的嗓音条件,初步安排重要唱腔；再由导演、演员讨论、研究、修改；具体唱腔由演员各自设计后，再由作曲者编写；演员练唱后，再整体讨论、修改；配乐试唱后再讨论，最终敲定唱腔。

量身定制的唱腔设计流程，一直沿用至今。

这意味着，老艺人过去随意哼唱的曲调，将一字一音，严整落于曲谱上。

这让一些老艺人难以适从：

"我们唱惯了自由调，好好地，现在竟然让我们去学谱。"

一时争议不断。

改革创新的路上，从来都是荆棘满地。

这时，金玉兰鼓励他：

"阿微，你大胆搞。你设计唱腔，我一句句来学。越剧为啥有流派？定腔定谱就起了很大的作用。甬剧要传承发展，就非走定腔定谱的路子不可。"

金玉兰的话，犹如一颗定心丸。

他沉下心，边摸索，边作曲。

历史证明，李微对甬剧音乐大刀阔斧的改革是成功的。

许多蒙蔽尘灰的乡音，被一个异乡人视若珍宝，绵延传唱，成为经典唱段。

李微对甬剧的感情与日俱增，他与汪莉珍，也自然而然走到一起。

1956年，他们喜结连理。

角色没有大小美丑

汪莉珍有两个艺术身份：演员与导演。

作为演员的汪莉珍，从不计较角色的大小。

她塑造过不同时代、不同年龄、不同身份、不同性格的女性形象：《方珍珠》里唱大鼓的女艺人方珍珠；《大雷雨》中的女大学生忠敏；《啼笑因缘》里的富家千金何丽娜；《女飞行员》中的飞行员向菲；《红岩》里的美国记者玛丽小姐；《雷雨》中的鲁妈侍萍；《亮眼哥》里的农村妇女队长；《半把剪刀》中戏谑滑稽的收生婆；《杨乃武与小白菜》中柔弱的小白菜与傻女葛三姑……

她能把美人描摹得勾魂摄魄，也能把小人物勾勒得活灵活现。

她扮何丽娜，娇艳美丽，傲气十足，把一个富家千金的神态拿捏得巧妙精准；她演美国记者玛丽小姐，身材高挑，气质不凡，出众的脸上却射出阴毒的目光。这两个截然不同的人物，虽然戏份不多，却令人过目不忘。

"我非常喜欢我的职业，我觉得演员这个职业很伟大，创作一个角色，被观众认可，对我来说，是一件很开心的事。"

"任何角色都是戏里的一份子，演员要得到观众认可，不一定做主角，而是要做'这一个'。"

也因此，其他女演员不愿意接的角色，她都愿意演。她扮过许多又老又丑的角色，却收到出其不意的效果，让观众认为此角色非她莫属。

15岁那年，她在甬剧《亮眼哥》里扮演妇女队长金桂香。

这个妇女队长，长期生活在山坳里，是个有胆有识的农村妇

汪莉珍在甬剧《女飞行员》中扮演女飞行员

汪莉珍在甬剧《红岩》中扮演美国记者玛丽小姐

汪莉珍在甬剧《雷雨》中扮演鲁侍萍

汪莉珍在甬剧《亮眼哥》中扮演妇女队长金桂香

女。为了贴合角色,她剪去飘逸的长发,设计了人物动作:

说话声音爽朗,挺腰凸肚,两脚外八。把一个每天肩挑重担,走在山路上的妇女队长演活了。

她的师父徐凤仙看完演出,满是赞赏:

"莉珍啊,这类角色我不会做,你做得比我好。"

她在《半把剪刀》里演收生婆时,根据其职业习惯和旧时女人缠小脚的特点,设计穿中式褶裤,裤脚用绳子扎起来,走路用脚跟,高耸肩膀,一摇一摆,一颤一跳。眼神活络,眼观六路,耳听八方。与人说话,神态夸张,脸上永远堆砌着谄笑。

上了年纪的观众会心一笑,旧社会的收生婆确实是这样的。

甬剧《杨乃武与小白菜》中,汪莉珍一人饰两角,既扮演花旦小白菜 B 角,又扮演彩旦葛三姑。

说起葛三姑,还有一桩趣事。

演出那天,她与李微新婚不久。恰巧,李微的父亲从老家赶来,看望这个未曾谋面的儿媳妇。

舞台上的葛三姑,吊梢眼,塌鼻梁,凸嘴龅牙,相貌丑陋不说,还擤着鼻涕,邋里邋遢,说话结巴,愣头愣脑。

只要葛三姑一出现,全场便哄堂大笑,李微父亲也笑得前仰后翻。

戏散了,李微父亲悄悄问儿子:

"莉珍怎么没上场?"

"那个傻姑娘就是莉珍啊!"

"啊?哈哈哈哈哈……"

等汪莉珍卸下装扮,一双杏眼神采奕奕,李微父亲好半天才把她跟葛三姑对上号。

艰难求学

作为导演的汪莉珍，曾执导轰动一时的甬剧《雷雨》。

那是一代人心中永恒的回忆。

1978年冬天，汪莉珍带着新排的《雷雨》和复排的《亮眼哥》赴上海演出。

人们从禁锢中复苏，《雷雨》灌溉了他们焦渴的心。甬剧《雷雨》轰动上海，观众排队购票，通宵达旦。

演出期间，李微得知上海戏剧学院导演系第七届戏曲导演进修班即将开课，他比汪莉珍还激动。上海戏剧学院，这是他多年来一直想送妻子去读书的地方。

起初，汪莉珍迟疑不决，那正是她脱不开身的时候：

他们有两个女儿，双方老人需要赡养，李微长年服药，身体不好，医药费开支大……她怎么也不忍心抛下一大家子人，跑到上海学习。

李微的不断鼓励支持，最终让她放下顾虑。她请上海戏剧学院的院长、导演系的师生观看她导演的《雷雨》，作为敲门砖。

终于，她被录取了。面临的困难，是早有预料的。李微为了让她安心学习，省吃俭用，妥当安排各项开支，每月给她寄30元，他和女儿的菜钱只留下5角。

汪莉珍过意不去，李微宽慰她：

"莉珍，别难过，这是短暂的困难，我们共渡！"

1981年，汪莉珍从上海学成归来，为甬剧团创排颇多剧目，尤其是翻译的外国剧目《少奶奶的扇子》《魂断蓝桥》，借鉴了沪剧、话剧、电影剧本，拓宽了甬剧的艺术表现力，为甬剧增添了一抹异域风情。

珠联璧合

汪莉珍与李微默契恩爱，彼此之间，心灵相通，干的是甬剧，说的是甬剧，爱好是甬剧，甚至连梦境也是甬剧。

他们根本分不清什么是工作，什么是生活，把工作带到家里，是家常便饭。

甬剧，是他们的共同语言。

两个人在家里，可以为一段唱腔，从早上8点，讨论到傍晚5点。

那时候房子隔音效果差，隔壁邻舍听他们讨论一天，耳朵都要起茧子了，在门口喊：

"好了！讲了一天了！好吃夜饭了！"

创排甬剧《魂断蓝桥》时，女主角欲自寻短见的桥段，究竟是唱四个字出场，还是七个字出场，两个人讨论得废寝忘食。

汪莉珍在阁楼写导演阐述，李微在楼下厨房的圆桌上作曲。

有时候汪莉珍在阁楼做案头工作到凌晨三点，径直下楼就问：

"李微李微，你帮我想想看，这里有一个动作我应该怎么弄？"

"你做给我看看。"

"李微，到底用什么音乐好？"

"听导演的。"

甬剧《魂断蓝桥》剧照

甬剧《阮文追》剧照。左一为汪莉珍

"不行，怎么能听导演的呢？谁对就听谁的。"

"这里要走一段圆场，你给我加段音乐好不好？"

餐桌是办公桌。

卧室是会议室。

天井院落是排练厅。

他们所有的时间和空间，都被甬剧占据。

"导演要做到心中有数，不能头脑一片空白地走进排练场。所以我在家里必须做大量功课。"

大家的"汪老师"

汪莉珍是甬剧演员们的"汪老师"。

她惜才爱才，常常教诲青年演员：

"汪老师这一生没有什么财富，只是比你们多唱几年戏，只要你们肯学，我会毫无保留地教。"

"我唯一的乐趣，就是跟演员在一起。只要青年演员上门来请教，我就很开心。"

甬剧名家沃幸康初学甬剧时，年龄偏大，条件也不好。骨子里不服输的他，常去汪老师家"开小灶"。

常常是周末，甚至是正月里，沃幸康就像回自己家吃饭一样，动不动就去汪老师家学戏。

有时候，汪莉珍刚准备俯身洗衣服，沃幸康就突然敲门。

望着他殷切好学的眼睛，她只能把堆成小山的衣服撂在一边，耐心地教戏。

甬剧《浪子奇缘》剧组在江滨公园讨论剧本。前排从左至右：郑顺琴、天方、谢枋、汪莉珍、胡小孩、陈炳尧；后排从左至右：李微、杨柳汀、王利棠、郭兴根、沃绵龙、包赛桃、曹定英

汪莉珍当导演时，循循善诱，细致入微

她培养了六代甬剧演员,从第二代的郭兴根,到第七代的张欣溢、苏醒、贺磊……

几十年来,也有不少甬剧演员离开舞台。

"年轻人离开剧团,我要哭的。我常对他们说,生存环境再艰苦,也要留在剧团。"

孙丹曾离开舞台一段时间,后来又回来唱甬剧。汪莉珍知道后,开心得像个孩子。

她把对甬剧毕生的挚爱,灌输给每一位学生:

"很多人都说排完戏,导演就可以走了。我不这么认为,戏是常看常新的。我总是背着铺盖,跟着剧团下乡,我想看演员在台上的演出,我想观察观众的反应,然后适时调整纠正。"

"我真的很喜欢看戏,一部好戏,我是百看不厌的,我这一生,都离不开甬剧。很难想象,没有甬剧的日子会是怎样。"

说到这里,她饱经风霜的眼眸,已是星辰闪烁。

2018年,李微编著的《宁波甬剧及其音乐的演变》由中国戏剧出版社出版。

这本书讲述了甬剧音乐的来龙去脉,厘清了甬剧音乐在萌芽时期、马灯班时期、滩簧时期、改良甬剧时期、新甬剧时期的历史轨迹与演变。

这是他对甬剧音乐六十余年的梳理回顾,凝结了他音乐生涯的全部心血。

这是他的研究著作,亦是他们夫妻相携一生、鸾凤和鸣的见证。

站在人生的戏台上

探头听曲

二十世纪五十年代初,上海天潼路的一个旧弄堂。

矮墙的水泥脱落,露出锈红色的砖,山墙的裂纹里长出翠绿的青苔。

一个男孩放学回家,背着书包,伸长脖子,踮起脚尖,微张着嘴,往一条门缝里探看:

一个个妙龄女子,粉黛轻敷,对镜贴花,描眉点唇。

间或有人开嗓,那唱腔婉转多姿,百转千回……

他看痴了。

那是河北大戏院的后台化妆间。

当时已颇有名气的越剧演员袁雪芬、尹桂芳、徐玉兰,常在那里,实践她们的"新越剧"。

彼时的他,家境优渥,母亲抱着他出入皇后剧场、共舞台、卡尔登大戏院、先施剧场,看京剧、越剧、沪剧、评弹……

大戏开演前,常有伙计来回穿梭。

嘴馋想吃点什么,伸手招呼一下,那伙计便殷勤递来一些小零食,瓜子、花生米、糖果,不一而足。

吃完了,想要一条毛巾擦手,打个手势,一人将一条清洗干净、喷了香水的毛巾于舞台上空飞旋而至,另一人接着,递送给观众。

扔毛巾和接毛巾的伙计,行话叫"手巾把"。他们扔得准,接得稳,杂技一般,引得观众一片叫好。

台上才子佳人,莺歌燕舞;台下天女散花,目不暇接。这是旧时剧场奇景。

因影响看戏,引人反感,这一景观很快便消失了。

此景却长留于男孩心中。

昏暗的剧场里,小小的他,依偎在母亲怀里,一边嚼着盐水花生米,一边似懂非懂地望着台上光怪陆离的世界,似一抹童年剪影,泛起他心底最温暖的记忆。

父亲开了一家报关行,用几辆卡车把一家家公司的货物运送到码头,帮他们报关报税。他还是一个京剧票友,闲暇时常在家穿靴习唱,舞鞭弄剑,抚掌听曲。

他趁父亲不在,偷偷地拿起马鞭,胡乱舞弄。抑或披风覆身,蹬着宽大的靴子,高一脚低一脚地学走路,不时跌倒爬起。

引得兄弟姐妹们与母亲咯咯直笑。

这是应礼德在上海的童年。

"长袍佬小顽"

奶奶年事已高,想念家乡,渴盼叶落归根。母亲便带着年迈的奶奶、应礼德,与他的二姐、七弟一道,坐上开往宁波的渡轮。翌日清晨,又转倒撑航船,到达鄞州下应新尖漕村的祖屋。

到了乡下,似乎重新打开了一扇戏曲的大门。

那时在乡下,看戏机会不多,偶尔戏班来了,也只能到数里开外的天王庙看戏。为了过戏瘾,村民们常去宁波市里看毛佩卿的越剧、六龄童的绍剧、韩鹏飞的京剧……

那一年,他读小学五年级,与其他孩子不同,他总穿一身长袍，夹杂上海口音，村民们都喊他"长袍佬小顽"（小顽：小男孩）。

"长袍佬小顽"央求这些去看戏的叔叔阿姨，捎带上他。可是戏散了摸黑回村，来回得折腾四十里路，他年纪小，谁都不敢担责。

每当这时候，他总是缠着母亲去讲好话，向他们求情，才换来几次看戏的机会。

散戏回家时，已是深夜。

有人打着手电。一束束光影下，他听大人们热烈地谈论方才的戏，他自己也恍惚回到戏里，兴奋得毫无困意。

路过荒草萋萋的坟地时，几个大人故意学鬼叫吓唬他：

"长袍佬小顽！下次还敢去看戏吗？"

"要去看！"

尽管心里的害怕如茅草丛生，但对看戏的痴迷，战胜了一切。

一位本家叔叔，有一双描龙绣凤的巧手，能做下乡演出用的戏服。有一次，几位爱好戏曲的姐姐想演越剧《白蛇传》片段，让应礼德演许仙。本家叔叔将金银纸剪成花边，贴于他的长袍，又做了一顶帽子，缀上棉花。

他穿着改良的长袍，过了一把戏瘾。

那时的他，只朦朦胧胧地觉得戏曲是好玩的东西，就像他整日踢足球、跳房子、抖空竹、打腰鼓，能带来精神上的愉悦。他从没想过，有朝一日，戏曲会成为他安身立命的根本。

而那些无意识的玩耍，为他锻造了日后演戏的基本功。

1954年，绍剧训练班到宁波招生。在本家叔叔的怂恿下，他报名应试，凭着一副天生好嗓，竟被录取。

进入绍剧训练班后，整日舞棍弄枪，翻腾跌扑，排演的戏也多是宫廷戏或武打戏。他忽然意识到，自己并不属于这里。

应礼德在甬剧《返魂香》中扮演麦少雄

应礼德在甬剧《海岛女民兵》中扮演民兵连长

他挥别绍剧,继续念书。学过戏的他,成了班上的文娱委员。唱歌、跳舞、演黄梅戏、诗歌朗诵……哪儿都有他清瘦俊逸的身影。

1960年初,宁波成立以反映民间文化、民族风情为特色的民间歌舞团。

有一天,以音乐家毕瑞为首的招考老师,来到鄞县一中挑选文艺人才。音乐老师推荐了应礼德。

他以电影《夜半歌声》的插曲《热血》和四川民歌《太阳出来喜洋洋》应试。

富有磁性的歌喉,引起了毕瑞老师的注意。之后,他顺利地被民间歌舞团录取,进入歌队唱男高音。

那年的五一节,宁波举行庆祝活动,歌舞团派他在宁波市人民大会堂男声独唱,引吭高歌。

然而,"调整、巩固、充实、提高"八字方针一出,宁波民间歌舞团解散,变成宁波市戏曲学校的歌舞班。

没过几个月,歌舞班也取消了。

那时候,其他同学选择继续读高中考大学或谋一份职业,小资产阶级出身的应礼德自知成分不好,这两样都没戏。

若是回乡务农,他心有不甘。

怎么办?

正当他焦灼无奈时,传来宁波市甬剧团到民间歌舞团挑选一批演员的消息。

宛如闷热难耐的酷暑,吹来一阵清风,如春水荡过心尖,为他豁然辟开一条小径。

他真想成为一名甬剧演员啊!

读书时,他曾看过甬剧《王鲲》,余盛春演的王鲲,黄再生演的王老五,流畅自然的念白,生活气息浓郁的表演,深深地吸引着他。

他嗓音高亢嘹亮,身材高大清癯,双眼炯炯,又有戏曲基本功与声乐打底,是块当演员的好料子。

1960年末,他正式进入宁波市甬剧团。

油豆腐燴肉

进团后,先当三年学徒,拜黄君卿为师。

黄君卿从二十世纪二十年代开始唱滩簧小戏,亲身经历宁波滩簧、四明文戏、改良甬剧、甬剧这几个历史发展时期,编写过许多清装戏和时装戏,对舞台表演熟稔。

他虽是旧社会的艺人,没念过几年书,却文采斐然,精通诗词歌赋,会导戏,能编唱词,曾编写甬剧《金生弟》的唱词。

他传统功力深厚,肚里货奇多,又善于思考和总结,有自己的一套表演理论和技巧。

有一天,黄君卿把应礼德拉到一边:

"礼德,经过这段时间的学习和舞台实践,你应该有自己的体会了。为什么你们青年演员与老师演同一个角色,观众的反应大不相同?原因何在,你想过没有?现在我把问题的症结讲给你听——"

接下来的话,令他终身难忘。

黄君卿将自己悟到的舞台表演诀窍倾囊相授:

表演须讲究"三潮"——掀潮、让潮、压潮。

掀潮,是用念白的语气,先将舞台上的气氛烘托起来,把观

甬剧《浪子奇遇》剧照。左三为应礼德

众的心绪像潮水一样引起来。

让潮，就是有意地放慢节奏，或是停顿，之后的念白暂时让位于观众潮水般的热情与掌声。如果此时讲台词，会被观众的动静吞没，反而少了应有的舞台效果。

压潮，是通过神情、动作或语言，想办法把观众的热潮压下去，才能继续表演。

"掀潮时要让一让，让潮时间不能过于长，必须压下去。"

这"三潮"看似简单，其实大有学问，是一个表演者对舞台火候的精准拿捏。

这种状似平静、隐含风雷的表演风格，能牢牢把控全场观众的情绪。

剧场效果，哪里该爆，哪里该静，都蕴藏在演员的身体里。

甬剧没有那么多绝技，若非要说有什么技艺，那就是塑造人物，用表演抓住观众，嘴上有"口劲"，台词和唱腔，能清清楚楚地送到最后一排观众的耳中。做到"目无观众，心有观众"，演戏时始终与观众交流，根据观众的反应，实时调整自己的表演，而不是照搬剧本。同一句台词，观众时而捧腹大笑，时而呵呵一笑，这里面就大有文章，说明艺术感染力不同。

在团里待了几年，应礼德在艺术上依旧很迷茫，抓不住精髓。观摩演出时，看到王文斌塑造角色能力强，唱腔独树一帜，想拜他为师，又怕黄君卿有想法。

可他还是忍不住去找师父：

"师父，我想私自拜王文斌老师为师，不晓得可以吗？"

他忐忑不安地等着师父的责骂。

黄君卿听完，坦然一笑：

"这是好事啊！我们甬剧没有门户之见，你要向老师学艺这是难能可贵的，你不用顾虑，我找时间与他去谈。"

就这样，应礼德成了王文斌的私收之徒。

幸运的是，王文斌也如师如父般待他。

当时，住在上海的父亲生病，急需照顾，母亲和弟弟一起回到上海。用母亲的话来说，应礼德是"应家在宁波唯一的根"。

母亲一走，他在宁波没了家，甬剧团的团部与剧场后台就是他吃饭和就寝的地方。

下乡演出时,他帮师父整理铺盖;师父有演出,他事先准备好茶水,等师父下场时,递上温良润喉的茶水。

他的懂事与勤勉,令两位师父愈加怜爱他,待他像儿子一般,常唤他去家里吃饭、睡觉。

饭桌上往往有一盘油豆腐燆肉,师父和师娘都让他"多吃点"。

多年后,他回想起来,才恍然大悟,那是个凭票供应肉的年代,师父的子女都未必能吃到那么多顿肉啊!

师娘也用心至极,知道他母亲喜欢吃臭冬瓜,特意腌好,让应礼德放假或赴上海演出时捎给母亲。

他把两位师父、师娘当作再生父母,感受到大家庭的温暖。

"我现在有条件了,如果他们多活几年,一定会好好报答他们,可是……唉……"

他的欲言又止,是子欲养而亲不待的愧疚与感慨。

"演坏人不吃亏"

二十世纪六十年代的甬剧团,艺术氛围浓厚。晚上演完一台戏,大家妆也不卸,先开个小会,俗称"五分钟会议"。

汗水杂糅着油彩的演员,与导演、舞台监督围坐一团,各抒己见:

"今天的演出有什么问题?"

"有哪些地方没达到要求,明天演出时需要注意?"

舞台监督一一记录,下一场演出及时修正。

会散，已是深夜。

卸妆睡下，梦里都是甬剧。

这种对艺术的精益求精，往小处说，牵涉演员养家糊口的实际问题，戏不好看，票子便卖不出去，演员就没钱，一家老小便吃不饱饭；往大处说，是众人对甬剧这门艺术的责任感与敬畏心。

这份对艺术的认真与敬畏，也深深地影响了应礼德。

他明白自己虽有声乐基础，但与甬剧唱腔发声共鸣的位置不同，风格也全然迥异，一时难以适应甬剧平白如话的唱腔。

他深知这道坎若迈不过去，就难成好演员。

师父王文斌掌握的甬剧曲调颇多，熟悉许多传统曲牌，擅长唱腔设计，尤其讲求唱腔的韵味。

唱腔的韵味，是曲作者无法拟写的，是曲谱之外的诗意。师父也讲不出其中的奥妙，只可意会不可言传，只能靠自己多听、多唱和勤悟。

团里留存有许多黑胶唱片，多是徐凤仙、贺显民、史少岩、金玉兰等老一辈艺人的唱腔。

他得闲就听，老艺人韵味绵长的唱腔，往复循环，似林间松风，徐徐入耳。

一遍遍模仿练唱，曲不离口，他终于从美声唱法，自然地过渡到甬剧唱腔，形成一种高音华彩壮美、低音宽厚舒展的唱腔特色，被人誉为"弹簧喉咙"。

除了练唱腔，老师们演出时，他就站在舞台侧幕旁，悉心观察他们的细微表情与动作，感受舞台上的瞬息万变，想象自己立于舞台中央。

宝剑锋从磨砺出，他终于迎来了甬剧生涯的第一部大戏——

《阮文追》。他在剧中饰演男一号,越南民族英雄阮文追。

不可思议的是,他演 A 角,他的师兄黄再生演 B 角。后来,他终于明白领导这样安排的深意:

师兄黄再生做他坚强的后盾,保证演出质量,把他推到台前,逼迫他快速成长,使他从实践中明白创造人物的真谛。

排练时,黄再生也教了他许多创造人物的方法,并使他铭记一句话:

"演员在舞台上一定要爱你心中的艺术,不能爱你心中的自己。"

自此,掀开他的演艺篇章:

《日出》中正直善良的方达生,《半把剪刀》里见利忘义的徐清道,《三县并审》中残酷暴戾的祝开文,《魂断蓝桥》里风流倜傥的青年军官,《沙家浜》中阴险狡诈的刁德一,《杜鹃山》里刚正不阿的草莽英雄雷刚……

1978 年,汪莉珍导演复排的《亮眼哥》赴上海演出时,师父王文斌演生产队队长金守山 A 角,应礼德扮演 B 角,演绎了一个是非不分、善恶不明的"睁眼瞎"。

应礼德与演员们走在上海的街巷里,俊男靓女十分显眼,一个指挥交通的交警认出了他们:

"你们是演《亮眼哥》的吧?"

衣锦还乡的成就感,作为演员的满足感,在那一刻,攀援到顶峰。

与复排版《亮眼哥》一起赴上海的,还有甬剧《雷雨》,应礼德在剧中扮演周朴园。

观众席里,坐着他的父母和兄弟姐妹。他们攥着戏票,在底

应礼德在甬剧《半把剪刀》中扮演徐清道

礼德在甬剧《亮眼哥》中扮演金守山　　应礼德在甬剧《阮文追》中扮演阮文追（左）

下兴奋地看戏,交头接耳:

"六弟三十多岁就演周朴园啦,哈哈……"

他在七个兄弟姐妹中排行第六,"六弟"是父母对他的昵称。

他的嗓音经过专业训练,吐字圆熟,没有半点年轻人的青涩,演绎老道的周朴园,毫无违和感。

演出间隙,应礼德与金玉兰受邀去上海人民广播电台录音,紧接着又去上海唱片厂录黑胶密纹唱片。

演唱的是周朴园与鲁侍萍三十年后重逢的那场戏。

走进录音棚,眼前只有一个话筒,甬剧团乐队现场伴奏。脱去戏服,卸下戏妆,没有布景,离开了熟悉的舞台,他始终无法进入情境。

喉咙里似乎有痰噎住,呼吸不舒畅,不住地咳嗽清嗓。

金玉兰发现他的异常,劝慰他:

"礼德,不要紧张,先深呼吸,抛开杂念,现在你是舞台上的周朴园,思想完全集中到规定情境中去。按照你目前的功力,完全可以唱好。再说了,录音又不是现场演唱,录不好可以重新录,没关系的。"

金玉兰的一番开导,令他卸下包袱。这段唱腔,也成为长唱不衰的经典唱段:

周朴园

梅家有个女千金,

未知你知情不知情?

鲁侍萍

我也认得一个梅姑娘,

却不过她不是名门女千金。

出身本是贫寒女，

曾经在周家公馆当用人。

……………

周朴园

莫冲动，要冷静，

我与你都是久经风霜老来人。

录音带与老唱片，留住了那个年代特有的风韵。

应礼德在宁波上演大戏时，母亲有时也会专程从上海赶来，在宁波住上几天，看几场儿子演的戏。

有一次，应礼德与王坚在宁波演出《魂牵万里月》。他演反派角色郑绍元。

戏毕，有人跟他母亲开玩笑：

"你儿子演的这个坏人真坏啊！"

"演坏人不吃亏，哈哈哈……"

应母的巧妙辩驳里，满是欣慰与自豪。

"演员不是导演的道具"

在甬剧团做"主要小生"的那几年，应礼德没有沉醉于眼前的风景，而是时常反思自己的舞台人生：

"我是个有心人，我知道演员的舞台生命有尽头，我不可能一直当演员。我给自己立下誓言，我要当导演，完成艺术人生的

应礼德在《魂牵万里月》中扮演郑绍元

梦想。"

没有排戏任务时,他总是留在排练场,看陆声导演排戏,观察思考人物是怎样一步步经导演和演员的揉捏琢磨,塑造成型的。碰到难题,他会思考,如果自己遇上,该如何解决。

他求知若渴,汪莉珍从上海进修导演专业回来,他也不停地追问她学到的导演理论。

以导演的眼光看待问题后,仿佛一切都宏阔辽远了。

他什么角色都愿意演,正面人物,反面人物,各个年龄阶段,甚至是不招人待见的丑角。他贪婪地汲取舞台的养分,揣摩每个角色的心境与行为,为当导演积蓄能量。

二十世纪八九十年代,甬剧团第一代导演陆声早已离开舞台,专职导演汪莉珍即将退休,导演陈炳尧被调去文化馆,应礼德就这样自然而然地扛过了导演的大旗。

1988年,浙江省举办戏曲导演进修班,浙江各地的戏曲团体的在职导演汇聚到一起学习。

应礼德是班上年龄最大的学员,被大家亲切地称呼为"应大哥"。

很多同学担心回团后,无戏可排,应大哥却没有这样的顾虑。甬剧团的上演剧目很多,他学成回团后,立马导演了一出现代戏——《秀才的婚事》。

1990年,《秀才的婚事》与汪莉珍导演的《爱情十字架》一起赴京演出,参加第二届中国戏剧节并获奖。这是地方小剧种的辉煌时刻。

转行当导演的应大哥,已年近五十。

他复排了甬剧"三大悲剧"——《半把剪刀》《双玉蝉》《天要落雨娘要嫁》,以及《三县并审》等,移植改编了《半夜夫妻》《苏州两公差》《守财奴》《大雷雨》《断线风筝》等,创排了《风雨一家人》《好母亲》《罗科长下岗》《桑兰》等。

悬疑大师希区柯克曾说:"演员是导演的道具。"

应礼德却有自己的想法。

他认为一部戏,是导演与演职人员的集体创作,而不是导演一个人的创作。

"演员不是导演的道具,导演是演员的镜子。"

他善于调动演员的主观能动性,让演员们先自由创造人物,

甬剧《爱情十字架》《秀才的婚事》赴中国戏剧节的戏单

甬剧《半夜夫妻》剧照

而不是等着导演示范一招一式。导演只是从整体风格与节奏上把控和协调，修剪枝蔓，增辉添彩，绝非凌驾于演员之上。

当导演四十年，他从没跟演员红过脸，始终循着演员的天性，发挥他们的创造力。

曹定英曾在应礼德导演的《刘胡兰》中扮演刘胡兰。作为同辈艺人，他们知根知底。当时的她，艺术之花已繁茂，仍谦逊地倾听导演的艺术理念。应礼德也尊重她的艺术构想，两人从无争执，愉悦融洽，从而达到理想的舞台效果。

为民间演员排戏时，他也充分尊重演员。

"有时我提出一个设想，他们没能很好地表达，毕竟他们没有受过专业的训练。这个时候，千万不能训斥他们，更不能端着导演的架子，令演员心生畏惧，这种畏难情绪会妨碍他们的表演。耐心地启发和示范，更能激起属于民间演员独有的创作灵性。"

心中那一方缺憾

2016年，他自编自导、自主设计唱腔的甬剧《龙凤杯》上演。

那是他搁置了二十多年的一个剧本。

二十世纪九十年代，甬剧团常下乡演出，辗转各地。演出间隙，他不想虚度光阴，碌碌无为，便一时兴起，涂涂写写，竟凑成一部大戏。

兴致一过，剧本也便封于书橱，成了案头之作。

搬家时，整理书橱，一沓枯黄的稿纸滑落。

他俯下身，细细重读，发现这部戏符合现代观众的审美情趣，

甬剧《龙凤杯》剧照

引人反思。

心中隐隐期待它拨云见日。

"我写了一个剧本,放了二十多年也没用。你们去看看,如果要用就用,不用就算了……"

甬剧团的领导觉得这部戏可以作为上演剧目,意欲排演。

他希望这部戏能赢得老百姓欢喜,因此自告奋勇担任导演和唱腔设计。

他始终认为,老祖宗留下来的曲调浩瀚丰富,不需要今人另起炉灶,重新编曲。他根据人物的性格与情绪,选取原汁原味的甬剧唱腔:

叙事时用【基本调】【赋调】,抒情时用【新调】,着急时用【流水调】,激昂用【二黄调】,悲怆用【慈调】,剧中人物认真思考时用【清水二黄调】,还有丰富多彩的民间小调,适合角色的喜怒哀乐。

演出后,老观众看得入迷,听得过瘾,那些久违的滩簧老腔,萦绕在剧场上方,直抵人心。

这是他一生艺术积淀的绚烂绽放。

退休后的二十年,他老有所乐,老有所得,为甬剧团复排了一些传统老戏。他为民营院团导演的小戏更是不计其数,连续四届荣获省会演金奖。他所参演的表演唱《阿拉村里的巧匠郎》获全国群星奖金奖。难能可贵的是,他还培养扶持业余编剧,默默无闻地为他们做嫁衣,是一些业余编剧心中的"贵人"。

2019年,在"应甬而生,感恩传承——甬剧名家应礼德先生从艺六十年作品展演"中,历代甬剧艺人的照片与剧照置于大屏幕上。

一张张或黑白或彩色的剧照,跃然屏幕,一幅幅堆叠,似光阴流转,岁月荏苒。

老、中、青三代甬剧人上台演出由他编导的剧目片段。

他也亲自上台演出《半把剪刀》中《法场辩仇》一场。

甫一开腔,洪亮华丽,富有激情,表演细腻,不减当年。

"我不能忘记一代代甬剧艺人对这个剧种的贡献,我要利用这个平台,向他们致敬感恩!"

"我也感恩一代代观众,对甬剧始终不离不弃。"

"感恩甬剧最好的方式,就是再把这门艺术传承给下一代。"

那天晚上,还有一个他精心安排的环节,是"师恩难忘"。

他与大屏幕里的师父和师娘,遥遥相望,深深地鞠了一躬:

"两位师父,两位师娘,你们的教导和关爱,我终身难忘。如果你们在天之灵看到我今天站在这个舞台上,一定会为我高兴的!"

阅尽风霜后的深情,真挚而热烈。

心中那一方缺憾,终于在那一刻圆满了。

2022年,他被宁波市文联授予"宁波市戏剧奖·成就奖"。

站在人生的戏台上,回望这一生,白发苍苍的他,百感交集,泫然泪下。

弦上度春秋

他的琴声，弓法娴熟，有堇风余韵，又有华彩乐章，既能稳健托住甬剧唱腔的运转换气，又如空谷幽兰，自成一格。

著名二胡演奏家肖白镛称赞他：

"力度好，有光彩，音色明亮。"

他是堇风甬剧团的主胡陈元丰。

上海堇风甬剧团的"三大悲剧"——《半把剪刀》《双玉蝉》《天要落雨娘要嫁》，悲凄缠绵的二胡声，均出自他手。

拉二胡的男孩

1959年，上海堇风甬剧团到宁波演出甬剧《半把剪刀》《三县并审》。

演出间隙，堇风甬剧团的琵琶师兼作曲潘安芳，在宁波东门街一带闲逛。

路过一家乐器店，一个男孩，一条腿屈膝踩在凳子上，正试拉一把二胡。

琴声柔美婉转，手指顺势滑到下把位，音色竟也不沉闷。

"这小鬼拉得真好，还会拉下把。"潘安芳忍不住夸赞。

男孩一怔，抬起头来。

"你来考我们剧团吧！"潘安芳望着眼前青涩的男孩。

"你们剧团在哪里？"

甬剧《双玉蝉》剧照。余玲玲扮演沈梦霞，郑顺琴扮演曹芳儿

甬剧《双玉蝉》(1962年版)剧照。范素琴扮演曹芳儿，柳中心扮演沈梦霞

甬剧《天要落雨娘要嫁》剧照。曹定英扮演林氏,杨柳汀扮演杜文

"我是上海堇风甬剧团的,这几天在宁波天然舞台演出,你有空来找我吧。"

这个拉二胡的男孩就是陈元丰。那一年,他16岁。

13岁那年,他在宁波八中被音乐老师张希圣选中,始学二胡。

小小年纪,能把二胡鼻祖刘天华的《良宵》与《月夜》,拉得弦声动人,如怨如慕。

一把红木龙头二胡,令他怦然心动,可是售价16元,他望而却步了。

父母很支持他,省吃俭用,为他筹足了钱。

他兴冲冲地攥着钱,去东门街的乐器店,买下了这把二胡。

他欣喜地摩挲、调音、试拉。就这样,千里马遇上伯乐。

陈元丰去天然舞台看他们演戏,在潘安芳的引荐下,团长贺显民望着这个白净质朴的男孩,很是欢喜:

"好呀,是该有年轻人充实我们的乐队了。"

然而,陈元丰当时初中还没毕业,学校不肯放人,他只能继续埋头读书。

直到1961年,陈元丰才去考堇风甬剧团,主考官是著名越剧琴师、作曲贺孝忠。

等待结果的日子,他住在上海外公、外婆家。

那年秋天,堇风甬剧团的演员柳中心上门报喜讯:

"陈元丰,你被录取了。买张席子,买根被单,跟着剧团巡回演出去吧。"

他一脚还没踏进剧团,便马不停蹄地,奔赴嵊泗、定海、沈家门、宁波等地演出。

那一年,他18岁。

率先采用钢丝弦

二十世纪五六十年代的董风甬剧团乐队，由李茂春、胡鸿财担任主胡，周志祥担任中胡，潘安芳弹琵琶兼作曲，杨葭庭弹扬琴，蒋星煜吹唢呐，陈绍康打鼓板。

当时，除了潘安芳是中年人，其他都是上了年纪的老先生。

陈元丰如饥似渴地向乐队老师们学琴，他边学边拉，刻苦钻研，不放弃任何空余时间。

他肯下功夫，贺显民看在眼里，喜上眉梢：

"这青年聪明肯学，灵活有风格，要好好培养。音乐改革还是要靠你们年轻人啊！"

陈元丰把这句鼓励的话铭记于心。

他不仅继承甬剧音乐传统，还结合民乐技巧，在潘安芳的提议与支持下，率先在二胡上采用钢丝弦。

过去，老先生们用棉线、肠线作二胡弦，音色低沉暗哑。

用了钢丝弦以后，音色宏亮清澈，穿透力强，能在豪华宽敞的大剧场演出，也适合独奏。

自此，甬剧音乐的胡琴声，渐渐从辅助托腔，到自成篇章，嘹亮动人。

周总理来看戏

1962年3月，上海董风甬剧团携"三大悲剧"——《双玉蝉》《半把剪刀》《天要落雨娘要嫁》晋京演出。

陈元丰与其他演职人员一起,住在北京崇文门外的中央文化部招待所。

有一天早上,潘安芳走进陈元丰的房间,神情郑重:

"今晚周恩来总理要来空政剧场看甬剧《半把剪刀》,由你来拉主胡吧。要拉出年轻人的朝气!"

他明白主胡在甬剧音乐中至关重要的地位——领衔演奏主旋律,托腔保调。主胡成了,一部戏也成了一大半。

过去,他在剧团里拉过二胡、高胡,唯独没拉过主胡。剧团

甬剧《半把剪刀》剧照。杨柳汀扮演曹锦堂,曹定英扮演陈金娥

王锦文、沃幸康版的甬剧《半把剪刀》剧照

领导将如此重任交付与他，是对年轻人的激励与培养。

第一次拉主胡，还是在全国人民敬爱的周总理面前，他惊喜、激动、感恩，心里像紧锣密鼓，一阵紧似一阵。

可他没有时间狂喜，只能调匀呼吸，拼命抑制住狂跳不止的心，把曲谱从头至尾捋顺。

那天，从早上到临演前，他整整拉了 8 个小时胡琴。

日复一日的雕琢与积累，在那一刻，指在弦上，蓄势待发。

那一晚，他的主胡，丝弦起，声惊四座。

随着剧情，一时声歇，一时弦急……

琴声荡气回肠，呜咽不已，他自己也被感动，全情投入，热泪盈眶。

从那以后，堇风甬剧团主胡的重任，他再也没有卸下。

那一年，他 19 岁。

"三大悲剧"晋京回来后，是一段巡回演出之旅。

一路在天津、济南、南京、苏州、上海、宁波等地巡演。

回到上海，已是秋天。

像是进京赶考，中了状元，荣归故里，乡亲们夹道欢迎，队伍那样长，那样闹猛，那样荣光。

那是甬剧在上海最辉煌的时期。

也是陈元丰最青春恣意的年华。

贺显民和徐凤仙很器重这个年轻人。

陈元丰认为，过去即兴发挥的唱腔，艺人们今天唱这个调，明天又唱那个调，兴之所至，毫无章法，不利于甬剧音乐的发展。

他与老师们探讨，要让甬剧定腔定谱，贺显民与徐凤仙都很赞成。

后来，每次发到剧本，连贺显民与徐凤仙都会先问问陈元丰："阿丰，我唱这个调可以吗？"

陈元丰认为曲调与剧情相符，就用谱子记录，再用二胡试音；若不符合人物心境，再商讨决定，逐渐使甬剧音乐规范严整。

他还丰富了甬剧音乐的伴奏乐器，加入革胡、高胡、中胡、大提琴等乐器，拓宽了甬剧音乐的表现力。

贺显民待他如自家孩子，常常鼓励他，还邀请他去家里吃饭。

排练、演出晚了，贺显民还带着他一起吃夜宵。

陈元丰立志用更好的琴声，回报老师的知遇之恩。

总以为来日方长，却忘了世事无常。

铮铮琴音

贺显民被迫害致死后，堇风甬剧团解散。

从那以后，上海甬剧成了一盘散沙，少了领头羊，再难聚沙成塔。

1981年，上海派徐凤仙、范素琴、金刚、陈元丰、王宝生等上海甬剧艺人赴宁波，教甬剧艺训班的学生。

和义路的一个木漆厂仓库（现为宁波图书馆旧馆），是甬剧艺训班最初的地址。

甬剧艺训班的女学员有：王锦文、贝文琴、王岚、陈莎莎、丁咏梅、陈海燕、陈珺、颜虹、张慧、张革。

男学员有：周一庭、虞杰、杨军、王立波、张剑雄、薄孝波、王红刚、张磊、施敬文、范文忠、王甬军、张少健。

甬剧艺训班排练合影。拉二胡者为陈元丰

沪甬两地甬剧艺人合影。上排，从左至右：金刚、石松雪、陈元丰；下排，从左至右：范素琴、徐凤仙、王坚

乐队学员有：罗滨、陆静波、李玲芝、汪浩、沈世芳。

陈元丰负责教乐队学员甬剧曲调，也用胡琴伴奏，辅助表演学员练唱腔。

这一生，他的手指没有离开过琴弦。

即便到了古稀之年，他还将铮铮琴音，传授给一双双稚嫩的小手。

晚年，他为徐敏的唱腔伴奏，出版了《徐敏经典甬剧选萃》。

浓郁的堇风腔，一代"堇风"人曾经唱过的曲调，在他的指尖渐渐复苏，缓缓流淌……

当时只道是寻常

瓦罐碎了

一个瘦骨伶仃的男孩，拎着一个硕大的瓦罐，到人民公社食堂打粥。

一家老小，正饥肠辘辘地等着他。

回家路上，石板路崎岖，他绊了一脚，瓦罐摔地，七零八碎，白粥四散。他一屁股坐在地上，哭得稀里哗啦。

他捏着一盏碎片，碎片上黏着稀薄的米粥，抽泣着，趿拉着破鞋，走向回家的路。

那顿饭，全家人都没吃上。

那是他记忆里最糟糕的一天。

寻常日子，这个小男孩，放学回家，书包一甩，便与母亲、姐姐一起削竹筷。

半成品毛竹筷，刮干净毛边，十指相合的一捆，才挣一毛钱。

父亲在他11岁时去世，妹妹嗷嗷待哺。全家只靠母亲在横溪街上摆摊，艰辛度日。

小小的他，是家里唯一的男子汉，他想早一点为家里减轻负担。1960年，宁波市戏曲学校到鄞县招生。

他不知道学戏意味着什么，只知道戏班子到乡下演出，穿得花里胡哨，耍棍弄枪，蛮好玩的。

最重要的是，进了戏曲学校，每天可以吃饱饭，家里可以少一张嘴。

他在报名表上一笔一画，慎重地写下名字：

沈瑞龙。

唱着"社会主义好",他被录取了。

母亲知道后,万分舍不得,她知道学戏很苦。但见儿子执意要走,只能勉强应允了。

第二天,沈瑞龙穿着母亲连夜缝制的衣裳,由母亲陪着,一路步行,走到戏曲学校。

那年,他14岁,读小学五年级。

不吃回汤豆腐干

月湖畔的中营巷,坐落着宁波市戏曲学校。这里有京剧班、越剧班、甬剧班、曲艺班、歌舞班、杭剧班、木偶班等。

刚开学,沈瑞龙被分配到甬剧班。望着一件件粗布麻衣,他失望极了。

他多么希望能进京剧班啊!他想翻跟斗、耍棍枪,也喜欢那些凤冠蟒袍、绣花罗裙。

他壮着胆子,敲开校长办公室的门:

"我想去京剧班。"

然而,并没有如愿。

他只能硬着头皮学甬剧。那时候,戏校实行淘汰制,每隔半年,考核一次,不合格的学员会被遣返。

与沈瑞龙一起来的三个学员,一年后走了两个。

他发愤练功,心里只有一个信念:不能吃回汤豆腐干,千万不能灰溜溜回去。

他想念家人，却不舍得坐汽车回家，从学校到老家要花6角钱；也不舍得坐船，那要花费4角钱。

他寒暑假才回家，凌晨起床，走到横溪，已是黄昏。

戏校每个月发2元零花钱，他只花5角钱，买点牙膏。剩余的1元5角钱积攒下来，寄给母亲。

每个月发半斤白糖，供早晨喝豆浆时调味。他没舍得吃，积存的白糖，托人捎给姐姐的儿子吃。

长姐如母，曾把自己的聘礼——一斤毛线，织成毛衣，给他穿。

那是他人生中第一件毛衣。

亲情的温暖，使他更坚定地吃苦耐劳，学好安身立命的本事。

甬剧班的学生，除了学甬剧唱腔和念白，还要练戏曲身段和毯子功。

师资力量也很雄厚，固定的甬剧老师是汪莉萍、陈月琴，甬剧团演员没演出的时候，也会轮流来教课。

教毯子功和身段的有京剧老师周国斌、潘章林、筱毛豹，越剧老师何帼英、鲍玲贞。

早上5点起床，先练毯子功、把子功，翻跟斗、压腿、下腰、走台步。

每个星期六晚上，各个班轮流汇报演出，所有学生都要在底下观摩学习，取长补短。

在各个艺术门类的滋养下，他们渐渐熟稔舞台。

沈瑞龙第一次上台，是演一出现代小戏《探山》。他演老生，佝偻着背，捻须长叹，把一个苍老干瘪的小老头演得惟妙惟肖。

也是在那方小小的舞台上，他第一次见到师姐曹定英。

甬剧《山乡风云》剧照。中间为曹定英,其右后侧为沈瑞龙

扮演秋香的师姐

那天，舞台上正演一出甬剧《秋香送茶》。

聪明伶俐的秋香，不艳羡富贵，不攀附权势，与心术不正的少爷斗智斗勇，煞是好看。

沈瑞龙在底下只觉惊艳，原来有人可以把甬剧唱得如此婉转甜美，扮相也十分娇俏清丽。

扮演秋香的，是曹定英。

当时的她，扎着两个羊角小辫，面如满月，顾盼神飞，唇不点自红。

她是戏校的尖子生。1959年，她进入青少年俱乐部。后来俱乐部的学生们并到戏曲学校，与戏校的学生们一起学习生活。

他俩同年，曹定英比沈瑞龙大10个月，按进校学戏的时间来算，她是他的师姐。

曹定英是鄞县潘火曹隘村人，她对这个同是鄞县的弟弟照顾有加。

那时候，沈瑞龙正在长身体，练功消耗体力，饭量大，总是吃不饱。

曹定英听说后，把自己的饭票省下来给他。

他不太会洗衣服，她二话不说，端起盆子就去洗。

每到周日，她总会带他下馆子。她是戏校重点培养的苗子，只有这样优秀的学生，才有饭馆的餐券，可以吃到用野草做的黑年糕。

他觉得，她是这个世界上，除家人之外，对他最好的人。

甬剧《返魂香》剧照。右二为曹定英

站着打呼噜的"衙役"

冷静街2号。这里曾是甬剧青年队的团部。

1964年8月，沈瑞龙、曹定英、陈炳尧、沈永华、杨柳汀、王祝安、王利棠、卓胜祖、王梦云、郑顺琴、蒋惠丽、钟爱凤、盛虹、董阳焕、戴纬、李百英、包瑞成、余信友、王信厚等二十五名学生，从宁波市戏曲学校甬剧班毕业了。

有男女演员二十人，另有编剧、乐队、作曲，行当齐全，能独立上演多部大戏。

一个个青春靓丽，英姿勃发。

如果合并到甬剧团，这些学生只能跑龙套，未免可惜。

甬剧青年队，便应运而生了。

这是甬剧历史上的一个转折点。他们是首批四年制正规教学培训出来的甬剧艺术人才。

之前的甬剧传承，靠师父带徒弟，多是口传身授，对戏曲功底的要求并不严格。

同时期的上海静安戏校，也有一个甬剧艺训班，招收了裘祖达、郎友增、徐敏、蔡祥华、陈祥泰、杨国恩、郑信美、纪惠芬、张雪英等学员。

甬剧，从说唱滩簧艺术，到舞台上十八般武艺俱全，在艺术舞台上实现了突破与飞跃。

直到二十世纪八十年代，宁波才有第二批甬剧艺训班，班主任就是沈瑞龙。此为后话。

甬剧青年队合照。第一排右二为曹定英,第三排右一为沈瑞龙

甬剧团青年演员跋山涉水去演出。前为郑顺琴

甬剧青年队在继承传统，排演甬剧"三大悲剧"的同时，在发挥演员基本功优势上也进行了探索改革，先后上演了《红色娘子军》《刘胡兰》《锻炼》《芦荡火种》等十余台大戏。

正值桃李弱冠的年纪，初登大舞台，总会发生一些啼笑皆非的趣事。

有一次，甬剧青年队演出《杨淑英告状》，曹定英饰演杨淑英，沈瑞龙饰演衙役。

当曹定英一边滚钉板，一边唱长句时，沈瑞龙竟挂着梢棍，睡着了。

等杨淑英唱完105句，衙役们准备下场时，沈瑞龙仍是岿然不动，被底下的老师发现。

下场时，少不了一顿责骂：

"你本事够大啊，瑞龙！站着都能睡着，还打呼噜！"

当年甬剧青年队的演员们，晚上演戏，演完戏拆台到深夜，再坐船到新的地方，白天演日场，晚上演夜场，长期演出，舟车劳顿，十分艰辛。上台稍有停歇就犯困，也是难免的。

所幸他们的努力没有白费，如今上了年纪的宁波观众都记得这些曾经青春恣意的演员。

然而，"文革"一来，甬剧青年队就解散了。

失意中的知音

曹定英被认定为资产阶级培养的学生，"修正主义黑苗子"，被人贴大字报，遭人排挤，孤立无援。

那是她人生中最消沉的一段岁月。

没有人跟她说话，没有人正眼瞧她，红卫兵大串联，也不让她参加。

她每天一个人孤零零去食堂吃饭。晚上哽咽着，走长长的夜路，消解心中的苦闷。

沈瑞龙看在眼里，愁在心里，年少的他，不知该怎样安慰她。

有一天，曹定英又一个人在外徘徊到深夜。

回到集体宿舍，吃了闭门羹。

她敲门，无人应。

她哭着哀求，对方还用不堪入耳的话骂她。

沈瑞龙听到曹定英的哭声，循声而去。

眼前的她，已经哭成了泪人。瘦弱的他，不知哪来的勇气，歇斯底里大吼道：

"为什么不开门?! 总要让她睡觉吧！"

他撩起一脚，木质大门轰然倒下。

顿时，周围尖叫声一片。

曹定英惊慌失措地望着他，那个曾经需要照顾的弟弟，突然强大了，可以保护姐姐了。

从此以后，沈瑞龙一直陪在曹定英身旁。

他帮她去食堂排队打饭，两人一起吃饭，一起排练，一起被孤立。

在那个年代，他们的世界里只有彼此。

甬剧《荡妇》剧照。左为曹定英

奋不顾身追求事业

在沈瑞龙眼里,曹定英把舞台看得比生命更重要。

她常说:"离开甬剧,我什么都不是。"

甬剧这方舞台,是她成名成家的地方,她特别珍惜,也害怕失去。为此,她倾注了自己全部的心血。

她一生塑造过六十多个角色,从四凤、茶花女、梅女、琼花、刘胡兰、阿庆嫂、李铁梅,到"三大悲剧"中的陈金娥、林氏、曹芳儿。

不同时代,不同女性,一戏一格,一人千面。

其实,她的天赋并不强,嗓音条件也不算好,但她非常用功,为了演好一部戏,不知要比别人多付出多少辛苦。

甬剧《老总与情人》,由她扮演"情人"一角。当时她已经快50岁了,身材有些发福,可是角色要求她穿旗袍。为了完美的舞台形象,她拼命减肥,不吃饭,还吃泻药。

有一天,她小跑着去乡下演出,突然头晕目眩,昏倒在路边。被一位农民发现,将她送回剧团。

她每接一部新戏,总会在家里翻来覆去地背台词、练唱腔。

为了练好《半把剪刀·法场辩仇》里近百句的【清板】,她每天都要唱无数遍,练到不咽口水、声情并茂、一气呵成为止。

拿到《泪血樱花》的剧本,起初,她不知该如何下手。

她从来没有演过,甚至没有接触过日本女人。她开始学日语,四处找日本女知识分子的照片,了解她们的化妆特点、神情举止。

她还穿着和服,在家里模仿日本女人的小碎步,与沈瑞龙研

甬剧《泪血樱花》剧照

究角色到凌晨一点。

儿子取笑她:

"妈妈,你再练下去,连走路都不会了!"

她如此用心用力,艺术上取得成就,也是水到渠成的事。

但她不管受到怎样的赞誉,始终谦逊和蔼,对待任何人都随和可亲。

下乡演出时,常有村民冲着她的背影大喊:

"曹定英,你给我们看看。"

她一点都不恼,转过身来,和善大方地笑着:

"你们看吧。"

她也常被乡亲簇拥着去家里做客,一点架子都没有。

为了振兴甬剧,她筹资金,拉赞助,几乎走遍了鄞州五乡、横溪、古林、咸祥等所有的乡镇。

一次企业家的聚会中,她真切恳请企业家们能出资,援助甬剧。

有一位老板信口开河:

"行,那你喝一杯酒,给一万元。"

不胜酒力的她,毫不犹豫地喝了四十多杯白酒,最后因酒精中毒,被送进医院,险些丢了性命。

她透支自己的生命,为甬剧争取了几十万元的艺术基金。

回眸见君丛中笑

著名剧作家胡小孩曾为曹定英写过一首诗,饱蘸深情的诗句是对她艺术人生最好的概括:

初识曹君柳湖西,
学艺正是垂髫时。
纯朴犹存乡女态,
聪慧能诵唐人诗。
幸有名师勤指教,
更加敏悟秉天资。
一朝登台初亮相,
满堂喝彩观者痴。
菊坛任君展风采,

赢得向阳花一枝。
香溢江南三十载,
名噪甬城谁不知。
誉多未占骄娇气,
常怀虚心自反思。
艺海无涯情永寄,
不怨茵藉作春泥。
回眸见君丛中笑,
又是百花绚烂时。

曹定英在事业上名噪甬城,风采绚丽,在家里,却是一位朴实的贤妻良母。

她常说,我家有一个"老爷",一个"少爷"。说的是她的丈夫与儿子。

多少个清晨,她第一个起床,为父子俩做好早饭,往牙刷上挤好牙膏。

每天傍晚,她一定会赶在丈夫下班前,回到家,把饭菜做好,自己饿着肚子,匆匆赶去演出。

她做到了一名演员的极致,又把一个妻子与母亲的爱,奉献给身边最亲的人。

那些习以为常,充满爱意的日子,沈瑞龙以为自己会永远拥有,直到曹定英被检查出罹患直肠癌。

她住进医院,仍然希望能出演甬剧《风雨一家人》,在病床上背着剧本,殊不知,死神正一步一步靠近她。

做手术前,她噙着热泪,拽着医生的手不放:

甬剧《少奶奶的扇子》剧照

甬剧《红花曲》剧照。从左至右：甬剧青年队演员郑顺琴、蒋惠丽、王梦云

"手术以后,我还可以演戏吗?"

最后的日子,她再三恳求家人推着她去看看白云剧院。

那是她作为宁波市政协委员时,奔走疾呼而建成的,那里倾注了她多少心血啊!

她病情恶化,癌细胞扩散到肝脏。

2000年,她抛下最心爱的甬剧,离开了她最放不下的"老爷"与"少爷",享年54岁。

那些岁月静好的日子,一去不复返了。

当时只道是寻常。

每场演出都是第一场

他的名字

很多年以后,他才明白,他的名字,为他临摹了一生的轨迹。

月湖畔柳汀街,他在一处出租房里呱呱坠地。

房东姓董,是个文化人,专门装裱字画。母亲请他为这个刚降生的婴孩取个吉祥的名字。

董先生只问:

"姓什么?"

"姓杨。"

董先生眉头一皱,沉吟片刻,大笔一挥——

母亲循着墨痕,眯眼默念:

"杨……柳汀……不对啊!这是街名啊!"

"杨柳汀,杨柳依依的水边平地,不是很好吗?"

就这样,他的出生地,成了他的名字。

后来读书,先是到柳汀街小学,四年级时才转学到栎木小学。

小学毕业进入宁波市戏曲学校,校址位于月湖的中营巷,离柳汀街也只五百米路。

一直待到退休的甬剧团,曾经的团部,也在柳汀街上。

柳汀之上,烟波浩渺。终其一生,他都没有离开过那里。

白纸包裹的指挥棒

栎木小学。一个白净瘦弱的小男孩正在做大扫除。

"老师叫你去一趟办公室。"

他松开扫把,心里惴惴不安:

"老师找我会有什么事呢?"

他是个酷爱文艺的孩子。一根筷子,用白纸包裹,当指挥棒。他曾拿着这根简陋的"指挥棒",搅动旋律的浪花,于全校师生面前指挥《社会主义好》,任合唱团的乐音弥漫整个礼堂。

他的文化课成绩并不好,常常被老师找去谈话。这次,大概也不例外吧,他心想。

他垂头丧气地走进老师办公室,发现还有几个同学也站在那里,惶惶地左右打量。

见孩子们都到齐,老师清了清嗓子:

"宁波市戏曲学校正在招生。你们几个有没有兴趣?"

如释重负,如闻清音。

初试点设在中介街小学。

考场上,老师指了指对面的一把伞:

"去把伞拿过来。"

他不明所以,迈着大步去拿伞,后来才知道,招考老师是想观察手脚是否协调,姿态是否稳健。

复试时,考点设在宁波市戏曲学校。需要提前准备一段舞蹈,唱一首音区比较高的歌曲——《让我们荡起双桨》。

凭着一副好嗓和清秀俊逸的外表,他进入了决试。

几日后,他收到了宁波市戏曲学校的录取通知书。

他文体兼优,同时收到的,还有宁波市少年体校的录取通知书。两个学校都要求 1961 年 8 月报到。

他拿不定主意,父母也一筹莫展。母亲无奈之下只能跑去问小学的班主任。

"少年体校是业余的,到时候学不好,还会被退回去,"班主任老师掂量着两份录取通知书,"根据你们家的经济条件,还是早点学戏吧,毕业后有工资。"

"重感冒"进了甬剧班

进戏校后,先去越剧班,学越剧《盘夫索夫》。学了一个月后,老师发现他能唱高音,便提议让他进京剧班学小生。

进京剧班前须试唱,可那天,他突然得了重感冒。京剧小生用假嗓,感冒的咽喉,没有小嗓子,音色喑哑,闷闷的,不透亮。

京剧老师一听,摇头撇嘴:

"没门儿!"

在京剧班吃了闭门羹,甬剧班的大门向他敞开。

甬剧班的大部分学员,是1959年底、1960年进来的,这意味着,他进戏校时,他们已学戏一年。

有一天,他在练功房搁腿、拉顶、练身段。师兄师姐们正在一旁排练一出戏:

"谢端哥休吃惊,螺香潭姐妹三人心贴心。姐姐她爱上阿强种田郎,田螺我喜欢侬谢端打柴人。侬一年四季忙到头,手也勤来脚也勤……"

这幅似曾相识的画面,令他恍然想起5岁的时候,父亲带着自己去城隍庙看戏。

简陋的剧场,座椅是毛竹做的,稍一晃动,吱呀作响。

甬剧《秀才的婚事》剧照。前为杨柳汀,后排左起:陈安俐、石松雪、王坚

儿时的他，并不知道那是甬剧，也不记得剧名，更记不清唱词，只记得水缸里雾气氤氲，变出一个仙女，袅袅婷婷，梦幻美好的画面。

直到自己学甬剧，他才知道，这出戏是《田螺姑娘》。

原来他与甬剧的缘分，稚童时已悄然而至。

他望着师兄师姐们，怀揣着崇拜与羡慕，期待着有朝一日自己也能上台演戏。

一年又一年，终于轮到他排戏了。

第一出戏是传统小戏《打窗楼》。男学员与女学员分组搭戏学唱，甬剧老艺人黄君卿和金玉兰手把手地教。

一桌二椅的滩簧戏，是唱做俱佳的对子戏。杨柳汀扮演的叶云卿用两把黄泥，打完东窗，打西窗。

情窦初开的年纪里，戏校的少男少女，懵懂地唱着：

"说什么，患难相共难分离？道什么，海枯石烂不变心？却原来，也是一个势利辈，欺贫爱富，喜新厌旧的负心人……"

终于能站上舞台，他心底的一根弦紧绷着，整颗心却雀跃驰骋，起舞轻扬……

舞台事故

1968年，杨柳汀与戏校甬剧班的这些学员一起并入宁波地区毛泽东思想文艺宣传队，改唱越剧样板戏，上演了《奇袭白虎团》《杜鹃山》《沙家浜》等剧目。

越剧样板戏，最初的模样是曲调用越剧，念白讲普通话，有些四不像，被省里的专家评判为"不伦不类"，后来干脆改称"越剧改革样板戏"。有些戏一连"改革"了五稿，演员到了台上，脑子一蒙，自己都不知道唱的是哪一稿。

演出《奇袭白虎团》时，发生了一次舞台事故。

这部戏充分发挥了武戏翻腾跌扑的程式和技巧。舞台上，有一个2.24米的山坡布景，杨柳汀扮演的战斗英雄严伟才带领"尖刀班"歼灭"白虎团"，每一个"尖刀班"成员都要从这个山坡上翻跟头下来。

他一个跟头，腿没着地，尾椎骨先落地，伤到脊椎骨，瞬间不能动弹，其他"尖刀班"成员情急之下把他拖至后台平躺。

那时的他年富力强，休养了几个月，感觉没什么大碍，似乎没影响演艺生涯，可是腰椎却落下了病根。年纪大了，腰椎毛病不断，还手术内置钢筋，影响了晚年的生活质量。

另一次演出中，他的腿也挂了彩。

那是1969年，中共九大召开后，为了迎合形势，文宣队到一些工厂宣传演出。

工人们在底下吃饭，闷雷一般"哗啦哗啦"。

演员们在台上口念"打打打，打倒走资派"，一个个翻跟斗亮相。

杨柳汀一个跟斗，一条腿在台上，一条腿在台下，只听"嘣"的一声……

几个工人把碗噼里啪啦放一边，凑上前把他的另一条腿甩到台上。

杨柳汀试图做下一个动作——扎马步，可是钻心地痛，摇摇晃晃，身子一歪，倒在一边。

乐队师傅第一个发现，赶紧把他拽下台。

附近医院只能照 X 光片，医生看了看，没发现什么异常。

到了东钱湖 412 部队医院，拍了片，诊断为膝盖髌韧带撕裂。

文宣队联系了上海最好的骨科专家，断肢再植手术的奠基人之一——陈中伟医生，他也是宁波人。

于是，杨柳汀第一次躺在担架上，坐轮船去上海第六人民医院。

船至上海，担架上了救护车。两侧车窗外，上海滩的高楼大厦刷刷地往后移动，仿佛一幕幕摩登影像，肉体疼痛暂且忘却……

陈医生用石膏把他的腿固定，命其回去休养三个月。

再去上海复查时，腿肌肉萎缩，腿部僵直，不会走路了。陈医生告诫他，腿只能慢慢地动，一点一点地扩大活动范围。

那一年，他 23 岁。这次受伤，被人说成是"二十三，罗成关"。可是他明白，不演武戏，也许就不会有这一关。

直到两年后演《沙家浜》，他的腿还是不听使唤，不能蹲，更不能跪。

尽管那段日子带给他并不美好的生活体验，可他还是很感恩那些岁月。

他依稀记得，演样板戏时，稍一走样，作为艺术指导的京剧老先生就看不过眼，喉咙里嘀咕几句，鼻孔出气：

"哼！什么范儿啊？"

那是对艺术锱铢必较的讲究，是丝毫不差的规范与严谨。

"老先生有个很严格的要求——不能走样。艺术上容不得半点马虎和差池，必须认真严格，一招一式，每一记锣鼓经都要在点子上。这给每位演员无形的压力和鞭策，令我终生难忘。"

压箱底的宝贝

二十世纪六十年代末,宁波文艺界在展览馆等地集中学习,搞"斗批改",整日看大字报、印刷报纸、学《毛泽东选集》。

有一次,在慈城王山村,"斗"《亮眼哥》,把编剧胡小孩推至风口浪尖:

"胡小孩,你到底什么目的?万松青是共产党员,他是个瞎子,你说共产党员是瞎子吗?啊?!"

"'人家黄牛两只角,我家黄牛六只角',你这句台词什么意思啊?贫下中农养的牛瘦?你把贫下中农丑化成什么样子?你说贫下中农好吃懒做,你这是污蔑!"

胡小孩无力反驳,哑口无言,哭笑不得。

那段晦暗的日子,杨柳汀不想就此沉沦。他埋首于斯坦尼斯拉夫斯基的表演论著,蓄积能量,打磨灵魂。

他第一次从书里知晓,演员下意识的动作,可以使人物的性格特征更为突出,也使得舞台上塑造的形象更加鲜活和灵动。

印象最深刻的,是"好人""坏人"的辩证演法:

"扮演好人,要找他坏的地方;扮演坏人,要找他好的地方。"

这些当年被批判的斯氏理论,三十余年后,他拿来演绎《典妻》中的老秀才。这是后话。

当年,斯氏书籍是禁书,他只能在一个人的时候偷偷看,看完就锁在箱子里。

压箱底的宝贝,始终烙印在身,成为他的行囊,也是他日后创作角色的溯本之源。

"饿煞戏文"

1978年，唱了八年越剧的杨柳汀，终于归队至甬剧团。

演的第一部戏是《雷雨》。

那一年，正是严冬后的春天。此前，一大批文艺作品被禁，上海人想看却看不到，压抑已久，尤其对西装旗袍戏有开闸泄洪般的渴求。

《雷雨》，成了上海人久旱逢甘霖的"饿煞戏文"。

杨柳汀演完大少爷周萍，到后台卸妆，热情的上海观众围拢过来：

"哪能卖相介赞啦！"

"哪能演得介好啊？！"

"你们能不能经常来上海啊？"

午夜睡于瑞金剧场。拂晓时分，楼下似菜场一般熙熙攘攘，往下一看，长长的人龙，旋旋绕绕，是排队买票的人群：

"我老头子喊我来的呀！老头子要看宁波滩簧，喊我来买票，我有啥办法？"

"戏倒是真好看！蛮灵光咯！"

"宁波滩簧蛮来噻咯！"

除了《雷雨》，《亮眼哥》也让当年的上海观众眼前一亮。

杨柳汀在《亮眼哥》中扮演地主的儿子王坤生。

其中"飞雪"这场戏，令上海观众耳目一新，久久无法忘怀：

一个风雪交加的夜晚，万松青去公社汇报情况，王坤生紧跟

甬剧《亮眼哥》剧照

杨柳汀在甬剧《亮眼哥》中扮演王坤生

其后，暗中算计谋命。

这场戏，恰似戏曲程式中的"走边"，是轻装夜行，潜行疾走的表演程式。

当时导演请了京剧团的演员作技术指导，杨柳汀也将戏校所学，化于其中。

翻筋斗、旋子、乌龙绞柱、扫堂腿、跳门槛……

他在台上跌打滚翻，既体现了王坤生的阴险狡诈，作恶多端，也展现了戏曲的身段与技艺之美。

舞台上的王坤生，穿着蓑衣，蝴蝶翅膀一般旋开旋灭。他起了邪念，欲斩草除根，从口袋里掏出匕首，此时乐队起了一个【扑灯蛾】锣鼓曲牌。他念念有词，匕首绕于指间，眼珠子一转，剑指

《亮眼哥》剧中"飞雪"一场

伸张，匕首锃亮，现于观众眼前。

"甬剧还能这么演？"

"甬剧不就是站着唱吗？还有这些小绝活？"

这出戏颠覆了观众对甬剧的固有认知。

《亮眼哥》演完后，一个上海的老宁波人挤到后台：

"你们甬剧不是有一只戏叫《半把剪刀》嘛，阿拉上海人老欢喜看咯，啥辰光带来看看？好听好看！回去马上排呀，排好带来给阿拉看啊！"

于是，甬剧团回宁波后，趁热打铁，恢复排演了传统老戏《半把剪刀》。

"你们宁波滩簧歪足了！"

翌年，《半把剪刀》赴上海演出。

甬剧《半把剪刀》在台上演，上海电视台在台下架起三台大炮筒般的摄像机现场直播，许多上海观众守在电视机前观看。

演到《法场辩仇》一场，戏剧高潮即将到来。守在家中看戏的观众正心头一紧，急切地盯着荧屏，眼前突然出现白茫茫的雪花屏。

原来是摄像机出了故障，电视转播中断。

台上的演员浑然不觉，剧场的电话却被打爆：

"噶哪能啊！电视哪能关特了？"

《半把剪刀》的结局成了悬念，牵动着上海戏迷的心。

当天晚上，几个性急的观众跑到剧场，一探究竟，拉着剧场

工作人员追问个不停:

"徐天赐到底死没死啊?"

第二天,有人上门抗议:

"你们宁波滩簧歪足了(意为"太坏了")!吊阿拉胃口!"

意犹未尽的电视观众,跑到现场买票,第二天的票子一抢而空,上座率明显高于前一天。

摄像机故障,无意中提升了甬剧《半把剪刀》在上海的知名度。

应云卫与《啼笑因缘》

二十世纪八十年代,杨柳汀随团赴上海人民艺术剧院观摩了一部戏——《啼笑因缘》。

上海人艺有个方言话剧团,人物的方言根据性格而定,比如性格粗犷讲山东话,性格阴柔讲苏州话,性格直爽讲宁波话。方言大杂烩,起到极佳的喜剧效果。

方言话剧团的《啼笑因缘》是西装旗袍戏,讲述的是二十世纪二十年代的故事。巧的是,这部方言话剧的导演是宁波慈城籍的著名电影导演应云卫。

应云卫与甬剧早年间有一段渊源。他喜爱家乡戏曲,曾担任二十世纪六十年代上海堇风甬剧团晋京演出的甬剧《半把剪刀》的艺术指导,遂使《半把剪刀》面貌一新,蜚声京城,闻名全国。

应云卫通过电影化的艺术处理,使《啼笑因缘》呈现出现实主义的审美样式,而这种风格无疑更适合甬剧。

1980年,移植甬剧《啼笑因缘》首演,杨柳汀演樊家树,石松雪演沈凤喜，在开明街附近的天然舞台演出。

演了二十多天，观众排队买票，仍是一票难求。

《啼笑因缘》第三场《约会》，在如今的多媒体平台上流传，经典的魅力，经久不衰。

汪莉珍导演在此处，以喜衬悲，以乐衬哀，强化悲剧色彩，震撼人心。

杨柳汀扮演的樊家树先是以一段描摹景物的唱腔，以人在景中的无实物表演，表达即将见到沈凤喜的喜悦与殷切：

晓雾晨霭裹红装，古城春晓更轩昂。绿草如茵芳满地，鸟鸣呖呖似歌唱。鸟儿呀，莫非唱我早来客，一片情意太痴狂……

之后，他得知沈凤喜已羊入虎口，痛不欲生，骤然成疾，由此迈向二人的悲剧结局。

《啼笑因缘》成了甬剧保留剧目，也成为青年甬剧演员的必修课。其中《裂券》一折更是成了经典折子戏，是参加会演、调演、评奖、专场演出的必选剧目之一。这出戏也成了他的学生苏醒夺得"浙江戏剧奖·金桂奖"的参赛选段之一。

能者为师

《典妻》中的老秀才，是杨柳汀所演角色中，最富有创造力的一个人物。他把一个酸腐的老秀才演得机趣灵动。

当年，剧作家罗怀臻看过杨柳汀的一些作品，希望他能出演老秀才这个角色。

他毫无把握，踟蹰不前：

"我一直演小生为主，没演过老生。"

"没问题，就你演！"

罗怀臻的坚定，给了他信心。

他先研读柔石的原著，分析角色的性格走向。

从小说中，"妻"第一次踏进秀才家，秀才对她说的一句话里，他解读出这个人物人性化的一面：

"这么早就到了么？可是打湿你的衣裳了？"

"妻"三年期到，即将离开，正给秋宝穿衣服，秀才悄悄地走向她，从她背后的腋下伸进手来，给她塞了点钱。

这些细节，让杨柳汀感动，他仿佛搭准了老秀才的经脉，循着他的筋骨，深入他的内心。这是一个活生生的人，尽管他自私懦弱，却不是一个十足的坏人，有时候他甚至温文尔雅，温情脉脉。

只有找到这个人物的性格对立面，演绎起来才真实、丰满、感人。

而罗怀臻的剧本一气呵成，笔墨简约，内涵丰富，一帧帧视觉形象，如过电影般，跃然脑海，更是为他提供了创作源泉。

杨柳汀潜心攻读剧本，扪心自问，我为什么要上场？我要去干什么？怎么干？这三层关系必须找到依据。

这是斯氏的一套表演理论——找准角色的行动线，再到自我中寻找角色的种子，让它逐渐生长起来。

针对每一个场景，他会提供多种呈现方式，哪一种适合，由曹其敬导演掌控。他设计的表演方式，融合了昆曲与话剧的艺术

杨柳汀在甬剧《典妻》中扮演老秀才

手段。

　　第二场戏,"妻"第一次进秀才房间,杨柳汀在这里的表演夸张戏谑,带有几分喜剧效果:

　　秀才给"妻"蒙上红盖头,扶了扶近视眼镜,为了讨好"妻",他摇头晃脑地念着:"手如柔荑,肤如凝脂。领如蝤蛴,齿如瓠犀。螓首蛾眉,巧笑倩兮,美目盼兮。"然后一屁股坐到椅子上,食指轻拂过鼻尖,似闻花香般陶醉地大笑:"美也——"

　　这一系列动作,是从昆曲小生常用的动作中衍化而来,将古典戏曲与话剧表演相融合,俏皮灵动,风流倜傥,唯美真实。

　　第四场戏,叙事性强,节奏快。三年期满,"妻"要回家了。

秀才支走大娘，用一番言语与青玉戒挽留"妻"，却在大娘返回时噤若寒蝉。杨柳汀借鉴话剧写实的手法表演，体现人物性格的多重性。

"戏不能过，过了就是假和虚。表演要掌握分寸，须恰如其分和恰到好处。具体来讲，就是控制表情、语调、形体。"

"《典妻》，我演了170多场，对演员来说，每次演出都是一种重复，但每一次重复都要饱满地体现内涵。每一场都有满意与不满意的地方，需要下一场修正。所以我一直认为，每场演出都是我的第一场。"

作为甬剧的国家级非遗传承人，他教导青年演员，不要囿于甬剧艺术的一方天地，而要放眼浩瀚如烟、观之不尽的中华优秀传统文化：

"要学老戏，向传统学习，不仅要向甬剧的传统老戏学习，还要向昆曲、瓯剧这些古老的剧种学。能者为师嘛，作为演员，什么都学一点，总是好的。学了其他的就不会唱甬剧了吗？不会的。"

"我认为甬剧是斯坦尼斯拉夫斯基体系、梅兰芳的戏曲表演体系与布莱希特的表演理论三者合为一体的表演。"

如今，与戏装衣履相亲，粉墨登场，早已成为过往。平日里，他总戴着一副黑框眼镜，明眸定睛——

仿佛戏台上，一个儒雅的小生，挺拔萧逸，玉树临风，正待开嗓……

甬剧《马马虎虎》剧照　　甬剧《罗科长下岗》(又名《警囚重逢》)剧照

观众席里的那双眼睛

宁波滩簧正式改名为"甬剧"后,一改从前说戏先生时期的"幕表制",成为"一剧之本"的"剧本制"。

编剧,应时而生。

他们是藏在流光溢彩舞台背后的英雄。

他们能撩拨演员哀愁与狂喜的神经,翻搅剧中人物命运的载浮载沉,也能调动剧场的声光电化。

观众的唏嘘感慨、击掌大笑,是他们最好的犒赏。

甬剧的幕后英雄有很多,天方、胡小孩、谢枋、苏立声、陈白枫、罗怀臻、陈效伦、孙仰芳、杨东标……

也许,你不一定熟悉他们的名字,但是,你一定看过他们写的戏。

有一位编剧，创作甬剧剧本半个世纪，至今仍笔耕不辍，他也是宁波市甬剧团任期最长的团长，他就是著名剧作家——王信厚。

他将自己的一生，裁剪成一块块锦绣布匹，融入戏中，或波澜壮阔，或市井戏谑，织缀成一幅改革开放以来甬剧现代戏的壮美图景。

《江厦街》

走遍天下，不及宁波江厦。

自宋代始，江厦一带便是宁波对外贸易的重要港口，到了清末民国初，江厦街更是盛极一时，舟楫往来，闹猛繁华。

王信厚记忆深处的江厦街，街面只有五六米宽，两侧多是两层砖木结构的建筑，商行密集，顾客盈门。

甬剧《江厦街》剧照

将记忆中的江厦街搬上舞台，已是2017年。

这部戏从1975年写起，剧情横亘四十年。这四十年，既是宁波改革开放的历程，也是王信厚创作的黄金岁月，蕴藉着他对人生的回望与反思。

凭票供应，"文革"，恢复高考，南下淘金……

时代浪潮，风起云涌，他将一生的阅历积淀，自然倾泻，绽开一朵朵浪花。

这部戏，依旧延续他惯常熟稔的喜剧风格，寄托了宁波的乡音乡情。

戏中，有一箩筐他肚子里装的俚俗风趣的宁波老话：

"欢喜得做人勿来。"

"丈姆一声讴，蛋壳一畚斗。"

剧中人物的名字设定，用宁波话念出来也颇有喜感：寿德德、寿头头、马阿王……

一碗糖水余蛋，串起剧中人物寿德德平凡又荒诞的一生，也贯穿了宁波老百姓的生活变迁。

那些小人物中，也有王信厚本人的影子：

"魂牵童年的四明山，梦萦当年的江厦街。"

循着这部戏，能窥见他的孩提时代，诱人走向时空的深处。

他从小在江厦街附近长大，熟悉那里的街巷里弄，叔伯姨妈。他幼年的记忆里，宁波城只有如今天一广场那么大。

从江厦街往西，是中山东路药行街，再走五百多米，过了开明街，热闹散去，喧嚣转为宁静。

他在江厦街附近的民办中学上初中，父亲为他取了学名：王明德，寓意彰明德行。

宁波市第二届戏剧节

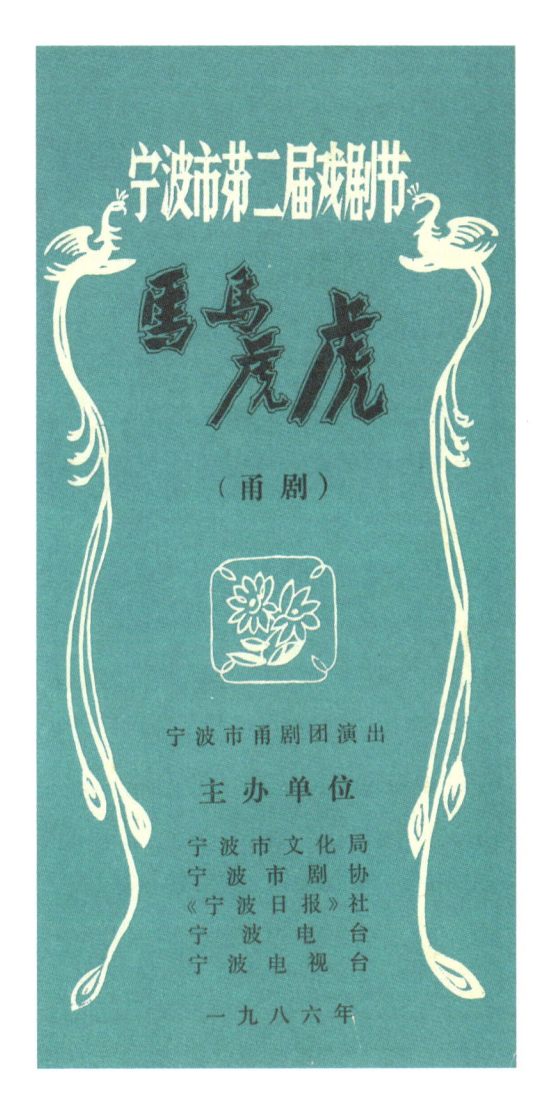

马马虎虎

（甬剧）

宁波市甬剧团演出

主办单位

宁波市文化局
宁波市剧协
《宁波日报》社
宁波电台
宁波电视台

一九八六年

王信厚担任编剧的甬剧《马马虎虎》戏单

也是在那条街上，他开启了戏剧人生的篇章。

他的语文老师是著名的诗人、学者、宁波市政协原副主席毛翼虎。

"溯本追源思甬地，三江相会五州通。"这样的诗句，出自其笔下。

在毛翼虎老师的熏陶下，他像许多文学青年一样，整日浸润于诗书中，怀揣文学梦。

然而，王信厚的家庭出身不好，上不了高中，也进不了大学。

他下农村，进工厂，在郊区的防水材料厂，做沥青运送工。

白天运输柏油，晚上打手电筒看书、写剧本。

1962年，工厂精简人员，他失业了。本该是一件沮丧的事，他却暗自庆幸，终于从生存的禁锢里解脱出来。

于泥尘里抽身而出，静坐写戏。

他怀里捧着一沓沓稿纸，送到市文化馆。

终于，他遇到了赏识他的人——文化馆的赵林泉老师。他看到这个年轻人勤奋努力，又有写戏的天赋，时常鼓励指导他。

在赵林泉与甬剧团编剧苏立声的共同指导下，他的小戏《管瓜》被宁波市工人俱乐部甬剧队搬上舞台，剧本发表于省级文学刊物《东海》。

这对一个19岁的文学爱好者来说，是莫大的鼓励。那是1963年。

这部处女作，青涩稚嫩，如清露晨流，新桐初引，却为他的人生旅途铺了一条长长的轨道。

此后，他一直在这条轨道上前行，或驰骋千里，或短暂停歇，自始至终，没有离开编剧这条路。

不久，他的伯乐赵林泉向文化局推荐，介绍王信厚参加宁波市戏曲学校的甬剧班。

他不仅担任甬剧班编剧，还负责在剧场打字幕。

他利用打字幕之便，汲取剧场艺术的营养。

坐在离舞台最近的地方，眼能窥见演员脸上的细微神情，耳能听到全场的嬉笑与叹息。

什么地方最有戏剧张力，什么地方令人忍俊不禁，什么地方引人屏气敛神想要探个究竟，看得多了，便摸得准了。

剧场是一方磁场，离合悲欢，贪嗔爱痴，高潮迭起，自有它的规律。

感触最多的，自然是甬剧。

他发现，甬剧的传统戏多是风格诙谐的喜剧，观众喜欢看这样的戏，听到熟悉的宁波老话，会心一笑，是剧场里心照不宣的快乐。

作为编剧，他赶上了好时候。

那是一个老百姓渴盼看戏的年代，也是一个急需大批反映现实生活戏的时代。

二十世纪六十年代，宁波有八个专业剧团：宁波地区越剧团、宁波市越剧团、宁波市甬剧团、宁波市甬剧青年队、宁波市京剧团、宁波市杭剧团、宁波市曲艺团、宁波市木偶剧团。

民间剧团更是多如牛毛，单说甬剧，光是鄞州姜山，就有十个甬剧团。

剧团需要剧本，催生了不少编剧。宁波当时的编剧，竟有4000人之多。

1964年，戏校甬剧班的学员毕业，成立了甬剧青年队。王信厚担当编剧重任，改编创作了《锻炼》《山乡风云》《刘胡兰》《红色娘子军》等多部现代戏。

　　一个年轻的文学爱好者，于剧场的烈火熔炉中锻炼，笔下有舞台，心中有观众，渐渐蜕变成一名成熟的编剧。

《一二三，起步走》

　　王信厚的编剧作品以现代戏见长，很大程度上，构筑了宁波市甬剧团以演绎现代戏为主的格局。

　　1990年，他创作的《秀才的婚事》和天方创作的《爱情十字架》参加在北京举行的第二届中国戏剧节，开创了地方小剧团两部戏同时参演国家级戏剧节的先例。

甬剧《秀才的婚事》剧照

宁波市第三届戏剧节

宁波市甬剧团演出

大型现代喜剧

秀才的婚事

编　剧	王信厚
艺术指导	雷国华（特邀）
导　演	应礼德
作　曲	李微　戴卫
舞美设计	张咪康
舞台监督：应礼德	音效设计：陈耀华
灯光设计：励成龙	司　鼓：胡伟强
服装设计：王晓刚	主　胡：任志芳

前　言

欢迎您，亲爱的甬剧观众！在您们中，有我们的老朋友，也有我们的新朋友，今天，我们推出甬剧新戏《秀才的婚事》，愿您们看了后能共同喜欢。

这出戏里有两户人家，一家三口全是男的；一个老师及其两个儿子。大儿子梁书香也是教师，他是本剧的主人公，秀才的婚事说的就是他的恋爱经历，小儿子梁自强是个财大气粗的个体户，他为哥哥的婚事操尽了心血，可结果呢……另一户人家全是女的，三个姐妹和一个母亲，真巧，他们各自和梁家父子谈上了恋爱，这三姐妹性格各异，志趣不同。一个是高消费型，一个是食洋不化却又自命清高，还有一个是在事业上屡遭失败却又自强不息的倔强姑娘。她们在与梁家穷哥哥和富弟弟的恋爱中产生了不少令人捧腹的趣事。还有那对老的也有一番误会巧合。全剧妙趣横生、风波迭起，展示了改革开放年代中各人的欢乐与苦恼，他们平凡而又有趣的经历，希望能给大家带来一个轻松愉快的夜晚，如果能在笑声中引起一些思考，则更是我们的心愿。

谢谢大家的光临！

甬剧《秀才的婚事》戏单

王信厚创作过的甬剧大戏有二十多部，小戏更是不胜枚举，但他对自己的编剧成绩单似乎并不满意：

"如果没有烦琐的业务管理工作，也许我的作品会更多更好一些。"

从1989年到2000年，王信厚担任宁波市甬剧团团长长达二十年，是任期最长的一位。

那段时间，是甬剧境况最艰难的时候。

剧团实行改革，文化部减少财政拨款，要求一些剧团"自生自灭，生死由之"，加之各种娱乐文化活动的冲击，甬剧观众锐减，甬剧舞台从城市退守到农村，生存维艰。

当时，剧团来了一批艺校刚毕业的学生，他们青春洋溢，却排不上戏，荒废一身技艺，浪费大好时光。

身为团长的他忧心如焚。

置之死地而后生。他最终想出"三条腿走路"的法子：

传统剧、新创剧、儿童剧并举。以儿童剧的收入贴补甬剧。

儿童剧，投入少，市场大，观众缘好，且能为年轻演员提供更多舞台实践机会。

临海，一个叫杜桥的小镇上，甬剧团在那里一天连演七场儿童剧。

参加演出的，大多是刚毕业的学员，也有后来成为甬剧名家的王锦文、沃幸康、杨佳玲、陈安俐等。

一天七场的强度，恐怕在戏曲演出史上都是少有的。

但演员们并没有被重压击倒，他们没有说一个"苦"字。

他们斗志昂扬，激情饱满，只是落幕时，拖着疲惫的身躯，笑着自嘲：

"天未亮从小旅馆来到剧场,天黑后才能结束演出回到小旅馆,真是两头见星星。"

他们就像亲身演绎的儿童剧《一二三,起步走》的剧名一样,起早摸黑,齐头并进,自力更生,团结奋斗,共渡难关。

就这样,王信厚移植改编的《一二三,起步走》,与他创作的《生命的童话——桑兰》(与孙仰芳合作)、《网络里的宝贝》,三出大型儿童剧,在上海、杭州、宁波、台州等地共演出一千余场。

那段时间,甬剧的田园也没有荒芜。

王信厚编剧的甬剧《风雨一家人》(与孙仰芳合作)获浙江省"五个一工程"奖。

当时的《中国文化报》还专门撰文介绍宁波市甬剧团"三条腿走路"的经验,为许多濒危的戏曲剧团提供了可资借鉴的经验。

这是无奈中的创举,为低谷中的甬剧开辟了一条前无古人的创收之路。

《风雨祠堂》

王信厚写了一辈子甬剧,最满意的作品是《风雨祠堂》。

这部戏,要从他赴上海求学说起。

1982年,王信厚在上海戏剧学院编剧班进修。

一年多的时间,他受到陈多、余秋雨、叶长海等戏剧理论家的熏陶与传授,也常与著名剧作家罗怀臻、姚金城、孙文辉等同学互相切磋。

课余,他阅读大量西方文学著作,最令他震撼的是弗里德里希·迪伦马特的《贵妇还乡》：

一个贵妇，年轻时被旧情人始乱终弃，沦为妓女，后成为亿万富孀，决意回乡报复。她来到旧情人的村里，想用十亿美元夺取旧情人的性命。她的到来，掀起整个村子的波澜。

他强烈地感受到，改革开放以来，金钱腐蚀着人的灵魂，《贵妇还乡》里那种特定情境下的荒诞阴鸷，如果发生在中国会怎样？

他脑海里忽然冒出一个念头：把这个戏改编成甬剧会是什么样？

这个念头在他脑海里盘桓了二十多年，终于在2005年尘埃

落定。

退休的他,终于有时间静下心来细细思考,将这个故事中国化、戏曲化、本土化,搬上甬剧舞台。

在他笔下,西方工业城市改编为二十世纪初的江南小镇,教堂变作祠堂,市长成为族长。地点和身份的转变,只是中国化的第一步。

第二步,讲好一个符合中国观众审美期待的中国故事:

小镇上程姓大户人家的丫鬟与少爷程家传相好并怀孕,程老爷发现后,丫鬟被赶出程家。丫鬟几经磨难,流浪海外,最后嫁给

甬剧《风雨祠堂》剧照

年长的富翁，并在其离世后继承巨额财产。成为贵妇人的她返乡复仇，向镇上的人悬赏 30 万元，索取程家传的一条命。镇上的乡亲在金钱的诱惑下，成了集体杀手，上演一幕幕闹剧。

剧中加入新的角色——程家传的女儿花儿，这个人物为整部戏增添了些许温暖与亮色。

原著的结尾，是贵妇的旧情人还未被全村人审判时，便心脏衰竭而死，贵妇把十亿美元的支票给市长，自己带着旧情人的棺材离去。

这样残酷的结尾，符合西方戏剧的"净化"作用，能激发西方观众的怜悯与恐惧，净化灵魂，引人思索。

但它不符合中国观众的审美，中国人讲究圆融与留白，完满与自足，这是中西方戏剧文化的差异。

王信厚深谙此道。因此，这部戏的结尾也作了中国化的改编：贵妇破产，因违背诺言面临沉塘之灾，旧情人程家传挽救了她，贵妇也终于摆脱金钱的枷锁，剧情反转，晦暗的人性展露光明。

改编后的《风雨祠堂》，剧场效果黑色幽默，其中隐喻的人性弱点，直抵人心，令人震撼。

在他眼里，甬剧也是历经风雨沧桑，在一代代甬剧艺人的坚守下，从曾经阴雨如晦的窘境，迎来了属于自己的曙光。

写这部戏的时候，他已年过花甲，他的创作也日臻圆熟。

没有日常事务的烦扰，他神思飞驰，创作了《风雨祠堂》《宁波大哥》等一系列拷问人性的作品。

甬剧《宁波大哥》剧照

甬剧《金生与四姑》剧照

《呆大烧香》

王信厚也是一个善于挖掘整理传统的编剧。他曾选编甬剧传统"七十二小戏"流传下来的十五出小戏,集腋成裘,汇编成《甬剧传统小戏选》。

他整理编辑老艺人流传下来的口述本,并对一些难以理解的宁波老话作了注解。

有一部戏,王信厚花了很大的心血,去粗取精,改头换面,最终改编成既有原汁原味滩簧风味,又符合现代观众审美的滩簧大戏。

这部戏是《呆大烧香》。

《呆大烧香》是滩簧戏早期影响较大的剧目,新中国成立前和成立初期,曾在上海、宁波、舟山等地流行。二十世纪五十年代"戏改"后,因情节内容与时代不相符合,一度搁置。

原剧的部分内容粗俗琐碎,反复冗长,颠来倒去。讲的是尼姑道士私通,霸占姑娘做小尼姑,小尼姑反抗的故事。

王信厚根据老艺人孙荣芳留下的口述本进行改编,保留了甬剧滩簧时期的艺术风格,描绘清末浙东农村的风土人情,展现早期宁波滩簧"二小戏""三小戏"的演剧风貌,节奏清新明快,内容健康诙谐,人物性格丰满,语言俚俗活泼,情节风趣生动,唱腔韵味浓郁,极具传统审美价值。

滩簧大戏《呆大烧香》被宁波市甬剧研究传习中心作为"开门大戏",由王锦文领衔主演,在宁波、上海、常州、香港等地多次巡演,受到观众的喜爱。

2017年初,《呆大烧香》登陆上海天蟾逸夫舞台,拥有928

甬剧《呆大烧香》剧照

个座位的天蟾舞台，当天的上座率在八成以上。

他的同学，著名剧作家罗怀臻特意前来捧场，并作评价：

"剧作技巧可谓炉火纯青，戏情戏理戏趣戏味样样俱好俱妙，真正为观众编写的戏文，堪与甬剧经典剧目《半把剪刀》《天要落雨娘要嫁》相提并论。"

2018年10月，王锦文携《呆大烧香》赴港交流演出，在香港沙田大会堂里，许多在港宁波人慕名前来。

直白俚俗的宁波老话，令人忍俊不禁：

我是介脾气，买只新尿瓶等勿到夜啊。

我为侬天天烧香拜观音，脚踝头跪得起乌青，我为侬日思夜想呆沌沌，呆大烧香出了名。

侬也勿能一扫帚打煞十八只蟑螂，连我也骂在里头。

我茶勿吃，田缸露水已经吃饱了。

每当听到戏中熟悉的宁波老话，观众席便传来会意的笑声。

谢幕时，香港观众拥到台前，久久不肯离去。

别样的相聚，特殊的缘分，熟悉的乡音，让甬剧成为联结宁波人与香港人的亲情纽带。

走近他的案头，泛黄的口述本摊开，上面用并不流畅的字体写着：《金生弟》，字迹也带着年代感。那是二十世纪四十年代，由徐凤仙演绎的剧目。

这是继《呆大烧香》以后，王信厚整理改编的又一部滩簧剧目。

这些传统改编作品与王信厚的创作作品一样，自出胸臆，发乎真情，不故弄玄虚，不高深莫测，从寻常生活中汲取幽默。他不以制造廉价的笑料为目的，也不仅仅为了让观者逗笑找乐子，而是信奉马克思的至理名言：

"为了人类能够愉快地和自己的过去诀别"，从小人物中见大情怀，从小视角写大变革，在嬉笑中感悟人生真谛。

如果您留心，在剧场观众席后排，总能看到一位戴着黑边眼镜的老人，他静静地望着整个剧场，如定盘星般稳操大局。

一嗔一笑，尽收眼底。

那是他最愉悦、最有成就感的时刻。

"坏女人"专业户

彩旦，俗称丑婆子，是戏曲中的喜剧角色。

她们滑稽风趣，嬉笑怒骂，是世俗生活中的七大姑八大姨，有时也是刁蛮奸诈的坏女人。

舞台上少了她们，便少了一分生趣，两分幽默，三分光彩。

甬剧舞台上，有一位著名的彩旦演员，她是《三篙恨》里伪善恶毒的黄善婆，《半把剪刀》里不怒而威的曹母，《马马虎虎》里痴头怪脑的马莉，《少奶奶的扇子》里口无遮拦的快嘴嫂。

钟爱凤在甬剧《少奶奶的扇子》中扮演快嘴嫂

她所演绎的角色大多是配角，却鲜活灵动，深入人心。

她是甬剧第三代演员钟爱凤。

过关斩将学甬剧

"社会主义好，社会主义好，社会主义国家人民地位高……"鄞江镇中心小学，13岁的钟爱凤琅琅而唱。

她的嗓音清澈洪亮，考官们对视，点头。

这是宁波市戏曲学校选拔演员的初试。

很快，她接到去宁波参加复试的通知。

时隔半个世纪，她仍记得，复试，是真正的过五关斩六将。

第一关，唱歌。依然是那首她最得心应手的《社会主义好》。

第二关，下腰。考察腰肢是否柔软可塑，动作是否协调优美。毕竟高强度的戏曲练功，并不是人人都受得起。

第三关，即兴表演。考临场应变能力。

考官在台上手拿一把扇子，慢悠悠地扇着，她奔过去夺扇，那位考官突然把扇子藏在身后，她惊讶迷茫，又忍俊不禁，露出少女之态。

这一连串情绪，细微表情，一气呵成，不露怯，不僵硬，才算过关。

第四关，看足底。几位穿白大褂的医生，检查学生的足弓，是否扁平足。若是，则淘汰，扁平足稳定性差，练功后损伤也大，不适宜学戏。

第五关，终试。走进一间教室，几位考官，正襟危坐。后来，她才知道,那些神情肃然的考官都是当年活跃在舞台上的戏曲艺术家:越剧名家毛佩卿,京剧名家筱毛豹,越剧团的丁小馄等。

这些名家考察学生的形象与嗓子,再筛选分类,根据每个人的嗓音条件,分别安排到越剧班、甬剧班、京剧班等。

她被分配到甬剧班。

回到家,她把这个好消息告诉父母。

母亲微蹙眉:

"小孩子还是多读书,唱什么戏!"

父亲略踌躇,长叹了一口气:

"在家里吃不饱饭,还是去学戏吧,至少不会挨饿。"

懵懂的她,收拾简单的铺盖,从鄞州到宁波市戏曲学校学戏了。

那一年,是1960年。

1964年,宁波市戏曲学校甬剧班的学生,单独成立了甬剧青年队,成为一支青春靓丽的甬剧演出队伍。

当时,越剧的主要演出场地在天然舞台,京剧的主要演出场地在宁波大世界,甬剧团与甬剧青年队的演出场地主要是民乐剧场。

甬剧青年队先后上演了《红色娘子军》《刘胡兰》《锻炼》《芦荡火种》等十余台大戏。

这些风姿秀逸的甬剧演员,素面朝天地走在路上,还能被戏迷认出来,可见观众的喜爱。

正当他们斗志昂扬、热烈绽放艺术青春时,突如其来的变故,像一首行将高潮却戛然而止的曲子,让所有人猝不及防。

《山乡风云》是甬剧青年队的最后一出戏。

此后,甬剧青年队退出历史舞台。

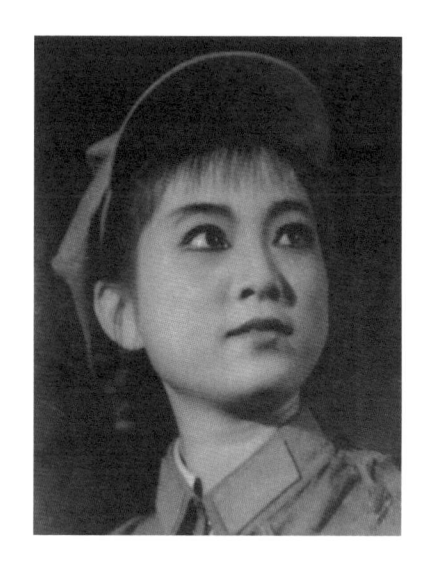

钟爱凤在甬剧《红色娘子军》中扮演女战士

歪打正着演彩旦

钟爱凤第一次演彩旦,纯属歪打正着。

一位演员过年时吃多了咸肉,不知怎的,竟倒了嗓,唱不出声。

起初,这位演员在台前演,教戏老师在后台唱,两人"唱双簧",蒙混了几天。

时间长了,观众看出破绽,实在没办法,导演就让钟爱凤顶角色。

这个角色,是《田螺姑娘》里的温大嫂,是个彩旦。

没成想,她这一演,竟欲罢不能了。

此后,只要是戏中有诙谐或反派的角色,导演第一个想到的就是她。

那段时间,她接连演了很多彩旦:

《红珊瑚》的七奶奶,《夺印》的"烂菜花",《刘胡兰》的二寡妇,《山乡风云》的四小姐,《社长女儿》的地主婆,《亮眼哥》的马上娇……

那时候,她不过16岁。

娇滴滴的少女,谁都想演扮相俊美的花旦。彩旦的扮相往往又老又丑,言行乖张,还得不到观众的认可。

起初,她有些抗拒。

渐渐地,浸润于此,驾轻就熟,便释然欢喜:

"大概是我嗓子不太好,个子又高,很难找到小生与我配戏吧,所以我总是演坏女人,简直成了'坏女人专业户'。"

说到这里,她眼睛一眯,笑起来。

岁月已将她的笑纹刻于眉梢眼角。

一个习惯性眯眼笑的人,能把坏女人刻画得真实、精准、透彻,真是让人难以置信。

两个"恶婆婆"

"坏女人"演多了,她深有所悟:

坏女人往往在戏里有推动情节发展、串联剧情的作用,戏剧矛盾常因她而起。

没有她们,整部戏便少了几许色彩。因此,她也常常称自己演的是"色彩人物"。

反面人物若想演得个性鲜明,一戏一格,独一无二,并非易事。

很多演员往往落入窠臼，从头至尾演恶人，甫一出场，凶神恶煞。

她塑造"坏女人"时，先把自己置身于角色中，从人物的角度出发，不把自己当坏人，也不认为自己做的是坏事，而是做着自认为理所应当的事，甚至是为了保护自己，不得已伤及他人。

如此演绎出来的角色代入感强，似曾相识。

钟爱凤曾同时接到两部戏——《三篙恨》和《半把剪刀》，巧的是，她在这两出戏里扮演的角色都是"恶婆婆"。

一个是黄善婆，一个是曹母。

这两个角色既是母亲，又是婆婆，她们都极力袒护儿子，隐瞒儿子的罪孽。

两个婆婆怎样才能不雷同呢？

她一头扎进角色，钻研揣摩，设计细节动作。

形式上，《三篙恨》是古装戏，富有程式性，肢体语言可以略微夸张。

从角色的内心世界来看，黄善婆名字里有个"善"字，行为却伪善奸诈，千方百计想要害死媳妇白玉凤，她设计了一套表里不一的动作：

她整天眯缝着眼，浅笑吟吟，殷勤地为媳妇端茶送水。今天递上一碗燕窝粥，明天为媳妇披上亲手缝制的衣衫。

看上去一副谦恭奉承的模样，其实她最是毒蝎心肠，背地里算计媳妇的性命。

为什么呢？

山洪暴发时，白玉凤落水，抱着百宝箱呼救，黄善婆的儿子黄金龙财迷心窍，抢夺百宝箱，一连三篙，将白玉凤打落水中。

甬剧《三篙恨》剧照。左为钟爱凤扮演的黄善婆，右为王坚扮演的媳妇，后为杨柳汀扮演的黄金龙

钟爱凤在甬剧《三篙恨》中扮演黄善婆

白玉凤被渔夫救起,送入"父母之命,媒妁之言"的婆家,新婚之夜却发现,新郎竟是谋财害命的黄金龙。

黄善婆为了保住儿子不被告官,也为了门庭名声,先故意讨好媳妇,稳住她,留住她,不让她出门声张。

白玉凤因恨染疾,黄善婆想出一个更狠毒的主意。

她明知生病的人不能进补,却天天端一碗参汤给她喝,明面上事必躬亲,侍奉儿媳,其实促其越补越虚,早点命归阴:

参汤乃是大补药,
病弱之身难承当。
玉凤她口吐鲜血人虚弱,
大补药反倒成了勾魂汤。
我一日三次亲把参汤送,
定叫她虚不受补,越补越虚,
以补促病,病重难医一命亡。

黄善婆伪善的嘴脸彻底暴露。

底下观众闹哄哄,一时众怒难息:

"怎么会有那么坏的人!这婆婆太坏了……"

《半把剪刀》里的曹母是另一个恶婆婆。

她出身官宦人家,世代诗礼门,身份尊贵。她处处维护家族尊严,试图用威严掩盖少爷曹锦棠的罪状。

《半把剪刀》是清装戏,人物动作的设计,更贴近生活。

她一出场,眼梢上扬,一副大户人家老太太的气派,趾高气昂地对众人说:

钟爱凤在甬剧《半把剪刀》中扮演曹母

"都预备好了吗？快去做事情吧！"

有个丫鬟不小心打翻杯子，她从后脑勺拔下簪子直刺，心狠手辣，毫不留情。

当她听到丫鬟说，看到金娥从少爷房里惊慌失措地出来，她瞬间意识到家丑不能外扬，当务之急是堵住丫鬟们的嘴。

于是，钟爱凤饰演的曹母，眼眸左右环顾，威严凸显，强装镇定，耷拉下脸：

"你们看错了吧？"

她盛气凌人，一手遮天，吓得丫鬟们噤若寒蝉。

这两个恶婆婆，通过两种不同的演绎，让甬剧舞台上的彩旦不再拘泥于以往脸谱化的表演，形象丰满，富有层次感。

演"坏女人"时间久了，竟也上了瘾，她并不止步于固有的戏曲程式化表演，而是向生活取经。

她细心观察身边形形色色的人，攒进素材库，随时调取。

她在《马马虎虎》中饰演马莉。这个人物的绰号是"十三点"，宁波话意为说话浮夸、不知分寸、不经大脑思考的人。

她曾发现，有一类人，审美品位俗气，什么金银翡翠、珍珠玛瑙，都往身上凑，衣服也是色彩的堆砌，直看得人眼花缭乱。

还有一类人，不管是吃东西，还是做事，唠唠叨叨，停不下来。

塑造"马莉"时，她向生活"拿来主义"：

头戴一朵橘色大头花，艳红色上衣，亮黄色腰带，彩色裙子，项链手链招摇显眼，满身珠光宝气。

嗑着瓜子，吧嗒吧嗒说话，瓜子壳与口水齐飞。

戏谑的演绎，博得观众满堂彩，她也因"马莉"，赢得省级荣誉。

钟爱凤在甬剧《马马虎虎》中扮演马莉

戏散了,观众还窃窃私语:

"她生活中是不是也是这样的人?"

听闻些言,她不仅不恼怒,反而很欣慰:

"这说明我演得真实,生活中确实有这样的人。"

青年演员的"亦师亦友"

甬剧名家王锦文曾说过,"小时候下乡演出时,我胆子小,半夜总是钻到钟老师的被窝里去。"

王锦文口中的"钟老师",就是钟爱凤。

她们相识那一年,19岁的王锦文刚从甬剧艺训班毕业,被分配到宁波市甬剧团。

有一次,剧团赴东钱湖演出《半把剪刀》,王锦文在剧中扮演小丫鬟。刚进剧团的她,只能跑龙套,演一些无足轻重的小角色。

演出前一天晚上,王锦文与钟爱凤住一间。尽管第二天演出连一句唱都没有,她仍不停地请教钟老师,如何让人物稳稳地立于舞台上。

钟爱凤忍不住喜欢上这个娇小勤勉的姑娘。从那以后,她俩亦师亦友,成了无话不谈的忘年交。

只要有上台的机会,哪怕只是亮个相,王锦文也总是拽着她的钟老师,一遍一遍,不厌其烦地练着。

"她以前一说话就脸红,然后就说不下去了,她总是躲在我身后,胆子很小。"

忆起往事,钟爱凤的笑意泛上来。

让钟爱凤感动的是，王锦文成名之后，对自己的尊敬和感恩，与少女时期并没有不同。

她至今仍保留着王锦文当年在上海戏剧学院进修时，遥寄相思的卡片：

钟老师：
　　岁月轮转，季节变换，想念的心，从未改变，请记得我是你永远的学生。
　　祝新年快乐，合家幸福！

泛黄的卡片，娟秀的字迹，书写着两代甬剧人诚挚执着的情谊。

除了甬剧名家王锦文，如今甬剧舞台上独当一面的青年演员——贺磊、苏醒、张欣溢、柯珂等，也都受过钟老师一招一式的教诲。

最近十余年里，王锦文把散落于民间的演员发掘出来，培养了一支民间甬剧队伍。

宁波市甬剧研究传习中心成立以后，每年都会举办为期一个月的甬剧培训班，培训对象主要是民间甬剧演员。

钟爱凤作为授课老师之一，言传身教了《杨乃武与小白菜》《典妻》等经典片段，也因此结识了一帮年轻的民间甬剧演员。

2017年7月，横溪堇声甬剧团意欲复排经典甬剧《雷雨》，邀请钟爱凤担任导演。

三个月的排练期间，钟老师总是最早到排练厅，结束后，又飞也似的逃离，生怕演员们送她回家。

"他们白天都有工作，晚上排练已经很累了，再把我送回家，太辛苦了。"

"我时常被民间演员那种对甬剧的热爱所感动，他们不管是生病，家里有事……都风雨无阻地来参加排练。"

钟爱凤亲自帮他们打鼓板练唱，纠正念白与唱腔，吐字与发音，一个神态、一个动作地细抠，边导戏，边教戏。

她常常不计报酬，分文不收。问她缘由，她只是淡然一笑：

"我一个人在家，也很孤单寂寞，跟年轻的孩子们在一起我觉得开心，就当是他们陪我这个老太太玩。"

她的眼睛又眯成一条线，笑眼朦胧，慈爱地望着你。

"年纪大了，最大的体会是眼睛睁不开了。看，我以前年轻时眼睛多大。"

她咯咯地笑起来，一张张黑白剧照上的她，双目炯炯，灿若星河，那是她最美的年华。

艺术的芳华不会逝去，如一掬甘甜的酒，愈久愈醇。

身怀一腔鸿鹄志

前路茫茫

1959年8月，宁波江北码头。

上海堇风甬剧团的作曲潘安芳，带领十多个天真俊秀的少男少女，登上轮船，前往上海。

他们后来成为上海静安区戏校甬剧班的大班学员：

郑信美、徐敏、周雅琴、张雪英、纪惠芬、裘祖达、蔡祥华、尤华法、陈祥泰、杨国恩、郎友增、汪永华。

徐敏是其中年纪最小的，才12岁。

她住在大沙泥街，常常跟着妈妈，坐黄包车，去天然舞台看越剧和甬剧。

看完戏回家，她身披床单，仿若五彩霓裳罩身，摹拟戏中的才子佳人。

上学时，她是班上的文艺积极分子，尤其对戏曲十分痴迷。上海堇风甬剧团来宁波招生，老师便推荐她报名。

她的父母不愿女孩吃"开口饭"，年幼的徐敏却很坚持。

父亲实在拗不过她：

"喜欢就去吧，你这么小，他们不会要你的。"

400多个学生里选12个学员，可谓百里挑一，徐敏竟被选中。

知道自己即将去大上海，她欢呼雀跃。

可登上轮船，转身离开家乡，她忽然意识到，此去她便再也不是依偎在父母身边的小姑娘了。

前路茫茫，像海浪漂流不定，也许风平浪静，也许翻腾汹涌。

汽笛声鸣响，她嘤嘤啜泣。

上海堇风甬剧团招收的甬剧学员

冰水泡手指

过了一年,甬风甬剧团又来宁波招生。

1960年7月,宁波江东清洁巷4号。这是徐金菊的家门口,第二批28位脱颖而出的学员,从这里启航。

谁知他们到了上海,公安局只批15个上海户口,这意味着,近一半学员面临遣返。

戏校老师逐个检查学员的身体条件。轮到鲍国芹时,老师捏了捏她的脊椎与骨架,摇了摇头:

"这个小姑娘,以后只会胖,不会高。"

鲍国芹悻悻而归,背后传来一声:

"小姑娘,你等一等——"

她回头,是贺显民的弟弟、上海合作越剧团的作曲兼主胡贺孝忠。

"甬剧乐队里有很多老先生,谱子也不识,应当招一些懂得乐理知识的小年轻。听说你在学校里,成绩数一数二,脑子肯定灵光,把你的手给我看看。"

她伸出纤细小巧的双手。

"你拿起这个二胡,拉两个音给我听听。"

她从来没摸过二胡,随手拉了几下,呕哑嘲哳难为听。

"你……学琵琶好吗?"

她惊惶地点了点头。

徐金菊也是这样被留下来,与鲍国芹一起学琵琶。

她俩对琵琶一无所知。起初,老先生让她们用手指弹弓片,练指法和音阶。

冬天,她们把手浸入冰水中,手指寒冷彻骨,擦干湿淋淋的手,再弹琵琶,直弹到每一根手指都热气腾腾。

"我到现在,手指都是扭曲的,不知道是不是跟那时的指法训练有关。"

如今年过七旬的鲍国芹,伸展她无法并拢的四指,弯曲嶙峋,似许久搁置而松弛的弦。

浸湿的裤子

筛选以后,28位学员只留下俞明伟、鲍国芹、姚志云、徐金菊、方振强、姚惠丽、王佩帼、韩汉康、陆建英、周祥顺等10位学员。其他人大多返回家乡,有的留在上海,另谋生路。

这一批留在上海的学员,是上海静安区戏校甬剧班的小班学员。

甬剧班学员第一天进入静安戏校,老师就立下一个规矩:

平常不得外出!

这是为了保证甬剧纯正的宁波乡土口音。如果经常出门,被上海口音同化,甬剧就不纯粹了。

戏校戒律森严,还有两个不成文的规定:

第一,"老师"不能随便叫。上海堇风甬剧团里的艺人,除了挂牌的艺人,可以喊"老师",其他艺人只能喊"哥哥"或"姐姐"。譬如,金翠香、金翠玉、徐凤仙、贺显民是"老师",柳中心只能是"哥哥"。

第二,不许去后台跟老艺人们接触,旧社会过来的人有一些不好的习气,年轻的甬剧学员不能沾染。

学员们懵懂地记在心里,却不知其所以然,对这一行,愈发感到神秘敬畏。

偶尔,戏校会组织学员集体外出,观摩演出。

有一年夏天,学员们观摩越剧《王老虎抢亲》,裘祖达与陈祥泰坐在一起。

幕间休息一刻钟,裘祖达去小卖部买了一块冰砖,一角四分钱。陈祥泰从未见过冰砖,也跟着买了一块。

两个男孩,汗涔涔蹲在剧院门口,笑嘻嘻舔着冰砖。

下半场开演前,陈祥泰又买了一块,想回去慢慢吃,放在裤兜里。

戏看到一半,裘祖达忽然觉得座位上湿漉漉的,低头一看,陈祥泰的裤袋被浸湿了,水蔓延到他那里。

原来,陈祥泰的冰砖融化了,他不知道这块又香又甜的东西是什么做的,以为是饼干,可以长时间储存。

甬剧班学员对外面世界的隔膜,由此可见一斑。

他们虽身在十里洋场,却囿于戏校,不谙世事,心性上仍单纯得像孩子。

睡觉也不能脱腰带

静安戏曲学校,当年设有上海各个剧团的艺训班:

蜜蜂滑稽剧团、合作越剧团、堇风甬剧团、志成淮剧团、先锋评弹团、长江沪剧团等。

艺训班的学员们,是二十世纪六十年代上海文艺事业的嫩芽,正拔节抽穗,含苞待放。

甬剧大班与小班学生一起练唱、练功。

甬剧班的唱腔老师是马慧珍、周圣昌。【对山歌】【新闻调】【翁媳调】【算命调】【闹五更】等90多种甬剧的曲牌、曲调都要学。

练功更是严格按照京剧全套程式训练。武功老师较有名的有富连成"世"字班的王世杰,关肃霜的老师景研姣,都是按梨园行传统的一套师承教授。

戏校除了教"四功五法",对文化课也未偏废。文化课主要有中国史、世界史、政治、高中语文、古文、戏曲专业课。

前三个月,高强度练功,凌晨4点开始,到晚上9点,一天四轮。

打虎跳时,学员们一个一个翻过去,老师拿着鞭子在后头看。谁后腿抬得慢,鞭子不留情,狠狠抽一记。

裘祖达的武功底子打得扎实,身手矫健,几乎从未被鞭子打过,但是大多数学员有被鞭子抽打的经历,有些人甚至腿上有十多道鞭痕。

郎友增曾被打得哇哇直叫:

"哎呀妈呀,痛死我了,再也不学戏了,我回宁波老江桥卖棒冰去了!哎呀……"

说归说,第二天,他照旧来练功。

练功以后,累得气喘吁吁,却不许坐下,要抱膝蹲。

为了防止练功伤腰,腰带得一直系着,连睡觉都不能解下。

如绷紧的弦,蓄势以待。

静安戏校的学员们在操场上练弓箭步亮相

学员在老师的帮助下练单腿前桥

尽管如此，没有一个人打退堂鼓。

他们一个个憋着一股劲儿，背井离乡，卧雪眠霜，说什么也要混出个人样儿。

半年以后，甬剧班全体学员向老师们汇报。

老师们惊讶地发现，这些乳臭未干的孩子，竟然如此全面，唱、念、做、打，样样拿得出手。

甬剧新生代

甬剧班学员在戏校学了两年后，开始实习，成为上海堇风甬剧团青年演出队，后改为"堇风二团"。

大班演主角，小班演配角。

当时，堇风甬剧团实行"三四制"：

四个月在农村演出，四个月在大剧场演出，四个月在小剧场演出。

下乡演出，四只稻桶，口朝下，搭一块门板，就是一个舞台。

舞台狭小逼仄，一个跟斗，能翻出去。

程式施展不开，却不妨碍底下老百姓喜爱。他们两天换一个地方，一天演两到三场。

陆建英还记得，第一次去上海大世界剧场演滩簧小戏《拔兰花》时，她扮演冲破封建桎梏的王凤霞。

徐凤仙、贺显民与团里的老师们刚从北京演完"三大悲剧"回来，顾不上歇息，都坐在底下，看这一茬新苗。

第一次上台，陆建英有些慌乱，她一边卷帘子，一边唱，双腿弯曲下蹲，腿直抖索，结果坐在地上，摔了个屁股蹲。

上海国联剧场。王佩帼、方振强也是第一次在老师们面前汇报演出《拔兰花》。

王佩帼扮演王凤霞，方振强扮演周宝泰。

第一次上台演出，王佩帼紧张得运不了气，她的声音很轻很轻，轻到能听到自己的心跳声。

台下有观众呼喊，半是挑衅，半是鼓励：

"唱响一点，听不见。"

所幸老师们并没有指责，而是勉励和安慰。

甬剧班排的第一个大戏，是《五姑娘》，裘祖达扮演淳朴勤劳的长工徐阿天，徐敏扮演富家少女五姑娘。

那是1961年。

那一年，徐敏才14岁。她演的五姑娘，从上场门出，按部就班地走了圆场，一副风风火火的样子。

徐凤仙看到了，把徐敏拉到一旁：

"小姑娘，你这样出场是不对的，不符合五姑娘的人物性格，你应该拿着篮子，一步一步，慢悠悠地出场。眼神呢，也要随着自己的身体，缓缓望向观众，从右角扫到左角。仿佛看到什么，让人惊叹'哪能介美啊'！"

第一次正式演《五姑娘》，是在上海龙门剧场。

《五姑娘》是甬剧唯一一部武打戏，学员们在戏校里练的武功，派上了用场，一个个在台上大显身手。

上海的观众沸腾了。稚嫩的脸庞，武艺竟如此娴熟，这是甬剧观众从未见过的景象。

"甬剧新生代，真是后生可畏……"

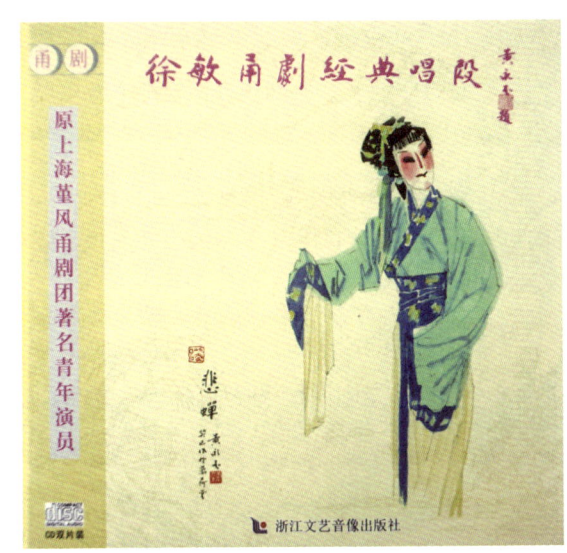

黄永玉题画的《徐敏经典甬剧选萃》和《徐敏甬剧经典唱段》专辑

每个人出了剧场,都啧啧称赞。

后来,这部戏又在上海虹都剧场演出,每天演日夜场,仍是场场爆满,一时轰动上海。

甬风来了!

1962年,学员们第一次回宁波演出。

长长的演出队伍,领队手里擎着一面红旗。堇风甬剧团的演员们走在前面,学员们的"堇风二团"紧跟其后。

从东门街,一直走到天然舞台,之后又去民乐剧场、兰江大戏院。

衣锦还乡一般，走过熟悉的大街小巷。

一路上，宁波的戏迷们驻足大喊：

"堇风来了！堇风来了！"

他们奔走相告，场面热烈壮阔，仿佛盛大的节日。

"堇风"这块金字招牌，在宁波老百姓心里，地位如此之高，学员们内心充溢着骄傲。

练功的苦与泪，化作自豪和欢笑。

堇风甬剧团的老师们演的是甬剧《半把剪刀》《冒得官》《花烛子》《双玉蝉》。

学员们演的是《双玉蝉》《五姑娘》《党员登记表》《借妻》。

演出大获成功，戏迷的书信，纷至沓来。

裘祖达收到一封信，信上是鼓励和欣赏的话，还有几张粮票。

上海堇风甬剧团青年演出队演甬剧《借妻》

他老老实实把粮票交给老师,信留给自己,反复翻看,心里喜滋滋的。

初露头角的他们,竟然也有戏迷了。

正当他们胸怀壮志,在舞台上日臻精进时,一场突如其来的暴风雨来了。

"邮电局包场"

1966 年,堇风甬剧团二团在瑞金剧场演出《南海怒涛》,被几个红卫兵抄了。

剧团改名为"东方红甬剧团",从此停演,成了他们口中的"邮电局包场"。

何谓邮电局包场?

从前,上海戏院的椅套都是绿色的。座无虚席时,看不到绿色;戏不卖座时,绿色就多一些;而无人看戏时,观众席是清一色的绿色,从台上俯瞰,就像一个个邮电局,被戏称为"邮电局包场"。

谁也没想到,曾经辉煌的上海甬剧,成了永远的"邮电局包场"。

1970 年,崇明岛。堇风甬剧团的演职人员在五七干校开荒。

"金嗓子"金翠香匍匐在结冰的黄土地上,劳作耕耘的情景,是学员们心头挥之不去的阴影。

曾在台上一出场,即赢得满堂彩的艺术家,令他们瞻望弗及的老师,竟落魄至此。

他们心中的艺术殿堂,坍塌了。

五七干校住的房屋,也简陋不堪。屋顶是芦苇编的,墙壁和门窗也是芦苇做的。四面透风,凉到心底。

1972年1月,上海堇风甬剧团正式解散。

当年在舞台上风光无限的演员,各奔东西,人生迥异。

装煤球炉,扫地,管厕所,在副食品店当营业员,在烟糖公司做月饼、包糖果……

那双舒展似荷花,握拳如凤头的手,拿起扫把,蒙尘沾灰。

那副莺燕婉转的嗓子,在街巷里弄吆喝叫卖,声嘶力竭。

脱下凤冠霞衣,卸掉浓妆重彩,穿上蓝领制服,在流水线上,机械化作业。

只是说话时,一个手势,一个转音,还能窥探出当年在舞台上的神采。

身怀一腔鸿鹄志,怎奈狭居燕雀身。

历史的洪流滚滚而去,碾过之处,迸裂出细碎的声音,那是一些人的辛酸苦泪:

"我们是被荒废的一代,都白练了。"

橘子与帐子

一纸关书

1950年冬天,宁波状元楼。

红氍毹,红蜡烛,两桌酒席,一纸关书。

汪莉萍、汪莉珍姐妹俩,双膝下跪,拜甬剧名伶徐凤仙为师。

关书,是旧时的契约。上写:

三年内,吃穿用度,由师父负责,赚来的包银,归师父所有。生死无关。

那一年,姐姐汪莉萍12岁,妹妹汪莉珍11岁。

拜师,缘起于那年端午节看戏。

那天,城隍庙郡庙剧场,人头攒动。

剧场座无虚席,走廊上,很多人搬来小板凳,聚拢簇拥。

台上,是上海滩红极一时的名角徐凤仙与贺显民,演的是甬剧《啼笑皆非》。

徐凤仙的唱腔甜糯澄澈,从一个妙龄少女,演到沧桑老妪。

她穿着精致的旗袍,腰肢款摆,青葱玉指,顾盼神飞。

贺显民西装笔挺,风流倜傥,儒雅英气,唱腔爽利,富有韵味。

台下的汪莉萍、汪莉珍姐妹俩入了迷,挪不开眼。

"如果我们也能穿上旗袍,唱这种戏,那该多好啊!"姐妹俩陷入遐想。

她们有个大姐,认识徐凤仙的师父张德元,就这样牵线搭桥。

二十世纪八十年代初,姐妹俩与师父合影。从左至右:汪莉珍、徐凤仙、汪莉萍

徐凤仙第一次见到汪莉珍,眼里满是欢喜:

"好好好,来好了!"

听说妹妹去学戏,姐姐汪莉萍也嚷着要去。

看到姐妹俩长得漂亮,礼数周全,徐凤仙收下她们为徒弟。

并不是每一个上门拜师的人,都能如愿。有个姑娘,三番五次来拜师,徐凤仙见她没有灵气,多次婉拒,终是不收。

那年的腊月二十八,家家户户做年糕,姐妹俩正式入住师父家,进门学戏。

做年糕,年年高,步步高,拜师授徒,也要讨个好彩头。

徐凤仙没有孩子,让姐妹俩喊她"姆妈",喊贺显民"爹爹"。

姐妹俩的住处,是"姆妈"和"爹爹"眠床旁的地铺。

帐子里教戏

进门头一天,徐凤仙告知姐妹俩,师父是不会样样都教徒弟的,全凭自己学和悟。

她自己就是这样过来的。

有一次,徐凤仙在帐子里教姐妹俩。

那一天,徐凤仙身体不适,躺在床上,帐子的帷幔放下来,影影绰绰。

学的是,四明南词《西湖十景》:

毕竟西湖妙不同,隔株杨柳兼桃红。

远望高山重叠翠,近听南屏敲晚钟。

湖心亭，在水中，行来曲院有荷风。
　　三潭印月如明镜，雷峰夕照似长虹。
　　花港观鱼鱼无数，柳浪闻莺有古踪。
　　苏堤春晓人烟集，平湖秋月映碧空……

学四明南词，是打底子的。
四明南词的诸多曲调，被甬剧汲取，融合成丰富绮丽的唱腔。
拉胡琴的师傅唱一句，姐妹俩跟一句。
徐凤仙垂帘听唱。
一字唱错，撩开帐子：
"唱的啥东西?!"
姐妹俩吓得面面相觑。
师父领进门，修行在个人。
姐妹俩每天有一项固定工作，就是给师父抄单片、印蜡纸。
过去演戏是幕表制，没有剧本，只有每场戏的故事大纲，内容靠艺人自由发挥。他们往往会依据单片唱。单片上是一些通用的唱词。
姐妹俩的懂事与乖巧，很快赢得徐凤仙的信任。
她把首饰、钱等重要物品，都交给她俩保管。

严厉的师父

平日里，"姆妈"徐凤仙性格急躁，待姐妹俩甚为严厉。她俩年纪小，毛手毛脚老出错，"姆妈"总是毫不留情地训斥，急了甚至体罚她们。

有一次,徐凤仙在台上演戏,姐姐汪莉萍在台侧偷学。

姐姐看得入了迷,不自觉地跟着徐凤仙哼唱起来。

徐凤仙下了台,径直走向汪莉萍:

"刚才在唱戏,就看到你嘴巴吧唧吧唧,害我差点唱错!"

从那以后,徐凤仙一上舞台,姐妹俩就跑到剧场三楼的观众席看她演戏。

看戏,是学戏,也是偷师学艺。

观众稀少的三楼,她们既能享受学戏的愉悦,又不至于被师父发现。

也不是全然放松。

要算准师父下场的时间,跑去化妆室,听候召唤。

夏天,沏茶给师父喝;冬天,准备好热水袋给师父捂。

跟着师父没多久,她们就上台演戏了。

一部戏里,徐凤仙演母亲,妹妹汪莉珍扮演儿子,反串童子生。

妹妹正要开口唱,发现徐凤仙正神色冷峻地望着自己,她紧张得不停咽口水。

唱词磕磕绊绊,唱腔断断续续。

下了台,妹妹吓得躲到幕布后面。

徐凤仙找到瑟瑟发抖的她:

"咋来得唱啦?啊?"

贺显民上前解围:

"凤仙,小孩子就是这样的,多唱唱就好了。不要说她了。"

从此,妹妹一紧张就咽口水的毛病,落下了。

直到这时,姐妹俩才真正明白什么是"严师",她们希望自己能学有所成，正所谓"严师出高徒"。

两只橘子

说是学戏，其实就是给师父打打下手，起早落夜，样样要做。

过去做学徒就是这样，黎明即起，洒扫庭除，倒痰盂，掸尘灰，买菜做饭，端茶送水。

这碗饭吃过，做人的道理也明白了。

每天，姐妹俩往往最早起床，轻手轻脚地倒痰盂。

徐凤仙和贺显民前一晚有演出，一般夜里12点以后睡，临近中午才起床。

一天凌晨，妹妹睡眼惺忪地起来。

倒痰盂时，手一滑，竟把搪瓷痰盂摔碎了。

她吓得赶紧把碎片拼凑起来，趁师父还没醒来，放回原位。

仍旧被发现。

劈头盖脸训斥一顿。

早上基本没有点心吃，还要饿着肚子准备师父的午饭。

胃病，也是在那时候落下的。

中午，妹妹端着烧好的菜，给师父送去。

经过化妆间，水门汀湿漉漉一片，她不小心滑倒，哐当一声，菜啊，汤啊，全洒在地上。

姐妹俩抱头痛哭。

所有人都以为她们在大上海跟着名角，风风光光学戏，谁想到，以前的师徒制竟如此残酷。

可是她们不能当逃兵，太没面子了。

再苦也要熬过关书上的三年。

所幸"爹爹"贺显民宽容仁慈，总会暗地里解围和安慰。

一天上午，姐姐像往常一样准备师父的午饭。她在水斗里洗带鱼，剖肚，取腮。

纤手揉搓，鱼肚白怎么洗都是红的，这才发现自己一双嫩手，被鱼鳃刺得都是血，怎么也冲不干净。

身后有人喊：

"阿萍，快点，快点！唱电台去喽！"

"哎——"她应允着，两行清泪，顺着脸颊滑落。

泪水滴落血里，绽开一朵朵花，她怔了怔。

这时，她的口袋忽然鼓胀起来，左右两边，各塞进一个橘子。

她一抬头，原来是"爹爹"贺显民。

他笑吟吟地走了，似乎并没有注意到她脸上的泪痕。

两枚橘子，金灿灿的，是深冬腊月的红泥小火炉，是暗夜尽头的一盏长明灯。

温润如春，暖人心脾。

戏比天大

师父教给姐妹俩最重要的一点是——戏比天大。

徐凤仙痛经严重，每次来例假时，总是痛得在地上打滚，面如土色，连连叫唤。

止痛唯一的办法，是让乐队师傅，用拳头狠狠敲她的后背。

1954年，汪莉萍在甬剧《志愿军的未婚妻》中扮演未婚妻

以痛制痛。

妹妹帮她揉肚子,递热茶,急得不知所措。

但凡锣鼓经一响,舞台监督在后台喊:

"徐小姐,侬上场了!"

她霎时间身子绷紧,眼神清亮。

上台仍是光彩熠熠,嗓音清澈甘甜,全然没有前一分钟呜咽低吟的痕迹。

下了台,便瘫坐如泥,汗如雨下。

姐妹俩不得不佩服师父的戏德。

师父身体不适时,会让姐妹俩代为唱电台。

台上的戏,总是自己硬扛。

她明白,观众花钱买票看的是角儿,是自己。

戏不能让。观众也不能怠慢。

"我哭,观众也要跟着流眼泪;我笑,要让观众哄堂大笑。"

这是徐凤仙的艺术魅力,也是她给自己和徒弟立下的艺术标杆。

不动声色

那个年代,戏曲界流行"拜过房娘"。"过房娘"往往是一些有钱有闲爱看戏的富太太。

徐凤仙也有一位"过房娘"。

有一天演出,她的"过房娘"到后台捧场,见到姐妹俩,不禁赞叹:

"凤仙,你这两个学生蛮漂亮的嘛!台风很好!将来一定很有出息！"

徐凤仙只是清浅一笑，但旁人都能感觉到那种不动声色的欢喜。

1952年，浙江省物资交流会在杭州举办，邀请诸多艺术团体演出助兴。

徐凤仙与贺显民也在被邀请之列。

那次交流会，罗马尼亚歌舞团也受邀参加。姐妹俩去车站接待外宾。

这次活动，非同寻常，要求穿得端庄隆重。

姐妹俩穿了新戏《阿毛饭店》里的戏服。时兴的印度领，三截裙，高跟鞋，衬得姐妹俩明媚如花，见到的人都惊艳称赞。

那时堇风甬剧团轮番上演新戏，姐妹俩爱美，不愿穿肥大的旧戏服，把车钿省下来，又将家里带来的银项圈卖掉，置办了几身合体的戏服。

师父见了，却狠狠地瞪了她们一眼：

"我看你们的胆子是愈来愈大了！"

一种莫名的心酸，涌上心头。

姐妹俩啜泣哽咽，弄污了华丽的衣裳。

哭了一晌，姐姐突然反应过来，师父也许是误会她们了，连忙解释：

"姆妈，上次的包银已经带来给您了，这是我们新戏里穿过的衣裳。"

按照关书约定，姐妹俩三年内唱戏所得，必须悉数上交给师父。

但徐凤仙仍是不作声。

那天演出，姐姐紧张得不停打嗝，妹妹也吓得不轻。

她们把戏演砸了。

汪莉珍在甬剧《女飞行员》中的扮相

时过境迁。困境中历练,走出人生低谷,姐妹俩很快成长起来,成为新中国第一批青年甬剧演员。

"如果说我在艺术上有什么成就,那都是凤仙姆妈给我的。因为我从小看着她在台上演戏。"

晚年的汪莉珍,说起那段尘封已久的师徒往事,眼里闪烁泪光,没有怨怼,只有感恩。

未尽的凤愿

徐凤仙对入室弟子,像待儿女一样严厉,艺术上更是挑剔苛刻;对普通学员,却温柔耐心。

徐敏是上海静安戏校甬剧班大班的学生。在她眼中,徐凤仙细心温暖,如慈母一般。

也许是同姓的缘故,徐凤仙特别喜欢徐敏,怕她年纪小,练功苦,身体吃不消,徐凤仙经常带她去延安西路的文艺会堂,吃上一顿珍馐海味。

那是文艺界名流才能出入的地方。

二十世纪六十年代,赵丹、张瑞芳、秦怡、上官云珠等电影明星常在那里聚会、座谈。

上海堇风甬剧团去杭州演出时,徐凤仙也会邀徐敏一同游西湖。

徐敏排演甬剧《党员登记表》时,有一段戏是从牢狱中出来,女主角有一大段唱腔。

徐敏当时不懂,只顾按谱唱词。

徐凤仙及时纠正她:

"演戏不仅仅是唱戏,更重要的是体会人物的处境。女主角当时刚受尽折磨,应是难以自支,强撑着身体,虚弱地唱,才符合情境,才能感染人。"

对徐敏的唱腔,徐凤仙也有颇多指点。

徐敏的嗓子沉闷低徊,徐凤仙劝导她:

"练嗓子的时候要放开喉咙来唱,利用丹田气息。不要总觉得自己嗓子不行,不要有任何顾虑,大胆地唱。想象自己的唱,可以一字一句地送到观众的耳朵里。"

贺显民对徐敏这个学生也很赏识。

贺显民有一台135照相机,当年算是特别时髦的奢侈品。

徐敏每次上台演戏,贺显民都会给她拍照。

印好照片,装于信封,塞给徐敏。

徐敏以为,这是贺团长的习惯,每次演出都会留影存档。

几十年后,她才知道,唯独她,有这个待遇。

等她知道这一切的时候,贺显民已经逝世半个世纪了。

徐凤仙曾说,想要正式收徐敏为徒弟。

可还没等收徒仪式举行,剧团就解散了。

名义上的师徒,成了未尽的夙愿。

师徒情,永远烙印在徐敏的心头,经年不散。

失传的珍宝

奶奶抱着看戏

滩簧一唱,脚底发痒。

鄞州下应史家码村。滩簧班来了,村里的人也忙乎开了。

心情像过年一样,空气中飘荡着欢喜。抓一把热乎乎的瓜子,塞在上衣口袋里,奶奶抱着5岁的俞志华往戏台赶。

当锣鼓声"锵锵锵,咚咚锵,咚锵咚锵咚咚锵……"响彻四方的时候,台上的演员抹着彩脸,人声与锣鼓声响彻云霄,台下的叫好声、笑声、说话声、瓜子壳落地声、小孩的哭闹声,一齐汇成整出戏的声响。

戏台上演的,无非是才子佳人、市井恩怨、公案奇情。令人莞尔的道白,柔美的唱腔……

老戏看了又看,剧情烂熟于心,重温的就是这份喧嚣和闹猛。

奶奶常带他去看戏,乡间庙宇,城里戏馆,皆有他小小的足迹。

他咿呀学语时,便能学戏曲演员,拖长音说话。

他就读的史家码小学,有位老师名叫施森林。这位老师不似寻常,他酷爱演戏,领着一群孩子在教室里排戏。

不仅自娱自乐,排好的戏,还去各个村巡演。

印象最深的一部戏是《王老伯看信》。俞志华演"男一号"——60多岁的王老伯。

10岁的俞志华,佝偻着背,叼着长烟管,咳嗽连连,引来台下哄堂大笑。

观众的笑声，是最好的犒赏，小小的他，第一次感受到演戏的酣畅过瘾。

小小人学草花

1957 年的城隍庙民乐剧场。

几百号人，熙熙攘攘，推来搡去，俞志华人小个头矮，踮起脚尖也望不到头。

宁波市甬剧团正在招演员。

那年他 13 岁。

从清晨到日暮，好不容易轮到他，他张口就来了一段宁波滩簧小调——【五更调】：

"雇农自家吃没谷，泥水自家吃没屋，木匠家里吃凳坐，裁缝自家打赤膊……"

稚气的声音，乡土气息的唱腔，几位考官面面相觑，忍俊不禁，点头赞许。

他成为剧团里年纪最小、个头最小的随团学员。演员们都亲切地称呼他为"小小人"。

剧团下乡，老百姓很是诧异：

"你们甬剧团怎么有介小的小小人呀？"

"小小人"以为，只要假以时日，他也能像团里的其他演员一样，登台演大戏。

那时候，剧团没有专门的甬剧训练班，演员们日夜忙于演出，没有空闲教他。

那段时间,"小小人"只能偷偷地练习唱念做打,偶尔有机会登台,扮演的也是一些无足轻重的小孩角色:

《田螺姑娘》中的儿子,《无花果》中的外甥……

有一天,副团长徐秋霞发现了这棵好苗子——悟性很高,眼神有戏,却整日跑龙套,难成大器。

"这么好的小孩,不能就这样荒废。"

她提议让他学草花戏,打底子,也使传统老戏后继有人。

宁波有句老话:"脉从根底起,搭脉搭脚底。"

宁波滩簧是甬剧的根,有七十二出小戏,主要分为清客戏、草花戏、众家戏、梨园戏、十马浪荡戏五种类别。

1959年甬剧《田螺姑娘》剧照

草花戏，是以丑角为主要角色的戏，也指草根平民的表演体系。这其中，很重要的一支是男艺人反串老旦的戏。

千旦易得，一丑难求。草花戏滑稽戏谑，极受老百姓追捧。

宁波滩簧衍变为甬剧后，因时代原因，草花戏逐渐被束之高阁。

为了教"小小人"，剧团出面，请时年63岁的老艺人张德元出山。

张德元是"草花"泰斗，也是"甬剧皇后"徐凤仙的师父，他与筱彬云、柴鸿茂并称为宁波滩簧三大"草花"。

张德元教给"小小人"的第一出戏，是他的看家戏，也是草花戏中最见功底的剧目——《卖草囤》：

卖呱呱叫的小草囤哎——
乡下人笑盈盈，
肩挑四只小草囤。
草囤非挑何方地，
要挑到秋香庵里卖草囤。
急急走，向前引。
黄黄庵堂到来临，
忙将草囤来放下。
放下草囤看分明。

面对师父的一腔热忱，少不更事的"小小人"却不以为然。草花戏就跟卖不出去的草囤一样，无人问津，他满腹委屈：

"为什么没人学的东西让我学呀？"

张德元不气不恼，抚摸他的头：

"一招鲜吃遍天啊!"

"小小人"似懂非懂,虽不情愿,却只能硬着头皮学。

张德元并不理会他的小情绪,他明白,每个来剧团的演员,都想站在台中央,热热闹闹地演主角。年少轻狂,谁愿意坐冷板凳,琢磨那些压箱底的东西呢?

他手把手地教他表演技巧,怎样把握说话的语速,拿捏戏剧节奏,才能令底下观众抚掌大笑,抑或骤然安静。

这些看似不起眼的细节,却是表演的关窍,是长期舞台实践的真理。

生活中,张德元师父对"小小人",像对待亲儿子一样。

有一年生日,"小小人"自己都忘了,师父却记在心里。

师父把热腾腾的鳗鱼鲞,亲手端到"小小人"面前,让他吃生日饭。

那是师母刚做好的鳗鱼鲞,鲜得让人掉眉毛。

一筷一块鲞,唇齿生香,抚平了"小小人"的憋屈,他心生感恩。

时至今日,俞志华仍然忘不了那些言传身教,栽培过他的恩师——张德元、沈桂椿、筱彬云。

每当他登台演出,黄君卿、王文斌两位老师都会亲自为他伴奏、指点。

在诸多甬剧老艺人的悉心浇灌下,"小小人"茁壮成长。

不久,他便跟师父张德元同台演出甬剧。师父演长工,他演店小二。

他战战兢兢地上台,偷瞄了一眼台下,天呐,黑压压一群人,吓得他腿脚直哆嗦,顷刻间什么词都忘了。

这时,师父投来鼓励的目光,让他稍稍镇定下来。

1961年宁波市甬剧团拜师典礼师生合影。第一排右四是俞志华

后来，他陆续上台演出了《两兄弟》《姑娘心里不平静》《一百个放心》等戏，以演小生和老生为主。

但不知为什么，他更倾心于"草花"角色:《金生弟》中的小台州,《亮眼哥》中的丁郎当,《五姑娘》中的小六子……

这样的角色，让他人戏合一。

正当他的戏剧之花含苞待放时，"文革"开始，剧团解散了……他失意地走进工厂，穿上蓝大褂。

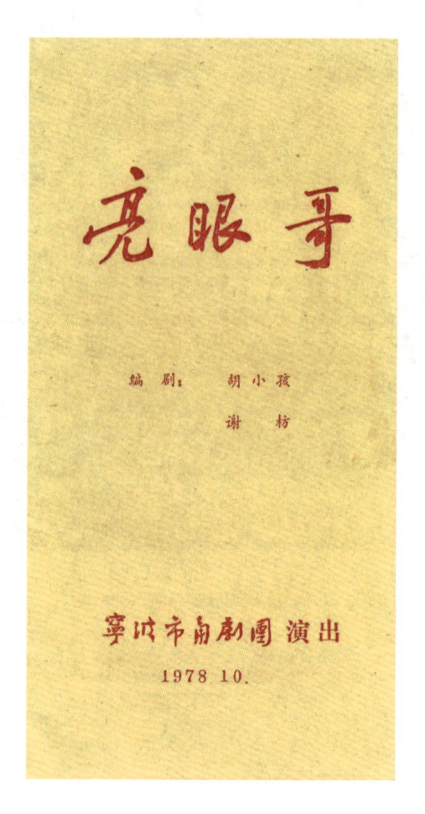

甬剧《亮眼哥》戏单

自编自导自演"草花戏"

东方日出红火火，房里厢走出我胡阿大。
自从嫁到这里媳妇做，算算年头有廿年多。
可惜夫妻难到老，老头子十年之前见阎罗。
总算得这户人家有结果，我给他生下儿子有两个。
阿大忠厚人老实，百依百顺孝敬我。
二儿子相貌好人聪明，人家叫他是呆大。

这是俞志华在其自编自导自演的草花戏《婆媳和》中反串老旦时的开场白。

"她"捏着佛珠，踩着小碎步，跷着兰花指，或怒目圆睁，或击掌撇嘴，把婆婆胡阿大的颐指气使、专横跋扈演绎得惟妙惟肖。

一嗔一笑，一怒一癫，每一个细微的褶皱里，都是戏。

《婆媳和》讲述的是婆婆因新婚儿媳曹珍珍与自己生肖相冲，对其百般虐待，直到将她驱逐出门。后来，二媳妇张银银为了使婆婆回心转意，婚后以同样的方式故意刁难，婆婆只能逃到兄弟家中。当婆婆身患重病时，在舅父家避难的大媳妇曹珍珍以德报怨，精心侍奉。婆婆深受感动，从此一家人和睦相处。

2010年8月，上海世博会期间，兰心大戏院上演《婆媳和》，上海的甬剧迷笑声不断，欢声如雷。

兰心大戏院的负责人遂特邀俞志华翌年6月赴沪，参加戏院百年庆典。

他如期而至，演毕谢幕，观众争相献花，与他合影。

作为一个男人，写戏和演戏时，如何做到精准揣摩两个女人的心思，尤其是婆媳之间微妙的关系？

俞志华挠挠头皮：

"源于生活的积累与观察。"

他在水表厂、塑料厂工作的三十多年里，虽然脱离了剧团，却从未忘记过舞台。每年至少有三个月的时间，他受邀在宁波工人文化宫等地演出。

光阴荏苒，转瞬到了退休年龄，了无牵绊的他，心里最念的还是"草花"。

在他心里，草花戏是甬剧失传的珍宝，是蒙尘的珍珠，后继无人。

"草花戏和清客戏是甬剧的两条腿，就像荤素搭配，不可或缺。只要看过草花戏的人，没有人不喜欢，可是现在没有人愿意学，就失传了。"

而甬剧就像宁波的家常菜——臭冬瓜，闻着臭，吃着香，一尝忘不了。

"臭冬瓜虽然臭名远扬，但也有人要吃，有人想念。世界船王包玉刚，重归故里，点的第一道菜，就是臭冬瓜嘛！"

"如果把臭冬瓜的'臭'拿掉，放点香肠、火腿，稀奇古怪的香料，就不是臭冬瓜了。"

"要改良臭冬瓜，不要把臭味拿掉，放点味精、老酒、麻油就好了。"

在他看来，甬剧这块臭冬瓜变了味，就是因为少了草花戏。

"我的野心很大，宁波老话讲我这种人是'黄豆汤'，我的愿望是,把甬剧的观众夺回来!"

于是,他回到家乡鄞州下应,和友人一起创办了下应甬剧团。

他认为,甬剧原本就有"清客"与"草花"两种风格,专业剧团演的剧目绝大多数是"清客"类,也就是小生戏。而"草花"风趣幽默,一个又一个喜剧包袱,能让观众从头笑到尾,不生疲倦冗长感,"草花"艺术不应该被湮没,应当传承下去。

活态传承,最大的问题是没有剧本,怎么办?

自己写!

俞志华学历不高,识字不全,却满腹戏文。他常常在公交车上打腹稿,回到家里,一边翻字典,一边把脑海里活灵活现的舞台形象记于笔尖。最快一礼拜的时间,就能写出一个草花戏。

写戏需要一气呵成,中断了再写,那股浑然天成的气就连不上了。

为了创作,俞志华连作息都变了。

夜深人静的时候总能迸发艺术灵感,也适合发挥舞台想象,于是他便深夜写作。

写戏的那几天,每天吃完晚饭,便开始睡觉,睡到晚上9点起床写作,一直写到第二天中午。

"我写剧本很快,跟专业的没法比,毕竟没什么文化。有时候灵感来了,甚至一边讲大道,一边就把一个剧本写出来了。"

这个自嘲没文化的老人,近几年来创作了《老爹泪》《乡下贵发哥》《烂冬瓜传奇》《桂珍与桂英》《连环案》《上海滩上李家门》《团圆以后》《明月村》等大型甬剧剧本,多是草花戏。

他的坚守,令蒙着历史尘埃的草花戏,得以重见天日。

早年在甬剧团摸爬滚打,熟稔舞台规律,令他毫不费力,准

甬剧《呆大烧香》戏单　　　　　　甬剧《庵堂相会》戏单

确捕捉到观众的笑点与泪点。

他写的剧本，唱词直白风趣，活灵活现，十分接地气：

> 头一个，绍兴烂眼姚可可，
> 她阿爹，撑只小船呜格吱咯摸蛳螺。
> 第二个，慈溪瘪嘴施波波，
> 她阿爹，澡堂里擦擦背烧烧火。
> 第三个，奉化麻皮封娥娥，
> 她阿爹，半夜爬起刺啊哧啊杀猪猡。

他的唱词，像一个老宁波人，从街巷里弄缓缓走来，向你讲讲大道，絮絮叨叨。鲜活俚俗，妙趣横生。

他的甬剧唱词韵脚，不同于寻常，只有地地道道的宁波人才能读出这份韵律美。

甬剧的韵辙，也不同于戏曲"十三辙"，俞志华认为，宁波话韵脚有十九个加两个半韵。

十九个韵是临清韵、同中韵、良姜韵、唐黄韵、依见韵、刁消韵、高桃韵、呜呼韵、啰唆韵、流求韵、威亏韵、兰山韵、开来韵、拉晒韵、塔色韵、朵花韵、托福韵、铁锡韵、四子韵。

那两个半韵，是儿尔韵与五鱼韵。

2018年底，宁波市甬剧研究传习中心为俞志华编撰出版《甬剧的韵脚与平仄》一书。

他把积攒了一辈子的肚里货倾囊而出，不知耗费了多少昼夜。

一代代甬剧老艺人求索吟唱的独特韵脚，在他身上传承绵延，为后世留下珍贵的史料。

淡云遮月连天白

不肯吃臭冬瓜的"沃王爷"

西门口祠堂,有一方戏台,能容纳两三百人。

戏台上,轮番上演宁波走书、木偶剧、越剧。

戏台前,是一排排毛竹椅,前排的椅子背上有一块板,板上有个放杯子的圆孔。

一毛三分钱,两小时的戏。

喝完茶,把茶杯往圆孔上一搁,喝茶、看戏,两不耽误。

5岁的男孩跟着奶奶常去那里,奶奶爱看走书,男孩爱哄热闹,哄着哄着,竟也入了迷。

戏里的王公贵族、才子佳人,是他对戏曲最初的印象。

男孩回到家,戴上一顶罗宋帽,小手捏一根棍棒,背靠镶着象牙的橱柜,站在两条长方形凳子拼接的"小舞台"上,模仿戏台上的王爷:

"我是黄鹤池赫赫有名的沃王爷!"

他稚嫩却强装威风的模样,惹得众街坊捧腹大笑,落下一个"沃王爷"的绰号。

那年头家里不富裕,饭桌上总有一盘臭冬瓜。

男孩嫌臭,不肯吃,怎么办?

奶奶有了个主意。

她忽悠他:

"你不是喜欢看戏吗?门口检票的人要闻的,如果你身上没有臭冬瓜的味道,他们就不放你进去。"

男孩害怕自己真的看不了戏，只好乖乖吃臭冬瓜拌米饭。

长大以后，这臭冬瓜的味道萦绕不散，怎么也戒不掉，犹如戏瘾。

这个男孩，就是沃幸康。

灵魂不知在哪里

少年沃幸康，每日在家吹箫，或是听收音机，八个京剧样板戏，听得倒背如流，悠然生远志。

他常把一条长木头，削成一把枪，再用墨汁涂黑，舞枪弄棒，煞有介事。

他崇拜英雄，也渴望自己能在京剧舞台上，当一回豪杰。

这样的机会，终于来了。

1972年春天，宁波市毛泽东思想文艺宣传队（简称"文宣队"）招募演员。

到了报名现场，黑压压一片，5000多个少男少女，人头攒动。

宁波每个学校的音乐老师都出动了，专门招考这帮学员。

沃幸康唱了自己最拿手的样板戏《沙家浜》：

"朝霞映在阳澄湖上，芦花放稻谷香岸柳成行……"

他原本以为自己能如愿以偿进京剧队，然而，几个月后，他收到"文宣队甬剧队"的通知书。

这个文艺小分队里，除了刚招收的学员，还有"文革"时期甬剧团解散后，散布于社会各个角落的甬剧演员：

刚从上海调到宁波的天方任编剧，汪莉珍任导演，主要演员有徐秋霞、全碧水、郭兴根、沈申儿、范亚琴、郎友增、蒋惠丽等。

那一年,与沃幸康一起进入甬剧队的学员,有石松雪、杨佳玲、陈安俐、张海丽,还有如今宁波电视台《讲大道》栏目的"王阿姨"——王坚。

第一天进甬剧队,甬剧第二代艺人郭兴根教了一段甬剧。

沃幸康听得一头雾水:

"老师,我没听懂。"

他对甬剧一窍不通,怅然若失。

甬剧与京剧发音位置完全不一样。唱甬剧,他不需要提起精气神,勒紧裤腰带,遇到高音,毫不费力就能唱上去。

他练唱找不到支撑点,绵软无力,使不上劲。

最糟的是,他已经17岁了,骨骼闭合,韧带僵硬,抬不高腿,拉不了顶。

他身形微驼,肢体语言没有光彩,是同辈学员里条件最差的一个。

老师提着他的一条腿,帮他训练耗腿,他的双手直发抖,用力过度,重重地摔在水泥地上。他怕同学们笑话,痛得满脸通红,也不敢出声。

第二天,他的腿关节肿起一个大血泡,走不了路。

中午去食堂打饭,同学们一个个飞快地擦身而过,他一瘸一拐,有苦难言。

休息日,回到家,一进门,他把头深埋于饭碗,一言不发。

爷爷不解地望着他:

"孩子,发生什么事了?是不是在外面吃亏了?"

这一问,郁积已久的泪水汹涌而出:

"爷爷，我已经怀疑自己，是不是适合吃这碗饭……"

爷爷说的一番话，他至今仍铭记于心：

"你去的时候，我们全家人都怀疑，你却很执着，非去不可。现在碰到一点困难你就退缩了。宁波人讲不要吃回汤豆腐干，你要是回来，你爷爷脸上无光。这些困难，一定要克服！"

爷爷的话支撑着他。从那以后，不管遇到什么困难，他再也没有打退堂鼓。

回去以后，他发奋练功，一天都没有离开过排练场。整天练习抢背、旋子、扫堂、圆场、蛮子、走边……

一年半以后，业务汇报演出时，那个微微驼背、四肢僵硬的年轻人蜕变了：

他嗓音清亮，自如地把腿举过头顶，让老师们眼前一亮。

三年学成毕业后，他第一次上台，在《红色旅舍》里扮演一个工作人员。

这个角色几乎没有台词，就是走到台前，举起手，跟客人们说一句"再见"。

临上台时，他的腿打颤，迈不开步子。

文宣队副队长庄天闻见状，情急之下把他推了出去，他才趔趔趄趄，到了舞台。

他的脸部颤栗，表情扭曲，手脚不听使唤，大脑一片空白。

两个字的戏，他演砸了。

他忽然明白，想要演好戏，练好基本功远远不够，舞台上的感觉，角色的塑造与拿捏，需要千锤百炼。

他有意摹仿老师们的表演，眼睛往哪个方向看，手放在哪个位置，他像一块雕花印糕板，复刻老师的动作纹理与脉络，却不知道为什么要这么做。

燃烧的火焰

　　受挫后奋发,迷惘中苦练。沃幸康终于迎来第一部挑大梁的戏——《何陈庄》,他演何文进书记。

　　那一年,他21岁,还不知如何揣摩角色。这时候,他得到一位高人指点。

　　这人是甬剧编导陈白枫。彼时的他,被打成"右派",在剧团

1977年,沃幸康在甬剧《何陈庄》中扮演何文进。从左至右:徐秋霞、陈安俐、沃幸康、汪莉珍

当仓库保管员。

陈白枫建议沃幸康,想要深入角色,应思索剖析,写人物小传,把人物的身份、文化、人物关系捋清晰,角色的质感自然就出来了。

如获密钥,旋转锁孔,初探秘笈。

他演的何书记剑眉星目,身姿挺拔,天然舞台连演40场,一票难求。

一天夜里,他起身如厕,突然昏倒在地,半个小时后,在冰冷的地上冻醒。

去医院以后,他才知因劳累过度引发胃大出血,需要住院。

"医生,怎么办?我晚上还有演出。"

"问你一句话,你要命还是要演出?"

还没回答,他再一次晕倒在地,不得不马上输血、住院,一住就是18天。

《何陈庄》遗憾停演。等他出院,天然舞台又有新戏上演,他只能临时演一些小角色。

一株小火苗,燃成熊熊烈火,必须经历烟熏火燎,也许很多时候风急势弱,只有坚持,才能一步步走向圆熟。

这是他多年后才悟出的道理。

砌墙式积淀

1978年,甬剧团从宁波地区越剧团调回一批演职人员,原来都是从事甬剧的。杨柳汀、曹定英等演员就是在那时候归队的。

这些资深甬剧演员,顺理成章地成为沃幸康的老师。

他常常坐在排练厅后排,摊开本子,拿一支笔,听导演说戏。

老师与导演在艺术上常常各执己见,会让他陷入困惑:

为什么他们能想到不同的表演方式,我怎么就想不到呢?

有一次,曹定英走进排练厅,看到沃幸康正埋头做笔记,她停下脚步:

"幸康,我想问你一个问题。我们没来的时候,你是台柱,我们来了,你成了B角,你有什么想法吗?"

"曹老师,你们在艺术上走得比我远,塑造角色比我好,我唯一的想法,就是可以从你们这些老师那里,多看,多听,多请教,为自己的艺术道路打好基础,我会渐渐成熟,慢慢走上A角的。"

"你心态特好。"

可是,究竟怎样才能达到老师们的水准呢?

苦闷之余,他想到"甬剧编剧第一人"天方。一进天方家,他开门见山:

"天方老师,我的表演为什么总是上不了台阶?"

"幸康,你求上进,你能想到这个问题,非常好。但是你很不够,你的文化不够,表演技巧不够,生活阅历不够,还要下很大的功夫。我借几本表演方面的书给你看。平常你也要多看电影和小说,这样对你的表演帮助很大。"

天方从书柜里取出《斯坦尼斯拉夫斯基全集》等书。

往后的日子,他看电影、看书,特别留心人物的心理描写。

他始终记得一位老师对他说的话:

一个演员,从群众演员,到配戏演员,再到主要演员,这样一步一步,以砌墙的方式积淀,艺术之墙不会坍塌。

渐入佳境

水墨画般的布景,凄美悲怆的剧情,入木三分的人物刻画。甬剧《典妻》将甬剧的内在神韵与美学原则发挥得淋漓尽致。

第一次读完剧本,沃幸康被"夫"这个悲剧人物深深打动。"夫"的戏份虽不多,却是全剧矛盾冲突的源头,是造成这场悲剧的导火线。

这是个有人格缺陷的角色,他赌博酗酒,懦弱无能,还把自己的妻子典当换钱,遭人唾弃。

他努力挣扎,对不公命运有自己的抗争,可到头来,却把妻儿推向万劫不复的深渊。

此前,沃幸康演的多是温润如玉的谦谦君子,要演好一个卑微懦夫,没有信手拈来的经验。

他并没有满足于手头上的剧本,而是从故事源头深究人物。

他的案头另外添置了两个文本:

柔石先生的原著《为奴隶的母亲》,二十世纪五六十年代的沪剧剧本《为奴隶的母亲》。

深入研读后,他发现,这三个版本的"夫"不尽相同:

柔石原著中的"夫"是一个农村无赖,他不仅把妻子典当出去,还亲手将自己的女儿掐死,凶残暴戾,毫无人性。

新中国成立后改编的沪剧剧本,受当时阶级斗争观念影响,把"夫"塑造为深受阶级压迫的贫农形象,删去了他酗酒赌博、掐杀女儿的情节,将悲剧源头归咎于万恶的旧社会。

剧作家罗怀臻笔下的"夫",既受当时社会环境的影响,又有其自身人格上的缺陷,不能简单地归纳为好人或坏人。他是一个活生生的人,一个真实的人。

"夫"原是一个善良的老实人,面对人吃人的现实生活,他用酒精迷醉自己,妄图通过赌博改变贫穷,却赌债累累。命运与现实的双重压迫下,他无奈地将妻子典给老秀才,由受害者变成迫害者。

哀其不幸,怒其不争。

为了更好地诠释这个角色,沃幸康设计了人物习惯性的形体动作:

站在那里,畏畏缩缩,身子往前倾,总是用手蹭围身布褴,感

沃幸康在甬剧《典妻》中扮演"夫"

觉自己的手不干净，也是内心不安的外化。

当"妻"得知"夫"用一百元大洋将自己典当给老秀才时，她绝望得想寻死。这时候，他把人物的心理挣扎，外化于紧紧的拥抱。

这不是一个简简单单的日常动作，沃幸康用"抱"这个肢体语言，告诉观众，"夫"不是无情无义的，他也爱妻子和儿子，他是个男人，也有男人的尊严与颜面，将妻子典当出去，简直颜面无存。生活所逼，迫不得已。

这个"抱"，加深了人物的悲剧力量与戏剧张力。

十五年以后，拍摄电影《典妻》时，他对"夫"有了更深切的领悟。由于过分入戏，他差点丢了性命。

最后一场，"夫"握着"妻"省下来的五块铜板，拿着酒壶，跌跌撞撞出门，摄影机只拍到这里为止。

其实，之后发生了危险的一幕：

他走出门，拐了个弯，被崎岖不平的山路绊了一脚，整个人飞了出去，身体撞到石头墙，反弹后，头撞向岩石，幸亏他及时把身子缩成一团，才免于更大的危险。

第二天，身上满是绛紫色的淤青。

用心用情

《风雨祠堂》里的程家传，是沃幸康驾驭的另一个小人物。

程家传这个人物从富家子弟沦为小商贩，一副和气生财的模样。他为此设计了一些人物动作：

两手交叠，点头哈腰。时而垂头丧气，惊惧萎靡，欲哭无泪。

沃幸康在甬剧《风雨祠堂》中扮演程家传

他演得细腻传神，抽丝剥茧，一层层暴露人物的本性。

起初，他对初恋情人，二十年后的贵妇，既有内疚恐惧，又有一丝重修旧好的奢念。最终，他看清了世态，逃遁不成，反抗无效，宽宥了一切。

人们只知他演得力透纸背，不知他背后付出的艰辛。

排戏时，他与孙丹扮演的女儿逃离时，一个戏曲大翻身，高强度的劳累，差点让他小中风。幸亏他及时抓住孙丹的袖口，不然后果不堪设想。

这部戏让他捧回"白玉兰"奖。

2008年,汪莉珍导演复排甬剧《秋海棠》,用的是上海甬剧老艺人柳中心收藏的剧本。

当年,上海堇风甬剧团演过被称为"旧上海第一悲剧"的《秋海棠》,西装旗袍戏上演鸳鸯蝴蝶派,轰动一时。

复排后的《秋海棠》,女大学生罗湘绮由王锦文扮演,少年秋海棠由虞杰扮演,沃幸康扮演的是下半场落魄失意的秋海棠。

秋海棠与罗湘绮的恋情,被军阀发现,秋海棠惨遭破相。导演汪莉珍原本的构想是:

毁容后的秋海棠,带着女儿梅宝回乡,已是面目全非,锐气全失,因此扮相要脏,以此烘托人物的悲剧性。

沃幸康提出了不同的意见:

京剧名伶程砚秋抗战时弃演务农,身披青布衣褂,脚穿黑布鞋,肩扛锄头,气质也跟普通农民不一样。长期浸淫在戏曲艺术中,举手投足都是古典唯美的气质,不管遭遇什么,都会不自觉地保持干净得体的习惯。

汪莉珍赞同了他的观点。

最后一场,女儿梅宝为治好秋海棠的病,偷偷在外卖唱,秋海棠得知后很生气,他带病上场演武生,最后死在舞台上。

人生最后的演出,秋海棠应该如何出场?

沃幸康为导演提供了两个表演方案:

第一个方案,他娴熟地跑圆场,以此展示他身上的功力,之后体力不支,死在台上。

第二个方案,他硬撑着出来,站不稳,还要做抢背、蹦子,锣鼓经一打,他口吐鲜血,摔死在舞台上。

沃幸康在甬剧《秋海棠》中扮演秋海棠

最后,汪莉珍采用了第二个方案。

彩排时,沃幸康一摔,只听"咯噔"一声,回到家,才发现右胳膊内出血,动弹不得。

第二天就是首演。

汪莉珍知道后,抱歉又心疼:

"幸康,我都忘了你是50多岁的人了,要不把这段戏减了吧?"

他不肯,仍坚持原来的表演,他在胳膊上喷了止痛药,坚持演完两场。

底下的观众,没发现什么,连汪莉珍也没看出什么破绽。

他的身体却落下永远的病根，右手始终不能抬高。

后来，他在甬剧《宁波大哥》里，手托红领巾的动作，是借助腹部的力量，才得以完成的。

"你的唱腔是不是云遮月？"

沃幸康最喜欢的角色，是甬剧《宁波大哥》中的王永强。

这是一个悲情的故事：

余姚青年王永强独自在东北治病，素昧平生的宁波知青李信良悉心照顾，两人建立了深厚的兄弟情谊。李信良不仅帮王永强康复，也让他重拾活下去的勇气。病愈后的王永强回到宁波，走上创业之路，最终成为企业家。当他回到东北，想要回报恩情，才知恩人已去世。

起初，他不知怎样才能精准诠释这个角色，真人真事搬上舞台，往往看上去很假，他必须抓到人物的精髓。

他与王永强的人物原型王国军交流，试图发掘人物特性，却数次无功而返。

他不甘心，再次找上门，与王国军攀谈。

聊着聊着，突然，王国军来了一个电话。

他接电话时，抱歉又腼腆，眯缝着眼笑，不自觉用手拍了下后脑勺。

沃幸康一个激灵。

拍后脑勺的这个动作太符合王永强的形象了，朴实、低调、憨厚，这是有别于其他企业家的特质。

他随剧组到人物原型的家乡黑龙江七台河采风。李信良的妻子带他去丈夫坟前,她随口说了一句:

"信良,他们来看你了。"

他一时情绪失控,瞬间泪流满面,一下子跪倒在坟前,哽咽得一句话也说不出来。

那一刻,他与王永强融为一体,情感共鸣。他带着这份情绪,走进戏里。

排练时,他用情太深,用嗓过度,合成彩排前,他的嗓音里有哑声。

首演五场,彩排两场,前面有七场戏等着他,嗓子却不听使唤了。怎么办?

医生只回答他:

唯一的办法,禁声半个月。

"这不可能啊!医生,你看对面的海报。"

门诊的窗户,正对着逸夫剧院,《宁波大哥》的海报高高竖起,戏票也都卖出去了。

"可以打激素吗?"他央求医生。

"打是可以打,但最多只能打5针,而且会造成两个后果——内分泌紊乱和骨质疏松,打不打?"

他不仅打了激素,还想尽一切办法,打了7针。为了达到最佳艺术效果,他豁出命了。

2011年11月,重庆。甬剧《宁波大哥》在浙江省100多部戏中脱颖而出,参加第十二届中国戏剧节。

他下半场才出场,眼神里的疲惫、彷徨、惊异、悔恨、痛苦,似有一种魔力,牢牢攫住观众的心。

甬剧《宁波大哥》剧照

大雪纷飞那一场,他在寒风中拉祭品车,逆风而行,且跪且行。

到了恩人坟前,他颤抖着双手,长跪过去,一段7分钟长的唱腔,酣畅淋漓,直抵人心,荒原祭兄,潸然泪下。

最终,沃幸康捧回第十二届中国戏剧节"优秀表演奖"。

2012年5月,杭州。中国戏曲现代戏研究会召开研讨会。

解放军艺术学院教授王敏在电梯里碰到沃幸康,她一下子认出了这位"宁波大哥":

"你的唱腔是不是'云遮月'?"

原来,王敏教授是第十二届中国戏剧节的评委之一,那天,她看了《宁波大哥》,注意到沃幸康的唱腔。

云遮月,是京剧行话。它指的是,嗓子初唱时,如痰在喉,沙哑暗暗,如同月光被云彩遮蔽,渐渐越唱越亮,如同云被风吹散,百转千回,宏亮壮阔,韵味十足。京剧名伶谭鑫培与余叔岩拥有这样的嗓音。

会上,王敏教授发言:

"沃幸康这位演员塑造的王永强,我们都被他感动,他的嗓子并不是全国男演员里最好的,但是他的唱腔饱含深情,这不是用嗓子在唱,而是用心在唱。建议甬剧《宁波大哥》中的第七场保留下来,一代代传承。"

云遮雾罩,又云开雾散,月出云中,这是沃幸康的唱腔特点,亦是他艺术人生的轨迹。

明代戏剧大师汤显祖在《宜黄县戏神清源师庙记》中,对演员提出立德修艺的要求:

一汝神,端而虚。择良师妙侣,博解其词而通领其意。

沃幸康在甬剧《守财奴》中扮演贾仁　　沃幸康在甬剧《雷雨》中扮演周朴园

动则观天地人鬼世器之变,静则思之。绝父母骨肉之累,忘寝与食。少者守精魂以修容,长者食恬淡以修声。为旦者常自作女想,为男者常欲如其人……微妙之极,乃至有闻而无声,目击而道存。

中国艺术研究院戏曲研究所所长王馗将这段话概括解读为:

戏曲演员通过严格的身心训练,让戏曲舞台生发出无限的艺术面貌,其艺术创造阶段有四个方面:第一,摹形求真;第二,融技演艺;第三,化心为境;第四,取意进道。

沃幸康的甬剧人生,仿佛是为这段话所作的长长的注解。

他从最初的摹形求真,体验舞台质感,到后来融技演艺,通过唱、念、做、舞、表,呈现舞台艺术的美感,再到化心为境,将内心世界与角色交融,铸就舞台的艺术境界,最终取意进道,实现驾驭舞台的艺术之道。

那一列错过的火车

绝食抗争

1970年,宁波地区京剧训练班招考面试。

一个12岁的女孩,身着母亲穿旧的军装,纤细的腰上扎着皮带,英姿飒爽,眼眸如星,歌声嘹亮。

底下有个招考老师,是越剧演员出身,当过京剧班老师,后来成为戏曲舞台艺术摄影师的应佩佩。她不禁从心底感慨:

"嗓子是真好啊!"

女孩从小跟着从山东南下的父母,住在部队大院里,过着几乎与世隔绝的生活。

部队大院没有烟火气,饮食起居不必生火起灶。吃饭在食堂,打水在锅炉房,浣洗衣裳在盥洗室。

但天赋好嗓的她,仍然向往外面的世界。

几日后,录取通知书送来,消息传遍了整个部队大院:

"陈安俐被录取啦!"

母亲坚决不同意:

"部队子弟就该去当兵!"

母亲态度坚决,她也只能作罢。但她心心念念,怀揣着一个文艺梦。

一个考上京剧训练班的女孩,每次回家都经过她家门口。

有一天,那个女孩穿着一身京训班刚发的军装,那是一身特制的军装,英姿焕发,煞是好看。

且是量体裁衣,全然不像她身上那件又旧又肥的军装。

她倚在门前，艳羡地望着那个穿军装的女孩一步一步走过，一种巨大的蛊惑力，吸引着她。

1972年，宁波市毛泽东思想文艺宣传队（简称"文宣队"）招生。正在读初二的她，听说文宣队是唱歌跳舞的地方，心潮腾涌，瞒着母亲，偷偷报了名。

复试在民乐剧场，应试的人坐满了整个剧场。

决试后，她留了下来，还有王坚、杨佳玲、沃幸康、张海丽、宋敏莉、丁爱民、王佰红等学员，加上乐队学员一共十一人。

通知书又来了，母亲还是坚决不答应：

"不会让你去的！要去也要去部队文工团！"

可是这一次，她铁了心要去。

怎样才能使母亲同意呢？

她想到一个狠招——绝食！

她白天不吃，晚上不睡，呆呆地坐着，无声地抗争。

这样过了三天，母亲的朋友看不下去，上门劝慰：

"她这么喜欢，让她去吧！"

母亲这才勉强松了口：

"你要去……你去好了。"

话虽如此，却没给她户口簿，没有户口簿，就办不了手续。母亲料定她待不了多久就要回家。

她记得很清楚，那天是1972年4月12日，学员们在宁波市政府大院集合。

别人都有大人喜笑颜开地陪着，耳畔是千叮咛万嘱咐，行囊也是鼓鼓的，包里是铺盖、痰盂、热水瓶等生活用品。

她孤身一人，清清冷冷，只有一条部队用的黄被子，一只掉

甬剧《双玉蝉》剧照。沃幸康扮演沈梦霞,陈安俐扮演曹芳儿

了漆的脸盆。

就这样，循着心中的憧憬与热望，她踌躇满志地进了文艺队伍。

初闻甬剧

文宣队的团部在如今的宁波图书馆老馆。

大礼堂是宁波市京剧团演员练功的地方。

木匠间是文宣队练功的地方。四处散落着做布景的材料，好不容易腾出一个空间，可以练唱和走圆场。

文宣队不仅教唱歌、跳舞，还教曲艺和甬剧。

有一天，甬剧艺人徐秋霞走进阴暗潮湿的木匠间，教学员们甬剧唱腔。

她一边以手击腿打节奏，一边唱《拔兰花》：

"东方日出照窗外，房里厢静坐我王凤霞。清早落起来呒啥做，倒不如我在绣房撩鬓梳妆要插兰花……"

陈安俐坐于长凳上，听得云里雾里，与旁边的同学面面相觑。

彼时的陈安俐，还不会说宁波话，她一个字也听不懂，只觉得甬剧旋律寡淡，乡土气息浓，不愿意学。

那个学甬剧唱腔的午后，她昏昏欲睡，差点没从长凳上摔下来。

文宣队上演的第一出戏，是甬剧小戏《鱼水亭》。省里调演时，庄天闻团长有意培养青年演员，让陈安俐演小红。

可是少女陈安俐，注意力不集中，排戏时，被汪莉珍导演发现：

"我跟你讲戏，你眼睛在看哪呢？"

陈安俐是北方人，宁波话也讲得别扭，汪莉珍费了很大的劲，

甬剧团赴慈城云湖公社演出。第一排左三为陈安俐

才把她的念白矫正到位。

"安俐,你是条件最好的,你最聪明,学得也最快,但快而不精。"这是汪莉珍对少女陈安俐的评价。

"你是一块玉,但没有好好雕琢。"

众人都这么说她。

她明白自己状态不佳的缘故。她满心期待自己到了文宣队,能高歌一曲,愈激昂愈好,愈高亢愈好,绕梁遏云,响彻云霄。

可是整日只能闷着嗓子唱甬剧,旋律一直下沉下沉,直低到嗓子眼儿。

梦想与现实的差距,是那样大。她有些失落,甚至怀疑自己当初与母亲绝食对抗的意义。

进文宣队大半年了,母亲都没来看过她。

有一天晚上,母亲突然来了,还带了一个人来。

火车开走了

母亲第一次来看她,还是在晚上,这令她十分吃惊。

她不解地看着母亲身边的人:

"妈妈,这么晚了,有什么事吗?"

"出来跟你说。"

她跟着母亲走出宿舍,才知道母亲的心结还未解。

另一个人是母亲的同事。原来,武汉军区空政文工团到宁波招生,母亲的同事推荐了陈安俐。母亲一听是"文工团",不管多远,都想让女儿去试试。

母亲把她带到镇明路上的解放军招待所,那里还有三位老师等在房间里。

在那个小小的招待所里,进行了一场面试。

"会唱歌吗?唱几句听听。"

她唱了《北风吹》:

"北风那个吹,雪花那个飘,雪花那个飘飘,年来到……"

窗外北风呼号,歌声清澈应景,老师们频频点头。

"会跳舞吗?"

她跳了一曲当时正时兴的《洗衣歌》。

腰肢曼妙,灵动俏皮。

她当即被录取。

可是,文宣队的副队长庄天闻不同意:

"我们好不容易招来的,你们不能挖走。"

母亲见她有些犹豫:

"你是小孩,什么都不要,走好啦!你户口簿都还在我这里呢!"

母亲下了最后通牒:

"明天下午三点钟,火车站,直接去武汉。"

然而那天晚上,天然舞台就要上演《鱼水亭》,陈安俐扮演小红。票子早已一抢而空,人们都争相一睹文宣队青年演员的青春风姿。

"我走了,戏怎么办?"

当时的她,脑海里只有这样一个简单的念头。

她没有走,老老实实地演完了小红,错过了那列开往空政文工团的火车。

文宣队,后来衍化成甬剧队,再后来将已改唱越剧的杨柳汀、

甬剧《鱼水亭》剧照。右一为陈安俐扮演的小红

曹定英等人召集回来,重新组建了甬剧团。

这时的甬剧团,名演员济济一堂,年轻演员只能跑龙套,很多青年演员陆续离开。

陈安俐也曾打退堂鼓。

当时的团长江梦飞,风趣地挽留她:

"你想去'抓癞蛳(即癞蛤蟆)',还是'半身照'"?

她一头雾水。

江团长接着解释:

"从我们团里出去的人,主要去人民电影院和新华书店。人民电影院的工作人员,总是在漆黑一片时,拿手电筒打光,帮观众找座位,像不像夜间出动抓癞蛳?新华书店的工作人员,在高高的柜台后面站着,一眼望过去,是不是像一张半身照?"

她彻底被江团长逗乐,改行的念头也就此搁浅。

母鸡喂小鸡

她渐渐明白,人生没有白走的路,每一次都算数。一次无心的举动,常会带来意想不到的结果。

她曾在《啼笑因缘》中,演关秀姑 B 角,A 角是王坚。没有排演时,她就站在侧幕边看演员们排练和演出。

她是真心觉得这部戏好看,杨柳汀、沃幸康的樊家树,石松雪、杨佳玲的沈凤喜,王利棠的沈三弦,人物有戏,剧情跌宕。

看到趣味横生处,她也跟着捧腹大笑;看到撕心裂肺处,她也跟着肝肠寸断。

汪莉珍是演员出身的导演,她的导演风格,犹如母鸡喂小鸡,恨不得掰开揉碎了,一口一口喂。

多年后,陈安俐才明白那是多么珍贵的学习经历。

有一次排演《啼笑因缘》第二场,樊家树第一次去沈凤喜家。沈母拿出一只杯子,欲斟茶给他,沈凤喜这时有一连串舞台动作:

她一把夺过那只杯子,羞涩地背过身去,从腰间抽出绢帕,细细擦拭,再交给母亲,母女对视,一望之际,心事了然。

这个细节,被汪莉珍导演视作表演的"潜台词"。这是原著中没有的细节,是导演的二度创作。

潜藏于戏剧动作背后的,是微妙的心理活动:

沈凤喜自知是卖唱的底层老百姓,在她心里,樊家树是高贵

陈安俐在甬剧《啼笑因缘》中扮演关秀姑

陈安俐在甬剧《啼笑因缘》中扮演沈凤喜

的大学生,她怕杯子不够干净,玷污了他的身份,也怕他看到自己不堪的生活环境。这些细节里,蕴藏了不可言说的少女心事。

许多年以后,陈安俐问那些青年演员,知道这一系列动作背后的涵义吗?他们都说不出所以然,只是机械地重复老师教的动作。

这时的她,才恍然怀念当年母鸡喂小鸡的导演方式。

《啼笑因缘》去鄞州五乡演出时,扮演沈凤喜的Ａ角和Ｂ角都病倒了,可是戏票早已卖光,距离开演只有两天。

怎么办?

领导找到陈安俐,希望她能顶上沈凤喜的角色。

她想也没想,一口答应下来。

整整两天,夜以继日地背唱腔和台词,终于把这块硬骨头啃下来,奇迹般地完成了这个不可能的任务。

侧幕边一遍遍看戏,不经意间让她做足了功课。

无心插柳

演绎那种正直豪爽、幽默仗义、爱管闲事的热心大妈,陈安俐得心应手,游刃有余。

《好母亲》中的坏母亲,《秀才的婚事》里的沈菲菲,甬剧情景剧《药行街》中的百搭嫂,《四明人家》里的邱隘嫂……

她演的这类色彩人物,让人啼笑皆非,过目不忘。

有一次去菜市场,卖菜大妈认出了她,拽着她的胳膊不松手:

"百搭嫂侬来了啊?给我看看,侬真的是百搭嫂吗?"

这番功力,追根溯源,要从那一年去杭州滑稽剧团演戏讲起。

陈安俐在甬剧情景剧《四明人家》中扮演了阿嫂

陈安俐在甬剧《甬港往事》中的扮相

那一年,陈安俐刚生完孩子,剧团僧多粥少,一个角色有A、B、C、D角,青年演员几乎演不上戏,她便在家安心带孩子。

当时,编剧王信厚写了一部戏《马马虎虎》。杭州滑稽剧团看到剧本后,认为可以改编成滑稽戏,便赴宁波观摩。

看完戏,他们欲借调女主角杨佳玲。

王信厚不同意:

"那是不可能的,戏还要演,怎能少了女主角?有个演员在家里带孩子,她们是一批的,你们可以看看。"

陈安俐就这样被借调到杭州,演滑稽戏《马马虎虎》中的房盼盼。

可是撇下一岁大的孩子,独自到人生地不熟的地方,从事新的艺术行当,谈何容易?

滑稽戏与甬剧的表演方式完全不同,表情与肢体语言夸张戏谑,甚至荒谬。

它还要求演员临场发挥能力强,口齿伶俐,反应敏捷,注重"丢包袱",讲究节奏感。"包袱"在某个点扔出去才有笑声,差之毫厘,失之千里。

起初,她演什么都像戏曲,就是不像滑稽戏。后来,她不断调整表演方式,直到获得观众的笑声。

她辛苦往返于宁波、杭州两地,虽是舟车劳顿,苦不堪言,但也因此汲取了滑稽戏的养分,滋养了她日后的甬剧表演。

"一个可悲的女人"

"我是一个开窍很晚的人,真正让我明白怎样演戏,是从甬剧《典妻》演'大娘'开始的。"

排练场上,曹其敬导演总是对她说:

"你演戏太熟了!"

她一直不明白,"太熟了"是什么意思,只是隐隐知晓,那不是褒奖。

后来她才知道,曹导的意思是她的表演太像背书,只是照搬剧本,没有细节处理,更没有人物思考的过程。

甬剧《典妻》剧照。从左至右:杨柳汀、陈安俐、王锦文

日常排练之余，恩师钟爱凤为她"开小灶"，使她的表演有了质的飞跃。

钟老师没日没夜地为她辅导，每一场，每一句话，每一个表情地抠。

过去，她演戏像走过场，讲完台词，立马转身，没有情动，更没有心动。

应佩佩也曾举着相机，无奈地摇头：

"你的剧照很难抓，因为你的眼睛里没有光。"

是钟老师教会她，哪里眼波流转，哪里稍作停顿，这些细节，使人物生辉。

她内心其实很忐忑，当时的她，年过不惑，此前从未演过这一路角色，环顾自身，形体单薄，撑不起"大娘"的富贵气场。

周围也有一些疑虑的声音：

"她演反派还行，演'大娘'，感觉压不住。"

有一次，曹导径直走向她，俯身叮嘱：

"安俐，你不要把她演得太凶，不要演成坏人，你要知道，她也是女人，是一个可悲的女人。"

她忽然明白，曹导是懂她的不安的，还为她开了解药。

舞台如战场，她反复揣摩，把曹导的话一字一句刻于心间，演绎了一个旧社会的悲剧人物。

"大娘"不会生养，被逼无奈只能同意丈夫典另一个女人，替她传宗接代，她痛苦隐忍却无处可诉，她嫉妒不甘却无可奈何，因此造成了严重的心理扭曲。

第二场是"大娘"内心戏最多的一场戏。"大娘"与"妻"初相见，她的情绪反复无常，一会儿温和，一会儿暴躁，其实是人物

陈安俐在甬剧《借妻》中扮演沈赛花　　陈安俐在甬剧《玉珠串》中扮演皇后

心理纠葛矛盾的外化。

当"妻"进门的一瞬间,"大娘"见她青春貌美,蓦地照见自身的年华凋谢。她故意柔声柔调地问"怎么哭了"。

"妻"勉强挤出笑容时,"大娘"感到愤怒,觉得"妻"嘲笑自己不能生养,所以她一下子把念白的声音提高,用肢体语言一步一步把"妻"逼到角落。

看到"妻"在自己的威逼下,柔弱无助、胆战心惊的样子,她突然放声大笑,表达此刻感觉到自己已然胜利的快感。

"大娘"离开屋内时,"妻"说了一句"送大娘","大娘"的心里又发生了震荡,她停下脚步,失落感袭来:

"我就这么把房间、床和男人都让给她了吗?"

她在这里用了一个急转身,回头死死地盯住她,用急切的台步走到床前,不甘心地拿起包袱,冲到台前,弓起身子,表达出痛苦又无奈的心绪,把"大娘"的内心波动淋漓尽致地呈现于观众面前。

她演的"大娘",受到了评委专家的一致好评——"眼里有戏",荣获2003年中国戏剧节的"表演奖"。

"我今天艺术上有这样的成绩,感恩曹其敬导演,感恩所有教过我的老师,最感恩的人是钟爱凤老师!"

回望艺术人生,她突然发现,自己错过了很多机会,但一路兜兜转转,始终没有离开过甬剧,这也许就是命中注定的缘分。

人生在世,也许会错过一列又一列火车,但在某一时刻,你会踏上恰好驶来的那班,带你开往理想的彼岸。

此心安处是甬剧

苍茫大地，雾雨蒙蒙。

浙东宁静的村落里，断壁残垣斑驳。

弱草纤纤，从石板缝里拼了命地挣出头来。

溪水琤玪，流淌在屋前宅后。

身着麻布粗衣的"妻"，戴着草编斗笠，半跪于河畔，举着打衣棒，浣洗衣裳。

这是甬剧《典妻》的开场。

甬剧《典妻》，是甬剧当代领军人物、"梅花奖""文华奖""白玉兰奖"得主王锦文的成名作、代表作。这部戏不仅成就了她的事业巅峰，也让甬剧这个地方小剧种凤凰涅槃。

当今，她的名字，几乎成了甬剧的代名词。

如同茅威涛之于越剧，茅善玉之于沪剧，王锦文之于甬剧，就是风雨飘摇中的一树芳华。

甬剧在低谷中的每一次华丽转身，都有她柔婉却坚定的身影。

她是《典妻》中那个身着对襟布衫、柔弱善良的"妻"，是《半把剪刀》里美丽凄苦、坚贞不屈的金娥，是《风雨祠堂》里受尽屈辱、一心复仇的贵妇，是《安娣》中清丽沧桑的风尘女子安娣，是《雷雨》里敢爱敢恨、忧郁热烈的繁漪，是《甬港往事》中风雨压不垮的"女船王"，是《暖城》里境遇凄惨却自强不息的打工妹梁秋莲，是《众家姆妈》中保护革命儿女的伟大母亲……

她的艺术人生，恰逢改革开放的四十年，也是甬剧发展跌宕起伏的四十年。

甬剧《典妻》剧照

甬剧《风雨祠堂》中的贵妇

甬剧《安娣》中的安娣

甬剧《甬港往事》中的郑李文续

甬剧《暖城》中的梁秋莲

她是温婉娇丽的，也是坚定执着的。回想四十余年的甬剧生涯，太多辛酸与欣慰。说到动情处，她美丽的大眼睛瞬间涌起一层水雾，扑簌簌地掉落一颗颗泪来，悄无声息地汇成一条淙淙的河。

那条河里，摇曳着她对甬剧的一往情深。

家人闲坐，灯火可亲

杭州闲林镇。一个白皙娇小的女孩，走在长长的石子路上，去镇上读小学。

乡野男孩，三三两两，不知从什么地方冒出来，拿小石子打她，逗她。

石子硌得她脚底疼，急切切，想快步走，又走不快。

上课时，有人用弹弓打她。

一阵阵，隐隐疼，她不敢回头。

下课的十分钟，漫长难耐，几个调皮的男生一屁股坐到她桌上，嬉嬉笑笑，望着她。

她吓得躲进厕所，上课铃一响，才从厕所逃回教室。

她不敢上学，母亲想陪她，却总是抽不出空。

她的母亲是宁波人，毕业于浙江大学，父亲是河北唐山人，毕业于北京地质大学。

一个南方人，一个北方人，毕业后都分配到浙江，在省化工地质大队工作。

地质队流动性很强，也很艰苦，常年奔走于全省各地，到了一个地方，扎营下来，有时露营野宿，有时住在农民家。

父母一共有三个子女——两个女儿，一个儿子。姐姐和弟弟养在外婆家，她是二女儿，小时候跟父母在一起的时光最长。

她跟着父母四处流转，光小学就换了五所学校。

暮色四合，彤云向晚。是她最盼望的时光。

家的夜晚，是三盏台灯。父亲一盏，母亲一盏，她一盏，三个人一起在台灯下看书，温暖静谧。

看书的习惯，陪伴了她一生。

无论多忙，她都会找时间坐下来，看一本书。舞台上那颗不安分的心，扑腾蛰伏进书页，倏忽平静下来。这是后话。

父母希望成绩优异的女儿，能考上大学，找一份安稳的工作。

少女时代的王锦文

为了安心考学，1978年，她回到家乡宁波，读初三。

她寄住于外公家。外公家在张苍水故居内，俗称"张家墙门"。她的外公张惠敏，是张苍水的第十八代孙。

转学第一天，邻班的几位女生趴在窗户外，窃窃私语，指指戳戳，仿佛看一尊玻璃橱里的摆件：

"听说这个班刚转来一个新同学，长得很好看，名字叫王锦文。"

这时她才朦胧意识到，自己是长得美的，而那些童年的烦恼，也源于此。

如粉荷弄紫露，亭亭玉立，暗香浮动，美而不自知。

灼灼璞玉，静世芳华

与甬剧的缘分，好像是从四十多年前，那张招生简章开始的。

1979年冬天，一张"甬剧艺训班招生简章"贴在宁波五中（现效实中学）门口。

正在读高一的王锦文，被同学拽着：

"你陪我去考吧。"

那时的王锦文，还不知甬剧是什么，甚至还说不好宁波话。

那次招生，几千人报名，竞争18个名额。那场面，令她惊叹。

那是文艺刚解禁的年代，艺训班的招考，让许多涌动着艺术梦的少男少女看到了希望。

她的眼眸，慧黠灵动，望着周围一张张热切的脸。

主考官沈瑞龙忽然发现了这个大眼睛的小姑娘：

"你怎么不报名？"

"我是来陪同学考试的。"

"唱一首歌,给我听听。"

毫无准备的她,唱了一首当时的流行歌曲:

"亚洲的健儿聚北京,洁白的羽毛寄深情……"

这首信手拈来的歌,一直唱到决赛。

富有戏剧性的是,她的同学落榜了,她却被录取了。

拿到录取通知书,她傻了眼,不知该怎样跟家人开口。

她战战兢兢地把消息告诉外公。外公是个甬剧迷,可是去甬剧艺训班,意味着要放弃考大学,事关重大,他也做不了主。

父母闻讯赶来,开了一场家庭会议。

父亲坚决反对女儿唱甬剧。

沈瑞龙实在觉得她是块唱甬剧的璞玉,几次三番上门,说服痴爱甬剧的外公,这才把全家人都说动。

凭着对表演朦胧的憧憬与向往,15岁的王锦文做出人生第一个重要决定:

"我会带课本去艺训班,给我一个星期试一下,如果不行我就回去上课,不会影响功课的。"

这一试,就是一辈子。

暗自发奋,厚积薄发

王锦文后来常常回想,在她踏入艺训班的那一刻,似乎冥冥之中有一种力量,牵引着她,让她无怨无悔地奔赴甬剧。

初到艺训班,是前所未有的新鲜。

少女们住在一起，高低铺爬上爬下，每天唱啊跳啊，咿咿呀呀，喧闹欢乐。

年龄最大的她，被老师任命为班长。

从小居无定所的她，第一次感受到集体生活的温暖与有趣。

渐渐地，她才觉出学艺的苦楚。老师掰腿时，很多同学痛得哇哇直叫。

她也痛得钻心，可身为班长，只能忍着，任泪水在眼眶里盘旋，躲到暗处，偷偷拭干。

她明白，她年纪比同学大，压腿拉筋难度也更大，只能付出更多。每天凌晨，她提前一个小时就到练功场，晚上也是最后一个走。

甬剧艺训班学员在上身段课。前排右一为王锦文

教他们的，是后来载入甬剧史册的名家——徐凤仙、范素琴、金玉兰、徐秋霞、陈月琴、邵孝衍……

好铁需要重锤敲。最努力的她，被徐凤仙领进门学戏。

她在徐凤仙家里学了近一个月，徐老师专门为她设计了甬剧唱腔，她熟记于心，如获至珍。那些天，她不仅学到了诸多唱腔技巧，还感受到徐老师对青年演员的殷切期待。

时光不负，来年成荫。她第一次登台演出《杨淑英告状》，参加浙江省戏曲"小百花"会演，就捧回了艺术生涯的第一个奖——小百花奖。

那是1982年，她17岁。

那时的甬剧，无限风光。走在路上，穿着印有"甬剧艺训班"的练功服，总会引来路人艳羡的目光：

"哎呀，她是唱甬剧的呢。"

1984年，她从艺训班毕业，正式成为宁波市甬剧团的演员。

进入剧团的第一天，她为自己立下一个目标：

"我要站在舞台中间演主角。"

可是谈何容易。当时，甬剧团有一批当红名角：曹定英、石松雪、杨佳玲……由他们主演的《天要落雨娘要嫁》《半把剪刀》《秀才的婚事》深入人心，频频在全国获奖。

进剧团五年，她仍然只能演配角，跑龙套，作幕后伴唱。

25岁的她，生出焦虑：

如果一直这样，何必当初忤逆父母，受这样多的苦？

她想到转行。

她跑去找团长，团长不同意：

"你转行非常可惜。"

乐 队

指 挥	王根棠
主 胡（兼唢呐）	李争鸣
二 胡（兼高胡、板胡）	邬向东
琵 琶（兼小锣）	陆静波
扬 琴（兼金铰）	李灵芝
箫、笛、阮（兼大锣）	罗 兵
三 弦（兼笙）	陈祖蕾
中 胡	赵维扬
大提琴	汪兴太
军鼓、小打击	汪 浩

※ ※ ※

演出职员表

木工制作	英国定
灯光、扩音	励成龙 薄芳波等
字 幕	潘忆陵 陈乐儿
服装管理	徐秋霞 陈海燕 丁咏梓
化妆、梳头	李发徽 张慧 王贝
道具管理	赵英 周一庭
枪声、效果	张剑蛱 施骏文

※ ※ ※

场 序

第一场：三十年代初期，初夏的一个傍晚。
　　　　绿岛市郊海边，唐明显花地。
第二场：前场二天后的下午，临海公园一角。
第三场：前场当晚，兰花舞厅。
第四场：前场数小时后，许欣家客厅。
第五场：前场当晚，海边一僻静处。
第六场：前场次日下午，孙大章家客厅。
第七场：前场当晚，兰花酒店。
第八场：紧接前场，孙大章家客厅。
第九场：紧接前场，海边。

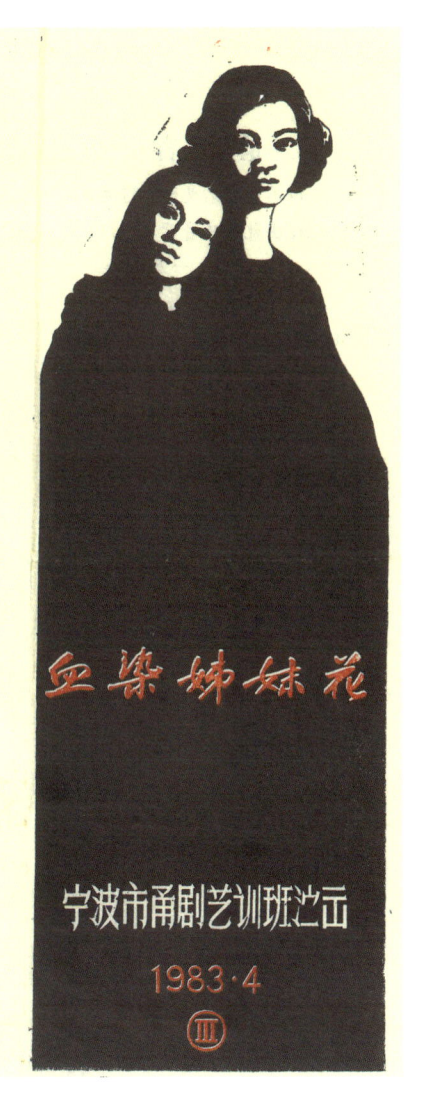

甬剧《血染姐妹花》戏单

徐秋霞辅导王锦文唱腔

她又去找当年发掘她又说服她全家的恩师沈瑞龙。

"有的东西不可以急于求成,我们过去都是一点一点来。哪个人不是从跑龙套开始的?"

恩师的一番话,遏制了她转行的念头。她暗自发奋,等待厚积薄发。

没有排练时,她仍然每天坐在排练场里,用心揣摩老师们的台词、唱腔、角色塑造。

一有空闲,她便安静读书,自学文化知识。她早早地明白,演员起初拼的是技艺,最终拼的是文化和修养。

1989年,甬剧《爱情十字架》准备赴京参加第二届中国戏剧节。出发前几天,女主演身体抱恙,团长想到让她顶戏。

每一部戏都滚瓜烂熟的她,花了五天时间,硬是把女主角的戏份全演了下来。

尽管到正式演出的时候,原来的女主演身体恢复,王锦文仍然只是幕后独唱,但她的独唱,泣声如咽,声情并茂,感动了观众,也感动了评委。

评委会专门为她设立了"幕后演唱奖",这是前所未有的荣誉。

有个评委很好奇,特意去幕后,看看这个唱得如此动情的女孩究竟长什么样:

"不仅唱得好,形象也好,这么漂亮的小姑娘可以到前台演出嘛!"

这件事引起整个剧团的注意,他们发现,原来她就是那个默默坐在排练场一侧,素净淡雅的小姑娘。

1991年,王锦文终于盼来了演主角的那天。

她在《阿寿哥》里扮演一个在中国留学的日本女孩,与她演对手戏的是卓胜祖。

与前辈老师演情侣,起初她有些不适应,但她最终克服羞赧,投入角色,在浙江省现代戏会演中,获得青年演员一等奖。

玉兰花开,圣洁高雅

1995年,王锦文在甬剧现代戏《隔壁邻舍》中扮演盲女亮亮。这是一个配角,但她被这个人物深深打动。

为了演绎好这个角色,她特意跑到盲人福利厂体验生活;甬剧团的老琴师邵孝衍,也是一位盲人,她细细观察他的一言一行,与他交流,感受盲人丰富的内心世界。

有一次,她送邵老师回宿舍,进门之后,很自然地为他打开灯:"邵老师,我把灯打开了哦,里面太黑了。"

说完这句话,她蓦然意识到,对盲人来说,光亮没有任何意义。

她忽然感受到,眼前永远漆黑一片,是怎样的光景。

1996年春天,她因盲女"亮亮",获得第七届上海白玉兰戏剧表演艺术奖配角奖。

这是她第一次获得这项至高的荣誉。这对一个年轻的戏曲演员来说,是一种莫大的肯定与鼓励。

那一年,她31岁。

那次颁奖典礼上,她见到了评委会主任袁雪芬。袁雪芬在舞台上是风华绝代的艺术家,但一卸下戏服,抹去油彩,就亲切得如同街坊里弄的老太太,朴实无华,平易近人。在王锦文心中,白玉兰奖就像袁雪芬的艺术品格与人格魅力——纯洁、公正、权威。

那天，她还遇到许多戏曲前辈，他们在舞台上风采斐然，技艺精湛，生活中却谦逊好学，孜孜不倦地汲取百家之长。

颁奖典礼之后，著名剧作家罗怀臻为获奖者们作了一场讲座。她有幸结识了他，为日后创排甬剧《典妻》埋下伏笔。

这次白玉兰之行，深深地影响了她。

她终于理解，什么是艺无止境。她不再囿于甬剧舞台的方寸之地，深刻感受到中国传统戏曲的宏阔与博大，也让她突然意识到自己的渺小与浅薄。

她忽然萌生了继续学习进修的念头。

那年下半年，她再一次来到白玉兰的家乡——上海，进入上海戏剧学院导演系进修。

她选择导演系，是为了以导演的视角看待舞台与表演，她想成为一名有思想的演员。

那两年，成为她戏剧艺术生涯的转折点。她淡出舞台，潜心学习，拓宽视野，努力构建艺术理念。

再回到甬剧团，她脑海里装着在上海看过的许多好戏、系统的戏剧理论知识、最前沿的戏剧理念，还有满腔的斗志与激情。

然而，彼时甬剧的境况却大不如前。

二十世纪九十年代，娱乐方式日益丰富，甬剧从城市大剧院，退守到乡间露天舞台，甬剧观众也渐渐老龄化。

有一年冬天，甬剧团在一个露天广场演出。

空旷的郊野，孤零零的舞台，狂风吹过，临时搭建的台面，摇摇欲坠。

王锦文的手冻僵了，难以开嗓，戏服单薄，身子止不住颤栗。

她第一次感到甬剧，如寒风一般清冷凋敝。

当年一起走进甬剧艺训班的18位学员,大多选择了转行。

走在路上,大家都不敢说自己是甬剧团的,怕人家笑话:

"咦,甬剧还在演吗?"

"甬剧团还在吗?"

2000年,她受命于危难之际,担起甬剧团团长的重任。角色的转换,也把她推到甬剧生死攸关的风口浪尖上。

上任后的第一次剧团大会,她的发言振聋发聩:

"解放思想,凝聚人心,重塑甬剧团新形象。留住老观众,培养新观众。"

甬剧《美丽老师》剧照

剧团经费拮据，团里几个重病演员，医疗费亟待报销。她人小胆大，单枪匹马跑到市政府和文化局，请领导们帮助解决。

有一位领导看到她因操劳愈发单薄的身躯，心中不忍：

"锦文啊，你那么小的人，要担起这么重的担子啊！"

最艰难的时候，发不出年终奖，她与剧团领导班子一起，掏出自己的钱，让演员们过个好年。

眼看甬剧低迷，她整宿整宿睡不着觉，不甘心甬剧从此一蹶不振。她没有放弃，依旧努力寻找最契合甬剧气质的作品。

静待幽香，红梅绽开

甬剧最低谷时，有一部戏被赋予拯救一个剧种的使命，这让每一个甬剧人都为之付出心血。

2001年，一个机遇悄悄降临。

她邀请罗怀臻改编柔石的小说《为奴隶的母亲》。

罗怀臻请来国内戏剧界最顶级的班子：

著名戏曲导演曹其敬担任导演，著名舞台美术家周本义担任舞美设计，著名戏曲作曲家汝金山担任音乐设计，著名甬剧作曲家戴纬担任唱腔设计，国家话剧院一级灯光设计师邢辛担任灯光设计，上海京剧院一级服装设计孙耀生担任服装设计，陕西省歌舞剧院一级舞蹈编导孙大西担任形体设计，上海京剧院著名服装化妆造型设计师戴修玲担任化妆设计。

国家级的二度创作团队，为小剧种拓宽艺术视野，接续时代命脉。

王锦文在甬剧《筑梦》中扮演姚梦欣　　　　　王锦文在甬剧《风雨祠堂》中扮演贵妇

创排甬剧《典妻》期间，作为团长和主演的王锦文也听到许多不同的声音。

有人甚至当头一盆冷水：

"你救不回甬剧的，这是很难的，现在谁还在看戏？甬剧进博物馆就好了。"

不服输的她，暗自较劲，带领团队拧成一股绳，为甬剧背水一战。

成功，甬剧的未来会更好；失败，甬剧只能听天由命。

甬剧《典妻》外请的主创团队也在这股精神感召下，全身心地投入创作。

他们似因某种旨意，被召集到江南一隅，悬壶济世，拯救一个濒临灭绝的小剧种，肩上担负挽救戏曲危机的责任感与使命感。

主创团队潜下心来，六赴宁海采风，许家山、天河景区、前童古村、柔石故居……

斜阳依依，溪水潺潺，芳草萋萋，苍苔满地，为主创人员接通戏剧人物命运和生活底蕴的脉络。

尤其是弱草和青苔，虽不断遭人践踏，仍顽强地在石板缝中生存，为作品提供了绝佳的舞台语汇。

这些小草，正如甬剧，不起眼，却坚毅生长。

排练时，曹其敬导演常说：

"舞台是个非常神圣的殿堂，你们走上舞台也要把脚底擦干净。"

每个人都怀着敬畏之心，拼尽全力。最拼命的，当属王锦文。

为了更好地诠释戏曲的唯美，她在孙大西的指导下，练了整整三个月的民族舞。

当时排练《典妻》，还是乍暖还寒的春天。她却每天练得汗流浃背，一天汗湿两套衣服。

排练结束后，她还留在排练场，直到深夜。

母亲劝她不要那么辛苦，可她不听，仍然连轴转地练习，从清晨到半夜。

她知道，她是全团的一根弦，只要她一松下来，弦松弓废，人心就散了，她不能辜负陪着她的乐队、专家和演员们。

为了使这个角色能在舞台上更出彩，个子娇小的王锦文，穿上厚底戏曲鞋，在坡状的舞台上苦练。

那段日子，她的趾甲缝里都是淤血。排练演出期间，她的大脚指盖脱落了两次，鲜血直流。

可是人在戏中，一切伤痛，似乎都消解了。

《典妻》第五场——《回家路上》，整场戏主要是她一个人表演。

她用戏曲舞蹈化的语言，展现上轿、坐轿、下轿；配合两束光影，与两个"孩子"嬉戏；她以手遮雨，穿过溪涧，爬过山坡，奔跑回家……

这是"妻"全部生命力的绽放，她满怀期待回家，整部戏的悲剧高潮随之涌来。

这场戏，颇费体力，每每演完，总会汗湿几层衣服，但观众只看到，舞台上的戏剧节奏，气韵贯通，收放自如。这都是苦练后的一气呵成。

苦心人，天不负。

这部戏，几乎囊括了国内所有的戏剧大奖，同时被专家誉为"小剧种，大转型，一次性完成了地方剧种由乡镇文化向都市文化甬剧《典妻》中的"妻"

转型的质的飞跃"。

王锦文也因此获得"梅花"奖、文华表演奖、"白玉兰"奖，走上事业巅峰。

自2002年6月公演以来，《典妻》经受了各地观众的考验，先后在宁波、上海、杭州、西安、香港、台湾等地以及德国演出200余场，受到不同国家、不同地域、不同年龄、不同阶层观众的欢迎，被欧洲观众誉为"最棒的中国式意大利歌剧"。

甬剧像一朵冻僵残败的小花，在她温暖的怀里，渐渐复苏。

此心安处，天地澄静

高楼林立中，藏着一处古朴幽静的百年老宅。

青砖黛瓦的马头墙，于葱茏迷蒙的掩映下探出头来。

置身其中，可以寻幽访古，品茗听风。

以白墙为宣纸，以木门为镇纸，以红梅为钤印，国画大师黄永玉亲笔书写的"宁波市甬剧艺术博物馆"，蓦地铺陈在眼前。

圆环木板门咿呀，大门两侧雕刻的对联，默默地为这座老宅正名立身：

"汉室循良裔，关中理学家。"

穿梭于花木扶疏，绿荫斜影，点缀着红灯笼的传统院落。仰望俯首之间，是湛湛晴空下的澄澈天地。

在这里，更能静下心来感受甬剧两百年的风雨兴衰。

王锦文常常心生感慨：

甬剧终于有了一个安身立命之处，但它不能只是静态展示，更应活态传承。

为此,她为甬剧艺术博物馆量身定制沉浸式庭院甬剧《小城之春》。

周玉纹与戴礼言、章志忱之间的幽怨情仇,兜兜转转七十年,在清代院落中上演。

从前的甬剧是镜框式的,演员与观众分布在各自的区域,演员在舞台上演,观众在底下看,舞台的台口,有一道看不见的墙,隔开演员与观众。

而这部戏不同,一群年轻人与表演艺术家,天马行空的创意与古老的戏曲、古老的建筑之间发生碰撞,那种强烈的反差,新鲜洋气,耳目一振。

《小城之春》的场景融合清代四合院的建筑风格:高耸的马头墙,白墙黛瓦,铺满落叶与烧焦报纸的四合院,一幅战后江南小城萎靡不振的景象。

演出的时候,观众脚踩落叶,观赏整场演出,就像路过的行人,不小心看到旧时一户人家的家事。

王锦文扮演的是女主角周玉纹。

她一身幽绿的旗袍,娉娉婷婷从观众席里走来,哀婉忧伤的气息蔓延,近得你起身就可以帮她揩泪。

不同于大剧场的观演关系,这里的观众置身于戏剧情境,演员真真切切地在自己面前,可以发现演员细微的小动作,甚至能与演员互动交流。

你沉浸其中,可以看到志忱在桌子底下拉玉纹的手帕,也能看到玉纹暗暗扯志忱的袖子。

观众的视角也不仅限于正前方,四合院的侧方檐廊,屋内的

王锦文在甬剧《小城之春》中扮演周玉纹

床沿,月洞门、甬道、厢房,甚至是可以藏匿人的衣柜,都是戏剧空间。

木窗柱廊与现代时空交错,庭院景致与戏剧情境融合,为观众带来可感可触、清新别致的观剧感受。

这是王锦文策划并主演的,甬剧历史上第一部沉浸式庭院甬剧。

这个清丽婉约的女子,赋予甬剧太多"第一"。

2016年6月,她担任宁波历史上第一家甬剧科研机构——甬剧研究传习中心主任。

2019年,她第一次将甬剧搬上大银幕,实现了甬剧人多少年来梦寐以求的夙愿。

戏曲界，能担当主角的不少，但能改写剧种历史的，只是凤毛麟角。

其中的艰辛与苦楚，只有她自己知道。

拍摄电影《典妻》，正值酷暑，资金匮乏，必须加班加点地完成拍摄，中途不能休息。

每天凌晨4点起床，4点半开始化妆，一直拍摄到晚上9点半，带妆工作时间长达17个小时。

不仅如此，为了演绎"妻"二十多岁的状态，使脸部轮廓更年轻，她每天吊发16个小时。

连续吊发四天后，她的头皮红肿疼痛，不得已，只能通过另一种方法提拉脸部：与肤色相近的纱布，以酒精粘连脸颊。

可是几天下来，皮肤过敏起泡，只能再次吊发，就这样一天天苦熬。

拍摄时穿的演出服像在水里浸泡过一般，绞出汗水，湿了又干，干了又湿，结出了一朵朵白色的盐花。

40多摄氏度的高温下，她硬是咬着牙，带领团队，把这部甬剧电影拍了下来。

最终，这部电影荣获第二届中国戏曲电影展"优秀戏曲电影"、第十届浙江电影"凤凰奖"优秀戏曲片奖、浙江省"五个一工程"奖等荣誉。

仿佛只有为甬剧拼尽全力，她才心安。

"那些教过我的第一代甬剧老艺人都走了，可我总感觉他们好像在天上看着我。他们的精神深深地影响着我，我不能辜负他们的期待。"

她的眼神，莹澈渊深。

她仿佛还是多年前那个懵懂的小女孩,为了得到老师的一句赞赏,使出浑身解数。

她不知道自己还将带领甬剧走多远,甬剧也不知道这个外表弱质纤纤的女子,究竟会再给她怎样的奇迹。

一路上,有明艳,亦有血泪,但她从不彷徨踟蹰,也从不低头舔舐。

因为她知道,她柔弱的肩膀,身膺重任。

她只是一直走着,不知疲倦地走着,循着心里汹涌澎湃的江河,一步步泅渡彼岸。

一个人的甬剧史

宁波镇海，有一位耄耋老人，名叫樊阿达，他出生于1937年，是一个铁杆甬剧迷。

湿濡的阶梯，逼仄的楼道。一位老人，坐在一张小圆桌旁，老花镜扣在鼻梁的中间，眼神越过镜框，迎候我。

橘棕色的小圆桌，既是饭桌，也是书桌。

上面堆叠了一摞摞报纸和纸片，泛着油光和饭菜味，一点也没分散樊先生眼里的专注。

他记忆力奇好，年过八旬，仍对甬剧如数家珍。

哪一年看过什么戏，谁扮过什么角色，他历历如绘。

从稚童到老翁，他痴爱甬剧，终身不悔，亲身见证了甬剧百年兴衰史。

夜饭吃落，看串客班去

樊阿达是奉化西坞人，小时候常跟大人一起看串客，听唱新闻、宁波走书、四明南词。

他最爱的，是串客。

串客，是甬剧的雏形。顾名思义，是走街串巷的客人。

一群田间艺人，农忙时种田，农闲时唱戏。

他们拎一面花鼓，一个小锣，四处串门，哼唱时下发生的趣闻故事，有时得到一块铜板，有时扒上几口饭。

若唱得好，主人便多留几天，好茶好饭地招待。

那时的串客，类似于唱新闻。如今的宁波，只有象山、北仑

六场甬剧

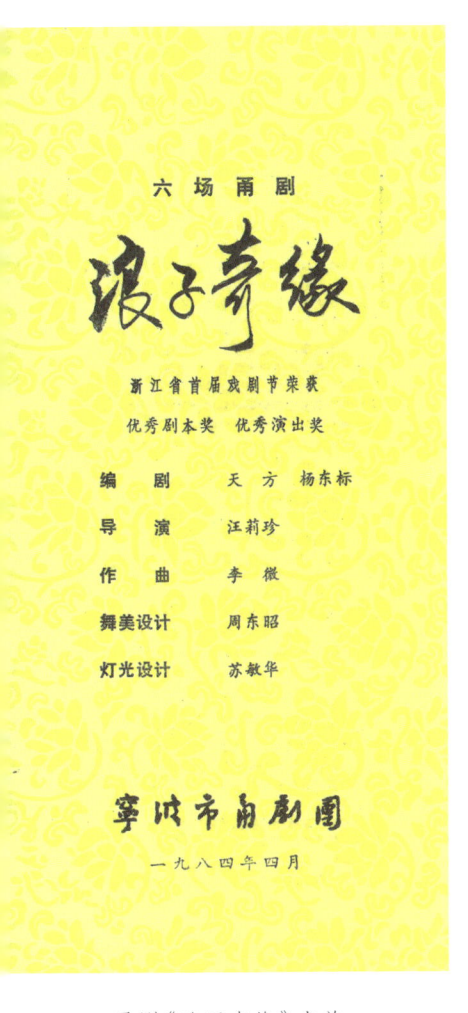

浪子奇缘

浙江省首届戏剧节荣获

优秀剧本奖 优秀演出奖

编　剧	天　方　杨东标
导　演	汪莉珍
作　曲	李　徽
舞美设计	周东昭
灯光设计	苏敏华

宁波市甬剧团

一九八四年四月

甬剧《浪子奇缘》戏单

宁波市第二届戏剧节

荡妇

（甬剧）

宁波市甬剧团演出

主办单位

宁波市文化局
宁波市剧协
《宁波日报》社
宁波电台
宁波电视台

一九八六年

甬剧《荡妇》戏单

尚有零星几位"唱新闻"的老艺人。作为非遗传承人,他们仍苦守最后的技艺。

串门唱戏的人多了,便凑成了一个班子,名为串客班。

有了班子,就有了组织,唱词也从随意吟唱,变得规范严整。

规模大了,唱词也多了起来,打破原来田头山歌四句一段的结构,保留首、尾两句,将中间发展成似说似吟的清板,形成"起—平—落"结构。

串客班到了上海,改名换姓为"宁波滩簧"。

因当时上海有本地滩簧,各个地方戏涌入上海,也将自己称作"滩簧",比如"苏州滩簧""无锡滩簧""余姚滩簧"等。

串客与滩簧,犹如橘与枳。橘生淮南则为橘,生于淮北则为枳。

连环画大师贺友直先生在回忆家乡戏的作品《宁波滩簧》里,如此描绘串客班:

男人戴个瓜皮帽,长衫马褂,女人棉布大襟,再一人拉琴,底下百姓熙熙攘攘。

在大师的描摹里,我们可以约略窥探到串客班当时的情景。

樊阿达小时候看的奉化串客班,有吴少山班、筱月民班、傅彩霞班、筱白眼班……

其中,属吴少山的串客班最有名。

这个班子的全名叫"甬兴舞台串客班",与他搭班的有旦角邬玲娣,老旦吴小兰,花旦吴善英,下彩旦陈宽定,泼旦筱金兰,丑角阿全先生、三毛癞头、李庄义,小花脸吴君令。

小樊阿达常听大人说:

"夜饭吃落,看串客班去!"

每次听到这句话,他的心里便欢腾雀跃。

串客班最常唱的是《庵堂相会》《游码头》《卖橄榄》《乡下人扒垃圾》《大发洋财周老龙》……

他囫囵地听着戏，趴在父母肩头睡着。

梦里仍是滩簧老调，循环往复。

那是童年的底色。

勿到大世界，枉到大上海

6岁那年，樊阿达随父亲住到宁波城里。

父亲在药行街上开了家锡器店。那条街上，住着不少唱戏的艺人：张德元、徐凤仙、徐秋霞、王文斌、周瑞甫……

父亲为人和气，买卖红火，结识了不少甬剧艺人。艺人们也喜欢樊阿达这个爱看戏的小男孩。

男旦时期的王霭云，小樊阿达喊"阿爷"；王霭云的儿子、宁波市甬剧团首任团长王文斌，他喊"阿叔"；徐凤仙、金玉兰，都是他口中的"阿姨"。

当时在宁波大世界戏院挂头牌的演员是傅彩霞，演出的班子是"彩霞剧团"。

傅彩霞家住药行街附近的芝兰巷，如今逸夫剧院南面那个地方。她是那个年代的名角红伶，除了在宁波大世界唱戏，大户人家有红白喜事都会请她去唱两段。

彩霞剧团除了主要演员傅彩霞，还有王宝生、张德元、筱白眼、沈桂椿、王文斌、陈凤英、项翠英、张莉莉等。

转眼到了上小学的年纪，樊阿达在天妃宫读小学。每日放

甬剧《红岩》戏单

甬剧《金沙江畔》戏单

学，都会路过灵桥旁的宁波大世界戏院。

宁波大世界戏院有四架楼梯。楼下是灵桥菜市场，宁波老话讲，"一只篮头，荤索小菜啥都能买到"。

楼上有三个剧场，最火的是平剧（京剧曾称"平剧"）场，观众稍少一点的是越剧场、宁波滩簧场。一张门票，能转看三个场子。

放学后看戏，是他一天中最快乐的时光。

最喜欢看的是宁波滩簧。滩簧旋律声声入耳，内容通俗易懂，风趣幽默。

一句句直白诙谐的宁波老话，惹得他与众人会心大笑。

宁波滩簧场，总是笑声最多的地方。

那时候日场3角一张票，夜场3角5分一张票，星期日早场是青年演员演出，票价1角5分。

小孩子没有太多零花钱，怎么能天天看戏呢？

原来，他哥哥开了家烟酒店，宁波滩簧场的验票员是个小伙子，常去那里买秋海棠牌香烟，一来二去，就熟络起来，也认得虎头虎脑的小樊阿达。

樊阿达放学时，戏往往已经开始了。他仰起天真的脸，奶声奶气地喊一声"叔叔"，验票员手一挥，他就顺理成章地推开厚重的门帘。

池座子已人头涌涌。

那时候，宁波滩簧场每天上演两场：日场、夜场。每场两个半小时，一般是四个小戏演一场。日夜场轮番上演宁波滩簧"七十二出小戏"。

"七十二出小戏"是宁波滩簧的家底，老底子传下来的，现在留存下来的手抄本只有十几个。但当年这"七十二出"，樊阿达基本上都看过。

除了"七十二出小戏",还会上演一些反映当地民众生活的剧目。

每年寒暑假,樊阿达会坐轮船,去上海舅舅家、姑姑家。

宁波老话讲,"勿到大世界,枉到大上海"。

上海大世界剧院不仅是上海的地标建筑,也是远东第一大游乐场。梅兰芳、孟小冬等文艺界名流都曾在这里登台。

在上海,他最大的渴盼就是去"大世界"看戏。

当时在"大世界"风靡一时的甬剧戏班有:

孙翠娥的孙家班,金翠玉、金翠香的金家班,张秀英的张家班,吕月英、吕月红的吕家班,王宝云的王家班。

去上海"大世界"看戏,门票是2角一张。

虽然比宁波"大世界"的门票便宜,可是这里开不了"后门",不能看白戏,只能乖乖掏钱。

2角是什么概念?当时的馄饨是5分钱一碗,看一出戏相当于吃4碗馄饨。

那个物资短缺的年代,能填饱肚子实属不易,樊阿达却还是将零花钱全花在看戏上了。

二十世纪四十年代的宁波滩簧,为了迎合观众,剧情常勾勒一些小市民的行径,也难免会有一些哗众取宠的不伦之语。后来甬剧到上海演绎时,去粗存精,保留了质朴率真的艺术特质,舞美和服装更考究,念白也作了改良。

犹如村里的姑娘跻身大上海,借梯登高,五官样貌没变,褪去粗布麻衣,穿上旗袍,谈吐时髦,气质摩登,俨然成了上海滩大小姐。

甬剧《弹吉他的姑娘》戏单

听雨楼茶室

1949年10月,两架敌机盘旋于宁波上空。

一枚流弹在灵桥路面炸了一个窟窿,几枚流弹落在宁波"大世界"。

这幢中西合璧的民国建筑,顷刻间化为废墟。

樊阿达看了两百多出戏的地方,灰飞烟灭。

没戏看的日子,抓耳挠心。

很快,他觅到一处观赏甬剧的新天地,凤仙甬剧团演出的地点——郡庙剧场。

他清晰地记得,徐凤仙来宁波演出时,报纸特意在显著位置刊登"特聘上海著名旦角徐凤仙",可见她当时已是名噪沪甬的角儿了。

在上海成名的徐凤仙、贺显民、孙荣芳,一袭旗袍,一身西装,为宁波滩簧带来上海滩独有的风情与魅力。

他们加入合作甬剧团后,成立了以徐凤仙名字命名的"凤仙甬剧团"。

凤仙甬剧团涌入一股新鲜的力量,突破了宁波滩簧过去只演小戏的格局,聘请胡知非、陈白枫、顾苏等担任编导,借鉴电影、文明戏、言情小说的题材,创作上演《多情的少爷》《上海四小姐》《乡下姑娘》《毒》等西装旗袍戏。

许多宁波观众废寝忘食地追随宁波滩簧,许多少女的人生轨迹也从此转变,比如后来拜徐凤仙为师的汪莉萍、汪莉珍姐妹。

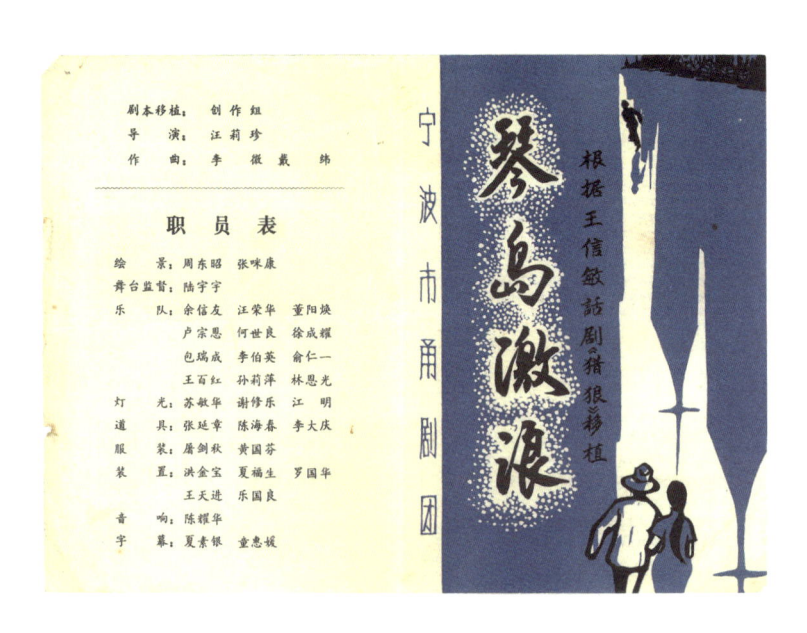

甬剧《琴岛激浪》戏单

新中国成立后，宁波滩簧，正式命名为"甬剧"。

"文革"之前，甬剧是宁波老百姓最喜爱的娱乐方式。

那时的甬剧艺人十分不易，每天做日夜场，夜场结束要排练新戏，三五天就要换一台戏。

艺人的收入根据票房分钱，大多只能勉强吃饱饭。

即便是名角，日子也过得相当窘迫。

1952年，由于剧场生意惨淡，凤仙甬剧团的徐凤仙、贺显民、金玉兰、黄君卿又回到上海。

凤仙甬剧团只剩下王文斌、徐秋霞、沈桂椿、陈月琴、黄再生、余盛春、汪莉萍、汪莉珍、陈立鸣、苏立声等，剧团难以自支。政府为扶持甬剧，派袁孝熊、陆声担任政治和业务指导员，剧团也因此改名为"宁波市甬剧团"。

樊阿达的记忆中,还有一个鲜为人知的甬剧演出场地,是"听雨楼"。

听雨楼,是一处茶室,位于城隍庙西侧。这里的甬剧演出,从二十世纪五十年代开启,到"文革"时谢幕。

听雨楼,可闻风,可听雨,也能赏甬剧。

驻场演员不多,主要演员是金玉兰、周瑞甫、朱桂英、徐秋霞、吴叶儿等。

观众进听雨楼,花1角钱,往毛竹椅子上一靠,就可以边喝茶,边听戏。

他们唱的大多是"七十二出小戏",台上只有一桌二椅。

演员一般不着戏装,搭个便服,不施粉黛,张口就唱。

滩簧老调的韵味,绿茶的馨香,于茶室的柱梁上袅绕,氤氲不散。

甬剧戏单捐赠者

成年后的樊阿达,虽然没有从事甬剧相关工作,但他骨子里对甬剧的痴爱根深蒂固。

每天下午,凡是听到收音机里有甬剧唱段,他便用老式双卡录音机翻录。

空余时间,他在镇海县工人俱乐部业余文工团担任执行导演,偶尔也客串甬剧演员,曾导演甬剧《千万不要忘记》。

每次看甬剧,他总会购买或搜集戏单,看完戏后,妥帖收藏,足有近百份。

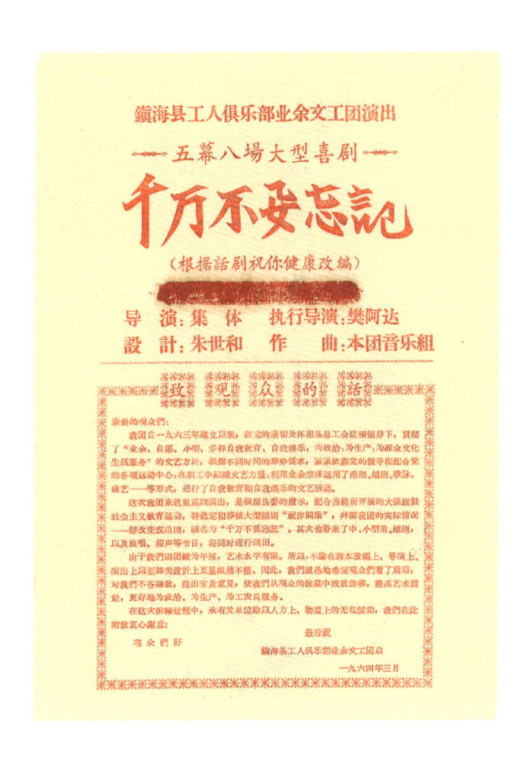

甬剧《千万不要忘记》戏单

那时的戏单一般是蜡刻纸，1分钱一张。有些戏单较贵，如甬剧《金黛莱》，3分钱一张。也许是因为戏单不只是剧目说明书，还印刻了序幕的曲谱与唱词，方便观众回去后学习传唱。

宁波市甬剧艺术博物馆筹建的时候，他把收藏了一辈子的甬剧说明书和三十多盒甬剧录音磁带慷慨相赠。

那一张张泛黄发脆的甬剧老戏单，上面大多刻印着剧照、剧情梗概、演职人员、下期预告，是研究甬剧演出史的一手资料。

那个年代特有的画风和文风，波诡云谲、惊险浪漫、博人眼球的噱头预告，值得细细玩味：

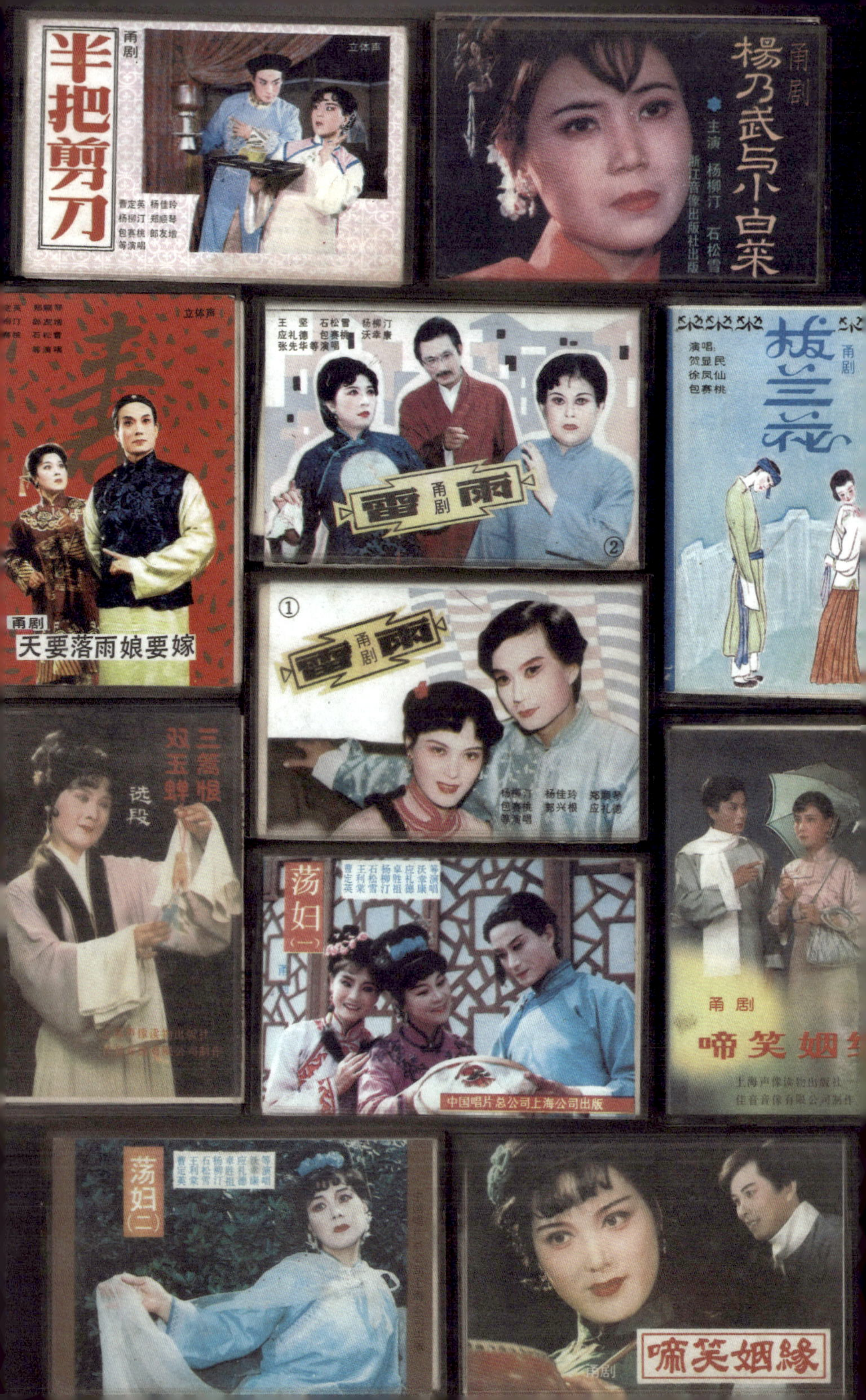

甬剧
半把剪刀
立体声
楊乃武与小白菜
甬剧
主演 杨柳汀 石松雪
浙江音像出版社出版
立体声
甬剧
天要落雨娘要嫁
王坚 石松雪 杨柳汀
应礼德 包赛桃 沃幸康
张先华等演唱
雷雨
甬剧
②
演唱：
贺显民
徐凤仙
包赛桃
拔兰花
甬剧
①
雷雨
甬剧
双玉蝉
选段
荡妇
(一)
中国唱片总公司上海公司出版
甬剧
啼笑姻
上海声像读物出版社
佳音音像有限公司制作
荡妇
(二)
啼笑姻缘
甬剧

"剧情紧张曲折离奇……"

"新编六幕五景大悲剧!"

"毁面容:劳燕各分飞。"

"离虎穴:魂归离恨天。"

许多剧目在时代的洪流中消失匿迹,后世早已遗忘。这些戏单,提醒后人它们曾短暂存在,它们也曾令人泪洒剧场,如此珍贵。

这些戏单,不仅是一部甬剧简史,一个时代的缩影,也是一代人再也回不去的青春。

樊阿达向宁波甬剧艺术博物馆
捐赠的部分甬剧磁带(徐磊摄)

后记

美好的约定

2018年初，王锦文老师把我叫到办公室。她的桌上，摊开着一张报纸：

"也喆，我觉得这篇文章写得很好，你可以参考一下。以后，你看到什么好文章，推荐给我。我看到什么好文章，也推荐给你哦！"

就这样，我们有了一个美好的约定。

王锦文老师的日程排得很满，常常早、中、晚，一天三班倒，但是一有时间，她就看书充实自己。如果没有琐事萦绕，她原本是个爱看书的娴静女子啊！

她曾说，小时候常与父母一起在灯下看书，安静温暖。如今工作繁忙，很难再回到那样的氛围，也正因如此，她格外怀念与父母、书籍相伴的三盏灯。

有一天午休，我正在看徐城北的书——《京剧下午茶》，王锦文老师走近我：

"我听说这本书很好，可以借我看一下吗？"

我欣然允诺。

她静静地看了一会儿，抬起头来：

"也喆，以后你也写一本《甬剧下午茶》！"

我一时惊喜，转瞬又不知所措起来：

"我去哪里了解那么多甬剧往事呢？"

"去采访，向老艺人了解甬剧的故事。"

王老师夹着书，走了，留下暗自喜悦却迷茫的我。

没过多久,她就把采访拍摄甬剧老艺人的任务,郑重地交给了我。

每天中午,王老师都会小憩一会儿,这是她保持高强度工作而精神不倦、容光焕发的秘笈。

有一天中午,我正在写文章,突然雷声大作。

过了一会儿,只见门悄悄地推开。她刚睡醒的样子,发髻松散:

"也喆,刚才打雷有吓到你吗?我听到雷声,想你胆子小小的,会不会害怕?"

心中突然涌出一股感动。

响雷的时候,能被人挂念,是件很幸福又弥足珍贵的事情。

我也一直把采访甬剧老艺人的任务,当成她对我的信任与嘱托。

长在身体里

历史的车轮滚滚向前,任何一个剧种的老艺人终将面临衰老凋零。这些曾身临其境的老艺人,如果再不请他们将学艺时的所见所闻所感说出来,恐怕不久的将来,这些故事便会成为车轮底下扬起的尘土,湮没于历史的长河里。

这些仍健在的老艺人,大多是新中国成立以后培养的一代戏曲艺人。他们是甬剧历史上承上启下的一代人,他们的一生,不仅见证了甬剧半个多世纪的发展,也是当代中国戏曲瑰丽版图中不可或缺的色块。

有些上海、杭州的甬剧老艺人年事已高,在疗养院、敬老院卧床休养,行动不便,但听说老家宁波来人了,要听他们讲述甬剧往事,都强撑病体,起身迎接,滔滔不绝,令我感动。

采访时已93岁的甬剧老艺人杨云棠先生，对往事的印象已经模糊，我们相对无言地坐了两分钟以后，他突然响亮地唱了100多句《游码头》，令我震惊不已：

"金山寺，一直对着瓜洲口，山上有个楼台殿，楼台殿上闹啊啊。朱砂对联挂两边。上一联，金山竹叶祭春秋，下一联，云霄高峰水如流……"

他让我明白，不管我们走得多远，遗忘了多少事情，生命中真正挚爱过的东西，会长在身体里，伴随我们一生。

年纪最大的受访者是时年97岁的甬剧老艺人姜晓峰先生。他曾是常演不衰的经典甬剧《借妻》的编剧之一。那时候大戏都是集体创作，但他低调，不肯署名。

采访他，经历了一些小波折。

起初，他的家人婉拒了我的采访，因为老先生已年近期颐之年，家人怕他情绪激动，身体吃不消。好说歹说，最后给我五分钟的采访时间。可是当我坐在他面前，殷切地想要探寻那段逝去的时光，他眼神炯炯，话匣子一开，便收不住了，两个多小时倏忽而逝。老先生抚今追昔，感慨万千，令我唏嘘不已。

谁知不到一年，姜老先生就过世了。这让我心生遗憾的同时，也感慨甬剧老艺人的抢救性采访实在是十分必要且迫在眉睫。

在甬剧老艺人的支持与帮助下，我也为本书积累了不少一手资料。老艺人记忆重叠，甚至互相冲突。为此，我走进上海、宁波等地的档案馆，查询历史资料，互为印证，确保所涉史实尽量客观准确。

心怀感恩

感谢宁波市文化广电旅游局、宁波市文学艺术界联合会对本书的关心、支持与指导！

感谢王锦文老师，策划了这本书，在繁杂的演戏与管理事务间隙，与我一起探访老艺人，一起走进档案馆查阅资料，并逐字逐句地审核书稿。

感谢上海的戏曲爱好者和研究者陶一鸣，数九寒天，热心地陪我一家家联系走访上海的甬剧老艺人。

感谢宁波市文化艺术研究院原院长郭国强先生，多年来始终如师如父般待我，帮我审阅把关每一篇文章，斟酌每一句话，甚至是标点符号。

感谢宁波市甬剧研究传习中心的薄孝波副主任，为了让我安静写作，把甬剧艺术博物馆条件好的办公室让给我。他高大的身影，蜷缩在桌子底下为我连接电脑网线的情景，我永远不会忘记。

感谢二十世纪八十年代甬剧艺训班班主任、海曙区委宣传部原副部长沈瑞龙老师，帮我审阅书稿，校正甬剧史实，使这本书更客观、真实地再现那段岁月。

感谢地方传统文化研究者庄丹华教授把在上海辛苦搜集来的甬剧史志书、史料，厚厚一摞，无私提供给我。

感谢宁波市图书馆的陈英浩，虽素未谋面，我却总是在微信中向他讨要有关甬剧的报刊电子版，他有求必应，向我提供了许多年代久远的报刊资料。

感谢美女插画师章丽珍。因为我常犯完美主义的毛病，致使她一遍遍修改画稿，甚至从头再来，感谢她的不厌其烦与包容。我们曾是《东南商报》《宁波晚报》的老搭档，我写文章，她画画，那些年的《情感倾诉》专栏和《周日读本》专栏，留下了我们的印迹与友谊。这本书，延续了这段友情。

写这本书，前后横亘跨越了五年。齐白石先生题画时说："心闲气静时一挥。"我没有那样的功力，但为了保证心闲气静，我常常选择夜深人静时写作。感谢我的家人，没有他们默默的支持和付出，我根本不会有"心闲气静"的时候。尤其是我那"嗜书如命"的先生，在本书的定稿过程中，提了许多中肯的意见。

最后，恳请亲爱的师友们批评指正。尽管我努力描摹甬剧艺人逸事，但因才疏学浅，视野狭隘，笔力有限，难以绘出他们当年的盛世风华。

丹青难写是精神，独守千秋纸上尘。

陈也喆于宁静居

二零二三年春天

图书在版编目（CIP）数据

戏中有戏：甬剧艺人逸事/陈也喆著.--宁波：
宁波出版社，2023.4
ISBN 978-7-5526-4719-8

Ⅰ.①戏… Ⅱ.①陈… Ⅲ.①散文集-中国-当代 Ⅳ.①I267

中国版本图书馆 CIP 数据核字（2022）第 182812 号

※ 本书图片除标注外，均由宁波市甬剧艺术博物馆和受访者本人提供。

Xi zhong you xi: Yongju Yiren Yishi
戏中有戏 甬剧艺人逸事
陈也喆 著

出版发行	宁波出版社
	宁波市甬江大道1号宁波书城8号楼6楼　315040
	http://www.nbcbs.com
责任编辑	苗梁婕
责任校对	余怡荻
责任印制	陈　钰　王璐璐
文内插画	章丽珍
装帧设计	马　力
开　　本	889mm×1194mm　1/32
总 印 张	14.25
总 字 数	320千
印　　刷	宁波白云印刷有限公司
版　　次	2023年4月第1版
印　　次	2023年4月第1次印刷
标准书号	ISBN 978-7-5526-4719-8
定　　价	128.00元

版权所有，翻版必究

《甬剧行当》盛元龙/绘